À PROPOS DE L'AUTRICE

Faith Martin, également connue sous son véritable nom, Jacquie Walton, est l'autrice de nombreux romans policiers à succès. Née à Oxford et amoureuse de la campagne anglaise, elle situe nombre de ses romans dans le cadre bucolique de la région oxonienne.

Meurtre en coulisse

DE LA MÊME AUTRICE

Série « Loveday & Ryder »

Le corbeau d'Oxford
Un pique-nique presque parfait
Meurtre en coulisse
Le secret de Briar's Hall

FAITH MARTIN

Meurtre en coulisse

Traduit de l'anglais (Royaume-Uni) par
ALEXANDRA HERSCOVICI-SCHILLER

Harper
Collins
POCHE

Titre original :
A FATAL FLAW

Ce livre est publié avec l'aimable autorisation de HarperCollins Publishers, Limited, UK.

HARPERCOLLINS FRANCE

83-85, boulevard Vincent-Auriol, 75646 PARIS CEDEX 13
Tél. : 01 42 16 63 63

www.harpercollins.fr

ISBN 979-1-0339-0996-5

Pour ma sœur, Marion.
Merci d'être ma seconde paire d'yeux !

Prologue

Oxford, Angleterre, 1960

Par cette belle matinée de septembre, une brume opportune obscurcissait la vue. Malgré tout, la silhouette qui se faufila avec précautions dans l'un des nombreux cimetières de la ville scruta les environs.

L'horloge du beffroi n'avait pas encore sonné 6 heures. Comme on pouvait s'y attendre, personne d'autre n'était de sortie aussi tôt, sauf peut-être le livreur de lait et un ou deux promeneurs de chiens consciencieux. Pourtant, l'individu – vêtu d'un imperméable gris pâle qui lui donnait une troublante allure de fantôme – s'assura que sa capuche était bien relevée et dissimulait ses traits.

Un merle solitaire, perché sur une pierre tombale, siffla un avertissement mélodieux, mais la silhouette en gris l'ignora et s'empressa de gagner la partie la plus ancienne du cimetière. Trônant au milieu de tombes grignotées par le lichen et les années, un vénérable if aux baies flamboyantes semblait défier la mort.

Le seul occupant des lieux regarda autour de lui avec angoisse, vérifiant qu'aucun témoin ne risquait de le surprendre, avant de cueillir quelques baies écarlates qui semblaient sculptées dans de la cire.

L'intrus glissa en toute hâte son butin dans un petit sachet en papier brun, qu'il cacha ensuite dans l'une des grandes poches de son imperméable.

Il s'arrêta à la porte du cimetière et balaya du regard la petite rue déserte. Comme prévu, personne d'autre ne troublait la brume matinale.

Quelque part dans la ville aux clochers rêveurs, une horloge sonna l'heure, et l'individu compta les coups avant d'esquisser un sourire attendri. Oxford. Là, dans ce temple du savoir, étaient conservées l'ensemble des découvertes faites à travers les âges. Du détail le plus obscur sur un poète métaphysique mineur aux dernières avancées en matière de fusion nucléaire. Dans cette célèbre ville universitaire, au prix de quelques efforts, on pouvait trouver la réponse à n'importe quelle question.

Comme les propriétés du poison.

La silhouette sortit du cimetière et s'éloigna sans un bruit.

Combien de gens savaient que les baies d'if étaient toxiques ? Et parmi eux, combien mesuraient leur potentiel ?

Les gens étaient si complaisants ; si ignorants et inconscients de la laideur du monde. Tant qu'ils étaient à l'abri du besoin, et que leur petit monde tournait rond, ils se fichaient du reste.

Tout en rentrant prudemment, quoique d'un bon pas, son précieux chargement dans les poches, l'individu en imperméable esquissa de nouveau un sourire. Bientôt, la ville tout entière saurait ce dont l'humble fruit de l'if était capable. Oh oui. Cela ferait du bruit.

Rien n'attirait autant l'attention que la mort de jolies jeunes filles.

1

Grace Farley s'arrêta devant la porte du jardin de sa vieille amie, Trudy Loveday, et prit une grande inspiration. À tout juste vingt-deux ans, elle était un peu plus âgée que Trudy, qu'elle avait rencontrée à l'école primaire du coin. Mais cela faisait plusieurs années qu'elle ne l'avait pas vue, et il lui fallut un moment pour se calmer.

Elle n'était pas certaine de faire le bon choix. Et si ça se retournait contre elle ? Une grimace d'inquiétude tordit son beau visage constellé de taches de rousseur tandis qu'elle hésitait à faire demi-tour.

Une part d'elle-même était très tentée de rentrer chez elle. Après tout, sa démarche pouvait mal tourner. D'un autre côté, la situation était de plus en plus désespérée et elle avait besoin d'aide. Tout le monde savait que Trudy s'était engagée dans la police et s'en sortait très bien. Le coiffeur de May, la tante de Grace, lui avait confié que Trudy avait contribué à élucider deux meurtres. D'accord, de l'avis général, c'était plutôt un des coroners de la ville qui avait résolu les affaires. Mais quand même.

Grace, une jeune fille pulpeuse, aux cheveux brun-roux coupés courts, avec une masse de boucles qui lui retombait sur le front, regarda autour d'elle, consciente qu'elle ne pouvait pas rester plantée devant chez les Loveday toute la journée. Les gens risquaient de la remarquer et de se poser des questions, et c'était bien la dernière chose dont elle avait besoin. Attirer l'attention pourrait avoir des conséquences catastrophiques. En plus, il était presque 18 heures et il ferait bientôt nuit – elle allait devoir retrouver sa mère. Elle avait promis d'aider à lui donner un bain, et…

S'apercevant qu'elle procrastinait, Grace poussa le portail d'un geste déterminé, s'approcha de la porte et, sans se laisser le temps de changer d'avis, frappa le heurtoir trois fois.

Elle fourra ses mains tremblantes dans ses poches. En chemin, elle avait répété d'innombrables fois ce qu'elle allait dire, mais elle oublia presque tout quand la porte s'ouvrit, révélant M. Loveday, le père de Trudy. Elle savait qu'il était conducteur de bus, quoique pas celui qu'elle prenait tous les jours pour aller travailler.

Elle se força à sourire et débita d'une traite :

— Bonjour, monsieur Loveday. Est-ce que Trudy est là ?

Frank Loveday remarqua l'expression inquiète de la jeune fille, ses grands yeux gris-vert écarquillés, et lui adressa un sourire bienveillant.

— Grace ! Ça fait un bail. Bien sûr que Trudy est là. Entre, Barbara vient de mettre de l'eau à chauffer.

— Oh ! je ne veux pas vous déranger, protesta Grace.

Elle pénétra dans le petit vestibule et suivit son hôte tandis qu'il parcourait le couloir menant à la cuisine. Elle-même avait vécu dans un logement subventionné par la mairie, à quelques rues de là. Sa maison avait exactement la même disposition que celle des Loveday, tout comme leur nouvelle habitation maintenant qu'ils avaient déménagé à l'autre bout de la ville pour le travail de son père.

— Regarde qui est venu nous rendre visite, déclara Frank Loveday en précédant dans la cuisine une Grace soudain timide et angoissée.

Habillé d'un jaune chaleureux, le petit espace embaumait la *shepherd's pie* que la famille venait de consommer au dîner. Grace fit un sourire incertain à Barbara Loveday, qui faisait la vaisselle. La mère de Trudy s'empressa de se sécher les mains et de la serrer dans ses bras.

— Grace Farley ! Tu es devenue un bien joli brin de fille. Pas vrai, Frank ?

— En effet, acquiesça celui-ci en se rasseyant à la table de la cuisine, où le journal local était ouvert à la section sport.

— Comment va ta mère, Gracie ? demanda Barbara à voix basse. Elle se sent mieux ?

En voyant la jeune fille pâlir, elle prit l'air inquiet, mais Grace hocha courageusement la tête.

— Oh ! eh bien, vous savez, les médecins font tout ce qu'ils peuvent, répondit-elle avec un entrain forcé.

Puis elle croisa le regard d'une grande fille aux cheveux bruns et aux yeux noisette qui lui souriait derrière sa mère.

— Salut, Trudy.

— Grace !

Trudy, qui essuyait la vaisselle à mesure que sa mère la lui passait, posa son torchon et déchiffra l'expression de sa vieille amie.

— J'ai redécoré ma chambre depuis ton déménagement. Tu veux venir voir ?

— Avec plaisir, mentit Grace. Je suis sûre qu'elle est verte. C'est ta couleur préférée, non ?

— Parmi d'autres.

Trudy éclata de rire puis, laissant ses parents écouter Tony Hancock à la radio, elle entraîna son ancienne camarade de classe vers l'arrière de la maison et monta l'escalier qui menait à sa petite chambre.

À peine plus qu'un débarras, elle était tout juste assez grande pour contenir un lit simple, une armoire et une petite coiffeuse. Instinctivement, comme à l'époque où elles portaient des couettes, Grace et Trudy s'assirent côte à côte sur le lit.

Trudy avait beau être contente de la voir, son cerveau

tournait à plein régime. Les Farley avaient quitté le quartier quatre ans plus tôt, et même si elle avait eu des nouvelles de la jeune fille par l'intermédiaire de plusieurs personnes depuis, elle ignorait ce qui avait bien pu pousser Grace à venir la voir.

Elle avait eu vent que sa vieille amie avait une bonne situation, qu'elle était la secrétaire ou la comptable d'une boutique ou d'une entreprise du quartier chic. Elle avait aussi eu la tristesse d'apprendre que sa mère était très malade.

Comme si elle sentait sa curiosité, Grace lui fit un sourire entendu et se mit à défaire et refaire nerveusement les plis de sa jupe. C'était une manie qui datait de son enfance et resurgissait à chaque fois qu'elle était inquiète ou émue. Trudy fronça les sourcils.

— J'imagine que tu te demandes ce que je fais là, lâcha Grace. Honnêtement, je ne sais pas si j'ai eu raison de venir. Mais je ne savais pas à qui d'autre m'adresser. Je veux dire, vu que tu es dans la police…

Trudy cilla, étonnée. C'était la dernière chose à laquelle elle s'était attendue. Que diable Grace pouvait-elle bien attendre de la police ? On ne faisait pas plus respectable que la famille Farley.

— Mince, Grace, tu m'inquiètes un peu, répondit Trudy en affectant un ton léger. Qu'est-ce qui se passe ?

Mal à l'aise, elle se demanda si un membre de sa famille avait de petits ennuis avec la justice et si Grace comptait sur elle pour qu'elle intervienne. Mais, dans ce cas, Trudy ne pourrait rien faire. Elle n'était qu'une humble stagiaire, et elle n'avait ni pouvoir, ni réseau. En plus de cela, elle ne voulait pas s'impliquer dans ce genre d'histoires. Elle était d'avis que les gens qui enfreignaient délibérément la loi méritaient d'en subir les conséquences.

— C'est à propos de mon amie Abigail. Abigail Trent. Celle qui est morte, déclara Grace, le souffle court.

Morte ? s'interrogea Trudy, éberluée. Rien d'anodin, alors, pensa-t-elle, consternée. Elle s'était attendue à une histoire d'amende impayée, ou de « malentendu » à un péage, ou…

Puis la mémoire lui revint soudain.

— Oh ! la fille qui a bu du poison, dit-elle en faisant le rapprochement avec un peu de retard.

Les journaux locaux avaient beaucoup parlé de cette histoire ces derniers jours. Une fille d'une vingtaine d'années avait avalé du jus d'orange empoisonné et en était morte. L'enquête du coroner devait débuter d'un jour à l'autre.

— Ce n'était pas lié à une plante toxique – des baies ou un truc de ce genre ? demanda-t-elle.

— Si, confirma tristement Grace. Des baies d'if.

— C'est ça. Et c'était une amie à toi ? Oh ! Gracie, je suis navrée. Ça a dû être affreux. Tu la connaissais bien ?

— Plus ou moins. Enfin, pas tant que ça, mais…

Grace soupira et prit une grande inspiration.

— Le truc, Trudy, c'est que tout le monde dit qu'elle s'est suicidée. Au boulot, dans le quartier, dans les conversations que j'entends au café ou dans le bus… Les gens adorent colporter des ragots, tu sais bien.

— Oui, les rumeurs vont vite. Tout le monde croit savoir ce qui se passe chez les autres. Ils disent qu'elle était dépressive et instable, j'imagine ?

— Justement, rebondit Grace. Je ne crois pas qu'elle se soit suicidée. Pour commencer, je pense qu'Abby ne connaissait rien aux poisons, elle aurait été incapable d'identifier des baies empoisonnées ou de les transformer en breuvage mortel. Enfin…

Grace se tortilla pour mieux voir son amie.

— … moi non plus, je ne connais rien à ces trucs-là. Je ne suis pas chimiste, loin de là. Je n'ai même pas choisi de matières scientifiques à l'école, et Abby non plus ! Et il ne faut pas distiller ce genre de machins, ou les transformer d'une façon ou d'une autre, pour que ça devienne un poison mortel ? Ça ne peut quand même pas être aussi simple que de… je ne sais pas, verser de l'eau chaude sur des baies et boire l'infusion. Si ?

Trudy contempla les grands yeux gris-vert de Grace. Son amie avait l'air bouleversée.

— Je ne sais pas non plus, désolée. Peut-être que si, après tout ? Mais elle n'a pas mélangé les baies avec du jus d'orange pour masquer le goût ? C'est ce que disent les journaux, en tout cas.

— C'est possible. Mais je suis sûre qu'Abby ne se serait pas suicidée, s'entêta-t-elle.

— D'accord.

Trudy ne voulait pas la contredire. De toute évidence, sa vieille amie y croyait dur comme fer. Mais à présent, d'autres détails lui revenaient, qui ne semblaient pas compatibles avec la version de Grace.

— Mais ses proches n'ont pas dit qu'elle était… eh bien, d'humeur changeante ? Et parfois déprimée ? Il me semble que même sa mère a témoigné qu'elle était parfois trop… émotive ?

Grace poussa un profond soupir.

— C'était juste sa façon d'être. Après tout, elle n'avait que dix-neuf ans, et oui, elle avait des hauts et des bas. Elle était capable de faire tout un foin d'une dispute au boulot, ou d'être aux anges si son copain lui offrait un cadeau. Elle était comme ça. Mais ça ne veut pas dire qu'elle était suicidaire ! Abby avait de grandes ambitions. Elle en parlait souvent. Et elle profitait beaucoup trop de la vie pour envisager sérieusement de mourir ! Pour commencer, elle était tout excitée par le concours de beauté.

Bien sûr, Trudy avait entendu parler de ce concours – il y avait des affiches placardées dans toute la ville – mais elle n'y avait pas prêté attention.

— Ah bon, elle participait à ce truc ?

Grace acquiesça et, tout en pliant et dépliant nerveusement sa jupe, débita à toute vitesse :

— Je travaille pour M. Dunbar, le propriétaire des Confitures, Miels et Marmelades Dunbar. Tu sais, l'usine du côté de Summertown ?

— Ah oui, je vois. Tu es sa secrétaire ?

Grace eut un sourire mélancolique.

— Non, je ne suis pas aussi haut dans la hiérarchie. Je fais un peu de comptabilité, pour les dépenses courantes, je prépare le café, je classe des dossiers, je tape des documents quand les autres secrétaires n'en ont pas envie… des additions, tout ça… bref. Peu importe. En tout cas, l'an dernier, M. Dunbar a eu une idée de publicité pour son miel. Il aimerait que la marque Dunbar devienne aussi célèbre que la fameuse Oxford Marmalade.

Devant cette ambition démesurée, Grace eut un sourire indulgent.

— C'est comme ça qu'il a eu l'idée d'organiser un concours de beauté annuel à Oxford, Miss Miel.

Trudy ne put s'empêcher de sourire. Son amie s'en aperçut et éclata de rire.

— Je sais – on est loin de Miss Monde ! Mais en fait, c'est une assez bonne idée. Tous les journaux en parleront, et M. Dunbar connaît le propriétaire du vieux théâtre près de Walton Street, qui le lui a prêté pour les répétitions. Il a aussi accepté d'animer la soirée du concours un samedi, le mois prochain. Les billets sont déjà tous vendus. C'est l'une des raisons pour lesquelles ils ont décidé de maintenir le concours après la mort d'Abby. Tout le monde était enthousiaste, ç'aurait été dommage d'annuler. En plus, il a convaincu des commerçants du coin d'offrir de gros prix et d'intégrer le jury, si bien que ça ne lui coûte presque rien.

— Ça a l'air d'être un sacré homme d'affaires, ton chef, remarqua Trudy, l'air sceptique.

— Probablement, confirma Grace. Mais peu importe.

On m'a demandé d'aider à organiser, vu que je ne suis pas franchement indispensable au bureau. Et Mme Dunbar…

Pendant un instant, le nom sembla rester coincé dans sa gorge, et elle eut un sourire triste.

— Eh bien, disons simplement que Mme Dunbar refusait catégoriquement que son mari consacre du temps au concours de beauté ou que ça l'empêche de se concentrer sur son miel !

— Je vois, répondit Trudy avec un air malicieux. Elle ne voulait pas que son mari passe trop de temps auprès de jolies filles.

Grace se contenta de soupirer, bien trop professionnelle pour commenter la théorie de Trudy sur la façon dont elle était devenue responsable du concours.

— Bref, il y a quelques semaines, Mme Dunbar a fait publier une annonce dans les journaux, proposant aux jeunes femmes habitant en ville ou dans un rayon de quarante kilomètres, qui seraient intéressées, de s'inscrire aux auditions. Évidemment, elles devaient avoir plus de dix-huit ans, mais moins de trente, et puis, elles devaient être, euh…

Elle hésita, cherchant une formulation diplomatique.

— Jolies et bien proportionnées ? suggéra Trudy.

Grace gloussa.

— Eh bien, on aurait pu croire que ça allait sans dire, non ? Mais tu aurais vu certaines des filles qui se sont présentées… Disons simplement que Mme Dunbar, Mme Merriweather – une vieille dame qui fait partie de l'association des Amis de l'Old Swan Theatre et qui nous aide à organiser le concours – et moi, on a eu du mal à en convaincre certaines qu'elles… euh… ne convenaient pas.

Trudy secoua la tête.

— Je n'imagine même pas le tact et la diplomatie que vous avez dû déployer !

Grace gloussa de nouveau, puis elle se rembrunit,

comme si elle se souvenait brusquement de la raison de sa présence.

— En effet. Bref… Abigail et son amie Vicky ont été parmi les premières à postuler, et on les a tout de suite inscrites. Au cours de la semaine suivante, on a éliminé les candidates jusqu'à ce qu'il en reste une vingtaine. Enfin, ce n'est pas terminé, mais peu importe. J'ai passé du temps avec Abby, et… je peux attester qu'elle pensait avoir ses chances de gagner. Elle était tout excitée par la perspective de la soirée du concours. Elle avait des étoiles plein les yeux ! En plus, elle avait hâte de présenter son numéro, elle adorait essayer les robes de soirée et… Trudy, c'est impossible que cette fille se soit suicidée.

Grace avait les yeux écarquillés et fixait Trudy comme si elle pouvait la convaincre par la seule force de sa volonté.

— Et je ne sais pas quoi faire. Si le tribunal conclut au suicide, comme tout le monde a l'air de le penser… ce ne sera pas correct !

Ses mains tremblaient de nouveau. Trudy s'en empara.

— Gracie, tout va bien, calme-toi. Mais je ne sais pas trop ce que tu attends de moi. Je ne suis que stagiaire. Et je ne connaissais pas cette fille, ni les circonstances de sa mort.

— Non, mais tu connais un certain Dr Ryder, non ? Il est coroner, n'est-ce pas ? Tu ne peux pas faire appel à lui ?

Trudy contempla son amie, atterrée. Comment pouvait-elle faire comprendre à Grace, qui ne savait rien du fonctionnement de la police et de l'importance de la hiérarchie, que sa requête était impossible ? Pour commencer, si son supérieur, le capitaine Jennings, apprenait qu'elle avait mené l'enquête dans son dos au mépris de son autorité, il l'écorcherait vive ! Surtout qu'il n'appréciait pas franchement le coroner.

Comme si elle sentait ce qui allait venir, Grace ne lui laissa pas le temps de protester.

— Je t'en prie, Trudy, tu ne pourrais pas lui en parler, simplement ? Lui demander de m'appeler à la barre ou je ne sais quoi ? Je peux témoigner de son état d'esprit, au moins, non ? Ça n'intéressera pas le tribunal de savoir qu'Abby n'était pas du tout suicidaire ?

— Mais Grace, comment peux-tu en être aussi sûre ? Personne ne sait vraiment ce que ressentent les autres.

Grace se voûta.

— Alors tu refuses de m'aider ? demanda-t-elle avec un regard si accusateur que Trudy retint une grimace.

— Ce n'est pas que je ne veux pas. Mais je ne peux pas, tenta-t-elle d'expliquer. Je ne fais même pas partie de l'équipe affectée à l'enquête. Et crois-moi, mes supérieurs… eh bien, disons simplement que mon avis ne risque pas de les intéresser, ajouta-t-elle, un peu amère.

En imaginant l'expression de son capitaine si elle lui racontait cette histoire, elle frissonna.

Voyant que Trudy n'allait pas se laisser convaincre facilement, Grace décida de se jeter à l'eau.

— Il n'y a pas qu'Abby, dit-elle d'un air de défi. Il y a d'autres problèmes. Il s'est passé des… choses, au théâtre.

— Comment ça ?

Grace haussa les épaules en évitant son regard.

— Oh ! juste des trucs, répondit-elle vaguement. Des trucs idiots. Des mauvais tours… Par exemple, quelqu'un a tendu un fil au-dessus de la dernière marche de l'escalier qui mène à la scène, et une des filles s'est pris les pieds dedans. Elle ne s'est pas vraiment fait mal, mais elle a dû reposer sa cheville quelques jours, si bien qu'elle a pris du retard dans les répétitions de son numéro de danse. Et quelqu'un a dû glisser je ne sais quoi dans le pot de crème pour le visage d'une candidate, parce qu'elle a eu une éruption de boutons… Ils ont disparu en quelques jours, mais elle s'est quand même retirée de la compétition. Tu vois le genre.

— Mais ce n'est pas juste une histoire de rivalité

entre candidates ? Ça ressemble au genre de sales tours que pourrait jouer une fille qui veut faire peur aux autres pour qu'elles abandonnent.

— Oui. C'est ce que tout le monde semble penser, admit Grace à contrecœur. Mais je n'en suis pas si sûre, Trudy. Tout ça ne me dit rien qui vaille. À mon avis… Oh ! j'aimerais tant que tu parles d'Abby à ton ami coroner ! Peut-être que tu pourrais passer au théâtre, pendant les répétitions par exemple, et jeter un coup d'œil ? Histoire de voir si quelque chose te semble… étrange. Mais ne dis à personne que tu me connais, ou que je t'ai parlé, parce que je risquerais de perdre mon travail, ajouta Grace en lui serrant le bras. M. Dunbar penserait que j'ai cafardé. Il est terrifié à l'idée que les journaux entendent parler de nos petits problèmes et nous donnent mauvaise réputation. Donc ne viens pas en uniforme ni rien…

Elle fit un grand sourire.

— Je sais ! Tu pourrais faire semblant de vouloir te présenter au concours. Ça te donnerait l'excuse parfaite pour inspecter les coulisses. Allez, Trudy, s'il te plaît !

Incapable de résister au regard suppliant de son amie, Trudy céda. Quel mal y avait-il à la rassurer ? Le capitaine Jennings n'avait pas besoin de le savoir. Et puis, elle était intriguée.

— D'accord. J'irai voir le Dr Ryder et je lui raconterai ce que tu m'as dit. Au pire, il pourra nous conseiller. Mais je ne te promets rien, hein !

— Oh ! Trudy ! Merci, merci, merci !

Grace la prit dans ses bras.

— Bon, il faut vraiment que je retourne voir maman. Je n'aime pas laisser papa s'occuper tout seul d'elle, avoua-t-elle tandis que Trudy la serrait fort contre elle.

— Bien sûr ! répondit-elle, la gorge serrée par l'émotion. Et j'espère vraiment que ta mère se rétablira bientôt.

Elle n'arrivait même pas à imaginer ce qu'elle ferait,

ni ce qu'elle ressentirait, si sa propre mère tombait soudain gravement malade. Rien que d'y penser, elle avait la nausée.

Elle s'empressa de reconduire à la porte son amie, qui cria un « au revoir » hâtif à M. et Mme Loveday, toujours dans la cuisine, puis s'en alla.

Après avoir descendu la rue et s'être installée dans un bus qui lui ferait traverser la ville, Grace Farley vacilla et contempla la ville peu à peu engloutie par la nuit, soudain prise d'une bouffée d'angoisse.

Avait-elle bien fait ? Et si tout cela se retournait contre elle ? Et si Trudy la décevait ? Ou pire, et si elle n'obtenait pas les résultats dont Grace avait tant besoin ? Et si sa vieille amie était vraiment douée et en apprenait trop ?

Grace se tortilla sur son siège, luttant contre un malaise grandissant. Et si elle s'était fourvoyée et que ça tournait à la catastrophe ?

Pendant un long moment, Grace Farley se sentit glacée jusqu'aux os.

Elle risquait la prison.

Ou pire ! Que lui ferait son bourreau si le bruit courait que c'était elle qui avait poussé la police à venir enquêter au théâtre ?

Et pourtant… Et pourtant, le jeu en valait la chandelle.

Il fallait absolument qu'elle trouve un moyen de faire pression sur son tortionnaire, avant que… eh bien, avant que la situation dégénère.

Trudy Loveday était la seule personne qu'elle connaissait qui serait peut-être capable lui fournir l'aide dont elle avait besoin. Mais il faudrait qu'elle surveille sa vieille amie de près.

2

Le Dr Clement Ryder fixait sa main, posée à plat sur la nappe. Il grimaça quand elle se mit à frémir. Il se massa la paume avec l'autre main et, au bout d'un moment, les tremblements se calmèrent. Mais il savait qu'ils réapparaîtraient.

Il s'était autodiagnostiqué comme souffrant de maladie de Parkinson à l'époque où il était encore chirurgien à Londres, ce qui l'avait poussé à renoncer à sa carrière médicale et à refaire sa vie comme coroner à Oxford.

Même si, pour l'instant, il avait réussi à dissimuler son état à tout le monde – ses amis, sa famille, ainsi que ses collègues de travail –, il n'avait que trop conscience de mener une bataille perdue d'avance, puisque la maladie ne pourrait qu'empirer au cours des années qui suivraient. Et les symptômes deviendraient de plus en plus visibles.

Mais au moins, étant donné qu'il était veuf et habitait seul à présent que ses deux grands enfants vivaient leur vie, son mode de vie l'aidait à garder le secret sur ses démons intérieurs.

Ce qui expliquait son air féroce quand il entendit la sonnette. Les visiteurs étaient rarement bienvenus. Il jeta un coup d'œil par la fenêtre, constata qu'il faisait presque nuit, et se demanda qui pouvait bien venir le voir à une heure pareille.

Même s'il n'était dépourvu ni d'influence, ni de pouvoir, et se mêlait souvent à la crème de la société oxonienne, il avait peu de vrais amis, et ceux-ci savaient tous qu'il n'était pas du genre à apprécier une visite inopinée.

Il se leva à contrecœur. Mesurant un peu plus d'un mètre quatre-vingts, avec une crinière de cheveux blanc argenté touffus, il avait presque soixante ans mais en paraissait plutôt cinquante. En traversant l'entrée, il surveilla de près ses pieds. La démarche chancelante et inégale, typique de sa maladie, ne pouvait qu'alerter un regard avisé mais, pour l'instant, à son grand soulagement, il marchait aussi bien qu'autrefois.

Peut-être pourrait-il, à l'avenir, feindre une blessure à la jambe pour expliquer des chutes ou des faux pas potentiels ? À moins qu'un soupçon d'arthrite fictive suffise ? Cela lui donnerait une excuse pour marcher avec une canne. Il faudrait qu'il y réfléchisse.

Il ouvrit la porte d'un geste péremptoire, et eut la surprise de découvrir sur le seuil une jeune femme brune à l'air inquiet.

C'était la première fois que Trudy Loveday rendait visite au coroner chez lui. Au cours de leurs deux précédentes collaborations – qui avaient donné lieu à l'ouverture d'enquêtes pour meurtres –, elle l'avait toujours rejoint à son bureau pour lui faire son rapport.

Elle avait trouvé son adresse dans l'annuaire et n'avait pas été étonnée qu'il habite un quartier chic près de South Parks Road. La rue verdoyante où il vivait abritait une rangée de grandes maisons victoriennes identiques.

— Bonsoir, docteur Ryder, dit-elle nerveusement. J'espère que ça ne vous dérange pas que je vous rende visite comme ça… Si vous avez des invités, je peux repasser…

Elle se détourna, souhaitant presque que ce soit le cas pour qu'elle puisse s'en aller.

À présent qu'elle était là, elle se sentait très mal à l'aise. C'était une chose de travailler avec cet homme important sur ordres de son chef, c'en était une autre de venir à son domicile, en civil, pour lui demander une faveur. Cela lui semblait présomptueux, et elle rougit.

C'était pour cette raison qu'elle s'était mise en route à peine dix minutes après le départ de Grace Farley : plus vite elle en aurait fini, moins elle serait sur les nerfs.

— Non, non, je suis seul, la rassura-t-il d'un ton affable, ayant senti son angoisse. Entrez, mademoiselle Loveday.

Trudy se força à sourire avant de pénétrer dans une entrée petite mais – à ses yeux, du moins – imposante, avec ses dalles blanches et noires au sol et son grand miroir ovale au cadre sculpté qui surmontait une étroite console. Le téléphone privé qui trônait dessus lui rappela une fois de plus qu'ils n'appartenaient décidément pas à la même classe sociale.

Si les Loveday avaient besoin de passer un appel téléphonique, ils utilisaient la cabine au bout de la rue, comme tout le monde.

— Allons dans mon bureau, suggéra-t-il en indiquant la porte ouverte à leur gauche. Je m'apprêtais à me faire un chocolat, mentit-il. En voulez-vous un ?

— Oh non, merci, répondit Trudy. Je n'en ai pas pour longtemps et je ne veux pas vous déranger.

Elle se demanda si le coroner comptait vraiment boire un breuvage aussi innocent.

Une ou deux fois par le passé, elle s'était interrogé sur le fait qu'il puisse être trop porté sur la boisson. De temps en temps, elle avait remarqué un ou deux signes pouvant indiquer une ivresse. Mais en cet instant, alors qu'il la précédait dans une pièce agréable tapissée de bibliothèques, avec de grandes fenêtres à guillotine donnant sur la rue arborée, il lui parut alerte et sobre.

— Asseyez-vous, proposa-t-il en désignant l'un des fauteuils en cuir vert clouté qui faisaient face à un bureau en noyer.

Il s'installa de l'autre côté tandis que Trudy, qui avait

toujours autant l'impression de venir quémander son aide, s'exécutait.

Elle se lança sans se laisser le temps de se défiler.

— Si je suis venue, c'est parce que j'ai reçu la visite d'une vieille amie. Et ce qu'elle m'a raconté… Je me suis dit que vous devriez être au courant.

— Oh ?

Clement semblait interloqué, mais aussi intrigué. Ce qui était bon signe, espéra Trudy.

— Oui. C'est à propos de la jeune fille qui s'est empoisonnée récemment – l'affaire des baies d'if – et elle…

Le coroner l'interrompit d'un geste.

— Un instant, s'il vous plaît. C'est l'un de mes dossiers – j'ouvrirai l'enquête après-demain.

— Ah. J'espérais que ce serait le cas, avoua Trudy. Ça facilite les choses.

Clement lui fit un sourire en coin. Il avait appris à bien connaître Trudy Loveday au cours de l'année passée, et à respecter son ambition et son intelligence, mais elle pouvait encore être d'une naïveté et d'une innocence à vous briser le cœur.

— Peut-être. Mais ça ne se fait pas vraiment de discuter des détails d'une enquête avant même qu'elle n'ait débuté. Et si vous êtes venue me poser des questions sur cette affaire, j'ai bien peur de ne pas pouvoir en discuter. Même si vous avez été officiellement affectée à ce dossier… ?

Il leva délicatement un sourcil, et Trudy s'empressa de secouer la tête.

— Non, pas du tout, confirma-t-elle.

Elle n'eut pas besoin d'en dire plus. Ils savaient tous les deux que son supérieur ne lui aurait pas assigné une enquête aussi importante, étant donné que le capitaine Jennings préférait qu'elle se charge des tâches administratives et console des femmes victimes de vol de sac à main ou ayant perdu leur chat.

Il n'aurait jamais eu l'idée de l'impliquer dans une enquête qui nécessitait un vrai travail d'investigation !

— Non, commenta Clement d'un ton désabusé, avec une lueur ironique dans le regard. Mais même si vous aviez été affectée à cette affaire…

Cette fois-ci, ce fut Trudy qui l'interrompit, quoiqu'en rougissant.

— Ne vous inquiétez pas, docteur Ryder, je ne suis pas venue vous poser des questions. Je ne voudrais pas abuser de votre…

Elle avait envie de dire « amitié », mais se retint juste à temps.

— Gentillesse. En fait, c'est tout le contraire. Je suis venue vous dire quelque chose qui vous paraîtra peut-être pertinent. Ou pas. Je ne sais pas trop.

Soudain, elle se sentait perdue et beaucoup moins convaincue que l'opinion de Grace intéresserait cet homme important. Dans cette demeure si élégante, Trudy se mit à en douter.

S'était-elle montrée stupide ? En sortant de chez elle, Trudy avait été certaine que le docteur serait content de la voir et curieux d'écouter ce qu'elle avait à dire, puisqu'il l'appréciait et que tous deux s'étaient bien entendus par le passé. À présent, elle avait perdu de son optimisme.

— Eh bien, je ne peux pas savoir tant que vous ne me l'aurez pas dit, Trudy, répondit Clement, amusé par son manque de cohérence soudain et décidé à la mettre à l'aise.

Elle lui faisait penser à un chat propulsé dans un environnement inconnu, et il se réjouit quand elle commença à se détendre.

— Dites-moi donc de quoi il s'agit, l'encouragea-t-il d'un ton aimable.

Il ne lui fallut pas longtemps pour rapporter l'essentiel de la visite de Grace Farley. Ensuite, elle attendit impatiemment sa réaction.

Le coroner n'eut besoin que de quelques instants pour enregistrer ces informations, puis il fouilla brièvement dans sa mémoire – qui, heureusement, fonctionnait toujours parfaitement.

— Le dossier est resté à mon bureau, bien sûr, mais je suis à peu près certain que Grace Farley ne fait pas partie des témoins sur ma liste, admit-il enfin.

— Ça veut dire que vous ne pouvez pas lui demander de témoigner de l'état d'esprit de la victime, alors ? demanda Trudy, déçue.

Clement éclata de rire.

— Ce n'est pas un procès criminel, vous savez, lui rappela-t-il gentiment. J'appellerai à la barre la personne qui l'a trouvée – sa mère, me semble-t-il – ainsi que des experts, médicaux et autres. Et sa meilleure amie, je crois, qui dira probablement la même chose que votre visiteuse ?

Trudy haussa les épaules.

— Je n'en sais rien. Mais Grace a juré dur comme fer qu'Abigail n'était pas suicidaire. J'ai simplement pensé que vous devriez être au courant. Et j'ai promis à Grace de vous en parler, donc…

— Donc la balle est dans mon camp – ou dans mon tribunal, plutôt.

Elle lui fit un grand sourire.

— J'aimerais pouvoir assister à l'audience, dit-elle, soudain mélancolique. L'affaire m'intéresse, maintenant. Mais le sergent ne me laissera jamais y aller ! Même si je lui dis que ce sera formateur pour moi.

— Peu importe. Passez à mon bureau après et je vous raconterai tout, promit-il.

— Vraiment ? Merci beaucoup, répondit Trudy en se levant.

Il la raccompagna poliment et souriait encore en fermant la porte derrière elle.

Comme toujours, son enthousiasme juvénile lui avait

remonté le moral. Elle ne s'en était peut-être pas rendu compte, mais le coroner était content qu'elle soit venue le voir.

Ce n'est qu'après l'avoir remercié, alors qu'elle était sur le chemin du retour, que Trudy se demanda ce qu'il avait pensé des inquiétudes de Grace concernant les tours joués au théâtre.

Cela l'avait-il intéressé ? Les sales coups d'une bande d'aspirantes reines de beauté n'avaient pas dû le passionner.

En tout cas, ça ne pourrait pas faire de mal de passer au théâtre un après-midi pendant les répétitions, pour satisfaire sa propre curiosité. Grace lui avait confié que le propriétaire du théâtre leur prêtait le bâtiment pendant la journée, à condition qu'ils libèrent les lieux bien avant le début des représentations du soir. Le théâtre ne devait pas proposer de spectacles le jour.

Ça avait l'air amusant. Elle n'avait encore jamais vu de concours de beauté, et l'idée était séduisante. Les jolies robes, les paillettes… Toutefois, elle ne pouvait s'imaginer un instant parader en maillot de bain en public ! Rien que d'y penser, elle frissonna.

Mais jeter un coup d'œil et apaiser les inquiétudes de Grace – quel mal pouvait-il y avoir à ça ? Quand Trudy était entrée à l'école, elle s'était sentie intimidée et Grace, qui était un peu plus âgée, avait eu la gentillesse de la prendre sous son aile. Elle était même intervenue une fois, alors qu'un tyran de la cour de récré avait essayé de pousser Trudy dans le bac à sable. Jusque-là, celle-ci n'avait jamais eu l'occasion de s'acquitter de sa dette mais, à présent, c'était enfin possible.

Il ne lui vint pas à l'idée qu'en faisant cela, elle mettait peut-être sa propre vie en danger…

3

Mme Christine Dunbar soupira quand un gros bouquet de chrysanthèmes cognac refusa obstinément de prendre la forme qu'elle voulait, et se mit à le réarranger impatiemment dans un grand vase en cristal taillé.

C'était une femme plutôt séduisante mais corpulente et charnue, qui ne sortait jamais sans corset. Ses cheveux blonds crantés aux reflets cuivrés étaient domptés par de généreuses quantités de laque, et elle portait toujours du maquillage de luxe dernier cri. Seuls ses yeux bleus qui lui donnaient des allures de merlan frit la tracassaient vraiment, mais comme l'avait toujours dit sa mère, une femme pragmatique, elle n'y pouvait pas grand-chose.

Son grand-père avait été un politicien conservateur pendant de nombreuses années. Il avait connu son heure de gloire avant la Grande Guerre, lorsqu'il avait été nommé membre du gouvernement. C'était de lui qu'elle avait hérité, en tant que fille unique, le grand manoir blanchi à la chaux près de Woodstock Road où elle vivait désormais. Située dans un quartier chic du nord d'Oxford, la demeure disposait d'un vaste jardin bien entretenu ainsi que d'un double garage.

Ayant enfin soumis les fleurs à sa volonté, elle emporta le vase parfaitement arrangé dans le salon et le plaça sur le piano à queue. Ni elle ni son mari ne savaient en jouer, n'étant pas particulièrement friands de musique, mais il trônait au beau milieu de la pièce, probablement depuis l'époque victorienne.

Son mari, qui lisait le *London Times* sur le canapé, remarqua à peine sa présence quand elle s'assit sur le divan en face de lui et prit son tambour à broder, qui contenait son dernier projet en date.

Elle aimait broder des citations religieuses, généralement entourées d'une bordure fleurie, dont elle faisait ensuite don pour la vente de charité de l'église locale.

Elle jeta un œil à la délicate pivoine rose qu'elle avait presque terminée, puis elle contempla son mari, Robert, sans enthousiasme.

Mme Dunbar était persuadée que par bien des côtés, elle avait fait une mésalliance. Et pourtant, elle ne pouvait nier que son choix s'était révélé sage et avisé.

Elle était prête à admettre que Robert n'était pas particulièrement bel homme, ce qui ne la troublait pas plus que cela. D'une taille moyenne – un mètre soixante-dix –, désormais âgé de cinquante-deux ans, il commençait à perdre ses cheveux mais les teignait d'un beau noir qui mettait en valeur ses yeux couleur ébène. La moustache assortie était également d'un noir de jais, mais son menton était indéniablement fuyant. Cependant, son mari s'habillait avec soin et, parfois, Christine se demandait (avec un certain malaise, n'ayant pas l'habitude de s'analyser) s'il n'avait pas plus de goût qu'elle. Il faisait partie de ces hommes qui dégageaient une énergie intense. Le genre d'homme qui était à la fois volontaire, drôle et bienveillant. Mais elle savait que tout cela n'était qu'une façade dissimulant sa nature avide.

Qu'elle approuvait pleinement.

Bien que Robert soit issu d'une frange modeste de la classe moyenne (son père était professeur de chimie dans une école pour garçons médiocre), il avait toujours eu de grandes ambitions. Et Christine, qui cherchait un mari capable de lui offrir une vie de luxe, avait eu la perspicacité de sentir qu'il était suffisamment intelligent et déterminé pour réussir.

Ce qu'il avait fait. Grâce à la confortable dot de sa femme, il avait fondé une entreprise éminemment lucrative produisant de la confiture, du miel et de la marmelade vendus aux palais les plus fins d'Angleterre.

Bien sûr, c'était du commerce, ce qui froissait ses sensibilités d'aristocrate, mais Christine mettait un point d'honneur à ne jamais visiter l'usine. De plus, elle avait ignoré tant bien que mal les moqueries dont elle avait fait l'objet pendant les premières années de son mariage. Elle tirait à présent une immense satisfaction du fait que, alors que l'impôt sur le revenu obligeait nombre de ses amis à se serrer la ceinture ou à vendre meubles et bijoux de famille, elle n'avait pas eu à diminuer son train de vie.

Il était simplement agaçant que les affaires aient envahi sa vie avec une telle grossièreté ces dernières semaines.

D'ordinaire, quand son mari lui parlait de ses plans pour développer l'entreprise ou se vantait d'un projet destiné à faire de la publicité aux produits Dunbar, Christine l'écoutait à peine.

Mais sa dernière idée la tracassait terriblement.

Quand il avait proposé de créer le concours de Miss Miel dans l'espoir de rendre leur marque aussi célèbre qu'Oxford Marmalade, Christine en était restée bouche bée. Son âme conservatrice frissonnait devant une perspective aussi plébéienne qu'un concours de beauté, et elle entendait déjà les moqueries qui ne manqueraient pas de resurgir.

Son mari plaisantait, n'est-ce pas ?

Pas le moins du monde. Bien qu'il accède généralement à ses requêtes, il ne démordait pas de l'idée que les décisions concernant l'entreprise étaient de son ressort, et il refusait qu'on lui dicte sa conduite sur ce terrain.

Au bout du compte, elle avait dû renoncer. Mais cela ne voulait pas dire qu'elle s'avouait entièrement vaincue.

Elle avait généreusement – et habilement – proposé de l'aider à organiser l'événement.

De cette façon, avait-elle souligné, il n'aurait pas besoin de négliger la gestion de l'entreprise, ni ses tâches quotidiennes, tout en bénéficiant de sa lumineuse stratégie publicitaire.

En réalité, elle avait proposé ses services uniquement pour éviter que son mari ne s'intéresse de trop près à l'événement, parce que… eh bien, comme Christine avait dû le constater dès leurs premières années de mariage, Robert avait tendance à courir le jupon.

Évidemment, c'était agaçant. Quand elle était plus jeune, elle en avait beaucoup souffert. Mais au fil des ans, et à force de se répéter que ce n'était pas si grave, elle avait réussi à ignorer le problème. Enfin, presque.

Après tout, bien des femmes de son milieu devaient composer avec des époux infidèles, surtout s'ils étaient riches, puissants et éminents. Les hommes étaient comme ça. Tant qu'ils faisaient preuve de discrétion, cela permettait à tous de faire comme si de rien n'était. Et elle devait admettre que Robert était toujours particulièrement prudent. C'était la moindre des choses !

Pendant un instant, une grimace de douleur déforma son visage sans charme.

Même si Christine n'avait pas hésité à laisser son mari gérer son argent et son capital, elle avait eu l'intelligence de tout garder à son nom. Ce qui signifiait qu'en vingt-cinq ans de mariage, Robert avait toujours su qu'elle tenait les cordons de la bourse et qu'il avait intérêt à ne pas la contrarier.

Mais, de nature suspicieuse (et inconsciemment, manquant de confiance en elle), elle avait vite découvert sa ribambelle de maîtresses. Il les logeait dans un appartement discret de High Wycombe, où était située une deuxième usine Dunbar qu'il allait « superviser » une ou deux fois par semaine.

Elle avait été forcée d'accepter gracieusement cet arrangement, en femme intelligente et sophistiquée qui avait été éduquée selon ces principes.

Et elle ne pensait pas qu'il serait assez bête et vulgaire pour se laisser embobiner par une jeune écervelée imaginant que ce concours de beauté local lui ouvrirait les portes d'une carrière de mannequin.

Cependant, il était indéniable que Robert aimait les jolies femmes. Et passé la cinquantaine… eh bien, les hommes devenaient souvent un peu idiots. L'idée de le lâcher au milieu de telles tentations l'avait hérissée.

Heureusement, elle avait une excellente espionne en la personne de Grace Farley. Christine avait convaincu son époux de la désigner « représentante de Dunbar » pour l'organisation de l'événement. Grace ne risquait pas de lui désobéir. Et puis, bien sûr, elle pouvait compter sur cette bonne vieille Patricia Merriweather pour l'aider à contrôler son mari volage.

Elle-même veuve, la vieille dame n'avait pas d'illusions sur le monde, et bien sûr, les Merriweather faisaient partie des familles séculaires d'Oxford, avec un arbre généalogique qui remontait encore plus loin que le sien.

Pourtant, Christine ne pouvait se départir d'un certain malaise.

D'étranges incidents s'étaient succédé. L'histoire de la crème pour le visage, par exemple. Et cette pauvre fille qui était tombée dans l'escalier. Même si elle n'était pas du genre à être sensible aux « mauvaises ondes » ou à laisser son imagination galoper, elle commençait à sentir qu'un… nuage noir pesait sur la compétition.

Pire encore, une semaine plus tôt, elle avait entendu des rumeurs selon lesquelles l'une des filles s'était vantée d'avoir trouvé un riche amant !

À présent, Christine avait l'impression que tout son mode de vie était menacé. Ce qui était intolérable. Comme si elle allait laisser une petite idiote mettre en péril son bien-être et son quotidien à la mécanique si bien huilée !

Elle jeta un coup d'œil pensif à son mari.

Elle était à peu près certaine qu'il avait soudoyé la fille qui avait eu une éruption de boutons pour qu'elle n'ébruite pas l'incident. Il devait aussi être au courant des autres tentatives minables de sabotage, étant donné qu'il n'avait pas caché son inquiétude à l'idée que des rumeurs gâchent ce qu'il espérait transformer en concours annuel.

Au moins, les choses se passaient bien sur d'autres fronts. L'Old Swan Theatre avait connu des jours meilleurs, mais c'était toujours un lieu respectable, et les billets pour la soirée du concours qui aurait lieu trois semaines plus tard s'étaient bien vendus. Tous les journaux en parleraient, même la radio locale couvrirait la manifestation.

Plusieurs propriétaires de commerces florissants, d'un patron de grand magasin à un fleuriste, soutenaient l'opération en fournissant des prix et en participant au jury.

Et elle-même ne surveillait-elle pas de près les événements ? Elle était intervenue quand cela avait été nécessaire et continuerait à diriger les opérations jusqu'à ce que cette débâcle soit terminée. Les candidates – une bande de traînées et d'écervelées – n'avaient qu'à bien se tenir !

Et pourtant, dans un coin de son esprit, elle avait peur que son imbécile de mari s'oublie et commette une idiotie monumentale. Au point de mettre en péril leur existence si agréable.

À cette idée, Christine Dunbar enfonça son aiguille à broder dans le tissu blanc avec une telle vigueur qu'elle se piqua le doigt. Elle ravala un juron indigne d'une dame et suça le sang avant qu'il puisse tacher quoi que ce soit.

Quand il se posa sur son mari, qui lisait toujours son journal sans se douter de rien, son regard était soupçonneux et calculateur.

4

Le Dr Clement Ryder ouvrit l'audience sur la mort d'Abigail Trent à l'heure prévue. Comme toujours quand il présidait, l'efficacité et la ponctualité régnaient : son équipe le respectait autant qu'elle le craignait.

Il regarda d'un air pensif le jury se réunir, puis il écouta attentivement les témoins. Bien sûr, il était toujours zélé, ayant une conscience aiguë de l'importance de son travail, mais il devait admettre que la requête sans précédent de Trudy Loveday l'avait rendu encore plus méticuleux que d'habitude.

Naturellement, il ne laisserait pas les remarques de Grace Farley l'influencer, mais il ne pouvait pas nier qu'elles avaient piqué sa curiosité.

À mesure que la matinée avançait, les circonstances de la mort de la jeune fille furent dévoilées par les témoignages des experts et des proches de la victime.

Les éléments médicaux, au moins, étaient limpides, et le médecin légiste présenta ses conclusions avec minutie. La jeune femme était décédée des suites de l'ingestion de taxine, un mélange d'alcaloïdes présent dans les baies d'if – plus précisément, dans les graines contenues dans les baies. L'ingestion avait entraîné un choc cardiogénique, qui avait provoqué une arythmie, puis un arrêt cardiaque fatal.

Le jour du décès, sa sœur Miriam était passée au domicile familial pour utiliser la machine à laver de sa mère, plus récente que la sienne. Elle devait se contenter d'un simple bac et d'une essoreuse à main dans le nouveau logement, peu meublé, où elle avait emménagé après son mariage. Il était près de 9 heures du matin, si bien que sa mère lui avait demandé de monter dans la chambre d'Abigail pour vérifier qu'elle était bien partie travailler. Sa mère n'avait pas entendu sa benjamine descendre, et même si, depuis qu'elle s'était inscrite à un concours de beauté local, elle sautait parfois le petit déjeuner pour mincir, elle passait généralement boire une tasse de thé dans la cuisine.

Miriam témoigna qu'elle avait trouvé sa sœur allongée dans son lit et qu'au début, elle avait pensé qu'elle dormait. Cependant, elle n'avait pas réussi à la réveiller et, alarmée par sa pâleur et sa peau froide, elle avait appelé sa mère. Il avait suffi d'un coup d'œil à Mme Vera Trent pour qu'elle demande à Miriam d'appeler une ambulance depuis une cabine téléphonique.

Mais quand un médecin de quartier, également appelé par Miriam, était arrivé sur les lieux, il avait constaté le décès d'Abigail.

Il avait aussi remarqué un verre vide sur la table de chevet de la morte, qui dégageait une odeur de jus d'orange mais contenait de mystérieux résidus. Mme Trent et Miriam avaient confirmé qu'Abigail buvait beaucoup de jus d'orange ces derniers temps, ayant entendu dire que les vitamines donnaient un joli teint.

Troublé par les symptômes que présentait le cadavre, le docteur avait insisté pour appeler la police. Les résultats de l'autopsie avaient ensuite entraîné l'ouverture d'une enquête.

Voilà les faits.

Il était moins aisé d'éclaircir le mystère entourant la personnalité de la victime et les semaines ayant précédé sa mort.

Tous ceux qui la connaissaient décrivaient Abigail

Trent comme une jolie fille de dix-neuf ans, qui avait vécu chez ses parents toute sa vie. Ils avaient d'abord habité à Cowley, puis la famille avait déménagé dans un quartier près de Parklands, dans la périphérie de Summertown – une banlieue beaucoup plus chic – peu après son neuvième anniversaire. Elle avait trois sœurs et deux frères, tous plus âgés qu'elle et, de toute évidence, elle avait l'intention de réussir dans la vie.

Contrairement à ses sœurs – qui avaient épousé des garçons du coin avant leurs vingt ans – et à ses frères – qui travaillaient comme ouvriers pour une entreprise de construction –, Abigail avait toujours eu de l'ambition, expliqua fièrement sa mère.

Benjamine de la famille, c'était elle qui avait le plus bénéficié du déménagement à Summertown, d'autant plus qu'après avoir réussi l'*eleven-plus* à onze ans, elle avait été affectée à une excellente école, fréquentée en majeure partie par des enfants issus de la classe moyenne et plus propice à l'ascension sociale. Elle avait eu d'assez bonnes notes et, sans être excellents, ses résultats à l'examen de fin d'études secondaires lui avaient permis de suivre une formation de secrétaire. Ensuite, elle avait trouvé son tout premier emploi : assistante dans un cabinet d'avocat. Bien que de petite taille, ce dernier était réputé.

Mais d'après les témoignages de ses amies et camarades, il était clair que les ambitions de la jeune morte ne se résumaient pas à son travail.

Dr Ryder n'avait pas ajouté le nom de Grace Farley à la liste des témoins, pour ne pas compliquer les choses. Cependant, son absence n'eut pas d'importance, les amies d'Abigail racontant toutes à peu près la même histoire. Elles s'accordaient à dire qu'Abigail avait été très populaire à l'école, grâce à ses talents sportifs et musicaux, ainsi qu'à sa beauté physique évidente. Le coroner et le jury purent examiner des photographies de la victime, une grande brune aux longues jambes, dotée d'une silhouette parfaite et d'un joli visage. Le grain de beauté juste au-dessus de la bouche ne faisait qu'ajouter à son charme.

Si bien que personne n'avait été particulièrement surpris lorsqu'elle avait candidaté à Miss Miel.

Sa meilleure amie, Vicky Munnings, expliqua qu'Abigail l'avait persuadée de se joindre à elle, malgré son manque d'enthousiasme. Quand elles avaient toutes deux étaient sélectionnées, Abigail (ou Abby, comme elle se faisait appeler) avait été ravie.

— À partir de ce moment-là, elle était déterminée à gagner le concours, témoigna Vicky.

D'après elle, son amie avait vu cette réussite comme un tremplin. Tout le monde savait que la gagnante serait automatiquement inscrite au concours de Miss Oxford de l'année suivante, et que Miss Oxford participerait à Miss Angleterre, qui, bien sûr, ouvrait à Miss Monde.

— Abby avait trop les pieds sur terre pour penser qu'elle irait aussi loin, commenta Vicky, défendant son amie avec vigueur.

Mais Abby restait convaincue que gagner le concours lui ouvrirait des perspectives. Un travail de modèle publicitaire à Londres, peut-être. Ou même de mannequin pour une grande maison de mode. Il était très possible, avoua Vicky en larmes, que son amie se voyait déjà vivre à Paris.

Mais pour assouvir ces ambitions, elle devait gagner.

— Elle est devenue obsédée par les produits de beauté et les techniques pour embellir sa silhouette, raconta Vicky. Par exemple, des exercices pour gonfler sa poitrine et amincir sa taille.

Elle était également adepte de jeûnes périodiques pour perdre du poids et avait dépensé tout son argent en lotions et crèmes pour le visage, qui coûtaient bien trop cher à son goût. Elle s'en plaignait continuellement.

— Elle dévorait les articles de magazines féminins

sur les mélanges d'herbes faits maisons cènsés donner de l'éclat à la peau et ce genre de choses, qui étaient bien plus abordables, ajouta Vicky.

Et c'est à cet instant que le Dr Ryder – ainsi sans doute que le jury et les journalistes – dressa l'oreille. Ils arrivaient enfin au cœur de l'affaire.

Quand le coroner demanda si son amie avait pu ajouter une concoction « naturelle et faite maison » à son verre de jus d'orange en pensant que ça contribuerait à la rendre plus belle ou plus mince, Vicky avait été incapable de répondre clairement. Elle avait hésité, l'air effrayée, nerveuse et peu sûre d'elle. Enfin, en larmes, elle avait avoué qu'Abby avait tenté des recettes de cosmétiques avant sa mort – y compris un genre de masque pour le visage à base d'avoine et de lait, en suivant les instructions d'un article de journal. Ensuite, elle avait fabriqué un shampoing fait maison supposé faire briller ses cheveux. Et oui, admit Vicky, il était fait à partir d'un extrait de plante qu'Abby avait récolté elle-même, mais Vicky ne lui avait pas demandé de quoi il s'agissait, l'odeur ne lui revenant pas.

Quant à savoir si elle aurait ingurgité une de ses préparations… Vicky n'en savait rien. Quand le Dr Ryder insista, elle jura que son amie « n'était pas bête » et que, pendant leur enfance, leurs parents les avaient toujours averties de « ne pas manger les baies des haies ».

Mais elle avoua aussi qu'Abby et elle ne savaient pas franchement distinguer les plantes toxiques des autres.

Comme d'habitude, le témoignage des parents fut déchirant. Oui, ils avaient entendu les rumeurs blessantes selon lesquelles leur fille était parfois lunatique et instable, et aurait bu le poison volontairement. Mais c'était tout simplement absurde. Leur fille était jeune, belle et impatiente de participer au concours de beauté, en particulier à la soirée de clôture sur la scène de l'Old Swan Theatre. De plus, elle avait des projets d'avenir.

Oui, elle était parfois un peu morose et elle avait des hauts et des bas, tout comme bien des jeunes filles de son âge. En tout cas, elle n'avait pas consulté de médecin pour dépression ni rien de ce genre.

Elle n'avait vraiment pas de quoi se plaindre : elle avait un emploi stable et intéressant, ainsi qu'un petit ami, un certain William Hanson (même si, à leur avis, ce n'était pas sérieux), et aucun souci de santé. Pourquoi aurait-elle fait un geste aussi terrible ?

Le petit ami en question, appelé à la barre, admit qu'ils étaient sortis ensemble par le passé, mais il expliqua qu'ils s'étaient éloignés depuis qu'elle avait commencé les répétitions pour le concours de beauté, si bien qu'ils avaient plus ou moins rompu. Il avoua avoir une nouvelle petite amie, mais confirma ce qu'avaient dit les parents d'Abby : elle n'était pas du tout du genre suicidaire. Lui non plus n'arrivait pas à croire qu'elle ait pu s'empoisonner délibérément.

Clement se posait la même question – et de toute évidence, le jury aussi.

À 16 heures, ils avaient passé en revue toutes les données, et Clement constata que le jury était mal à l'aise et hésitant.

En bon connaisseur à la fois des jurés et de la nature humaine en général, il n'eut aucun mal à décrypter leur état d'esprit collectif. Ils ne croyaient visiblement pas à l'hypothèse du suicide. La jeune femme n'avait pas laissé de mot, et de toute façon, la plupart des jurys hésitaient à se prononcer en faveur d'un suicide, pour ménager la famille de la victime.

Aucun signe n'indiquait qu'il aurait pu s'agir d'un « acte de malveillance ». Les deux parents témoignèrent que leur fille était allée se coucher comme d'habitude et était morte dans son sommeil. Rien ne laissait soupçonner la présence d'un intrus ou une entrée par effraction.

Il ne restait donc que le décès accidentel, avec ou sans comportement à risque.

De toute évidence, le poison était dans le verre de jus d'orange (comme l'avait confirmé une analyse chimique). Mais comment était-il arrivé là ?

Étant donné les témoignages qu'ils avaient entendus, Clement supposa qu'ils concluraient que la jeune fille s'était concocté une potion de beauté, qui avait malheureusement entraîné sa mort.

Mais le Dr Ryder n'était pas convaincu que cela se soit passé ainsi.

Dans ses conclusions, il joua donc très habilement de leurs incertitudes en insistant sur le fait qu'un verdict non-concluant donnerait aux autorités le temps d'étudier l'affaire plus en détail.

Soulagés qu'on leur retire la responsabilité de la décision finale, ils sautèrent sur l'occasion sans se poser de questions et, en moins de dix minutes, optèrent pour un verdict non concluant – au grand désespoir du représentant de la police, qui avait espéré pouvoir rayer cette affaire de leurs registres une fois pour toutes, en y ayant consacré un minimum de temps et d'efforts.

Les journalistes s'empressèrent d'envoyer leurs articles – s'ils jouaient bien leur carte, la « mort mystérieuse d'une reine de beauté » ferait leurs choux gras pendant des jours, ce qui leur éviterait de devoir chercher d'autres sujets d'articles. Et puis, la mort et les jolies filles dopaient toujours les ventes, si bien que tout le monde était content.

Sauf Robert Dunbar, bien sûr. Il avait espéré que le décès d'Abigail Trent serait traité rapidement et discrètement, pour ne pas entacher sa première incursion dans le *show-business*.

Le lendemain matin, il y avait un autre mécontent : le capitaine Harry Jennings. Il faut dire qu'il n'était jamais ravi que le Dr Clement Ryder passe à son bureau. C'était presque toujours une source de problèmes et de dérangement.

Mais pour une fois, le capitaine était décidé à ne pas céder face au coroner.

— Désolé, mais je ne peux pas vous laisser Mlle Loveday. Elle est en mission spéciale, déclara-t-il d'un air satisfait.

Étant donné que Trudy lui avait déjà dit que cette « mission spéciale » consistait à fouiller les suspects de sexe féminin arrêtés pendant un des raids sporadiques dans les bordels de la ville, Clement ne fut pas particulièrement impressionné.

— C'est dommage, commenta Clement d'un ton égal. Les journalistes vont se jeter sur cette affaire, que cela nous plaise ou non.

— Je ne vois pas en quoi cela pose problème, grogna Jennings, mal à l'aise.

— Eh bien, étant donné qu'il y a un mauvais plaisantin à l'œuvre au théâtre, la presse à sensation risque d'en faire des gorges chaudes.

Le capitaine le scruta.

— Comment ça ? Quel genre de mauvais plaisantin ? demanda-t-il, sincèrement inquiet.

Visiblement, ce vieux renard de coroner savait quelque chose qu'il ignorait. Et ce n'était jamais bon signe.

— Oh ! vous n'en avez pas encore entendu parler ? releva Clement d'un air dégagé.

Heureusement, Trudy avait fidèlement récité tous les griefs de Grace.

— Apparemment, il y a eu des problèmes au concours de beauté. Des crèmes pour le visage trafiquées, des fils tendus par-dessus les marches de la scène, ce genre de choses.

— Autrement dit, des canulars puérils, rétorqua Jennings. Ça ne m'a pas l'air bien méchant.

— Je suis d'accord. Mais cela signifie que vous allez

devoir affecter une partie de vos effectifs au concours. Juste au cas où le farceur serait allé trop loin et n'aurait pas pris la mesure des propriétés toxiques de l'if.

— Et alors ?

Le capitaine Jennings prit un ton détaché, mais il était de plus en plus mal à l'aise.

Clement haussa les épaules.

— Je pense que le propriétaire du théâtre et l'organisateur du concours, sans parler des jeunes filles, risquent de mal prendre la présence de policiers mâles balourds rôdant dans les parages. Surtout s'ils passent leur temps à surprendre « accidentellement » les candidates en sous-vêtements pendant qu'elles se changent ou à les guigner en maillot de bain. Ça risque de les ennuyer.

Jennings rougit.

— Quelle idée ! Mes hommes sont des professionnels chevronnés.

— Hmm. Mais un homme reste un homme. Vous ne croyez pas qu'ils vont profiter de la présence de tant de jolis témoins ?

— Absolument pas ! suffoqua Jennings.

— Parce que s'ils craquent et qu'il y a des plaintes... Vous imaginez les gros titres ?

Clement fit mine de frissonner.

— Ça n'arrivera pas, répliqua Jennings. Je m'en assurerai.

— Mais à quoi bon prendre le risque ? Ne croyez-vous pas que, puisque vous avez la chance d'avoir une policière dans votre équipc, il serait logique de l'affecter à une affaire où elle serait clairement utile ?

Le capitaine – qui voyait d'un mauvais œil le fait qu'on ait catapulté une femme dans son commissariat jusque-là entièrement masculin – jeta un regard soupçonneux au coroner. Il n'aimait pas le ton égal et raisonnable du vieux vautour. Rien n'éveillait autant sa méfiance.

Et puis, il n'allait pas se laisser manipuler et se plier aux quatre volontés de Ryder.

— Mlle Loveday est trop inexpérimentée pour qu'on lui confie des responsabilités, s'entêta-t-il.

Clement, vêtu comme toujours d'un costume impeccable (celui d'aujourd'hui était une création gris foncé avec des rayures rouge sombre si fines qu'elles étaient presque invisibles), croisa les jambes avec désinvolture, et contempla pensivement l'étroite bande de chaussette bordeaux que son geste venait de dévoiler.

— Mais si elle n'a pas l'occasion d'acquérir de l'expérience, elle n'apprendra jamais, n'est-ce pas ? fit-il remarquer.

Le capitaine poussa un soupir.

— C'est une affaire en cours, grâce à v… au verdict prononcé par le jury.

Bien sûr, il était tout à fait conscient que c'était le coroner qui avait poussé le jury à rendre ce verdict, et il était décidé à ne pas céder au vieux fouineur. Sa petite protégée et lui allaient apprendre qu'ils ne pouvaient pas gagner à chaque fois.

— C'est pourquoi, poursuivit-il avec un sourire joyeux, j'ai décidé de confier l'enquête sur la mort d'Abigail Trent à un policier plus compétent.

Clement l'examina, curieux. Il n'était pas surpris que le capitaine se montre si peu coopératif. Mais il se demanda vaguement pourquoi. De la misogynie, peut-être ? Ou était-ce Clement lui-même que Jennings ne supportait pas ?

Peu importait. Il n'était pas d'humeur à croiser le fer avec un adversaire aussi minable. Il était bien plus facile – et plus rapide – de s'arranger directement avec ses supérieurs.

— Bien, si c'est votre avis, dit-il avec un sourire aimable, en se levant brusquement.

Tandis qu'il se dirigeait vers la porte en remettant

son chapeau, il sentit peser sur lui le regard surpris et méfiant de Jennings.

— Bonne journée, capitaine, lança Clement avant de traverser le bureau principal en rendant leur salut poli aux quelques policiers présents.

Une fois de retour dans son propre bureau, il ne fallut que deux minutes au coroner pour décider lesquels de ses amis il allait appeler. Plusieurs personnes lui devaient une faveur – et il pensait à l'un d'eux en particulier. Dans le temps, il avait évité à l'un de ses collègues une erreur potentiellement désastreuse quand celui-ci avait mal diagnostiqué un patient atteint d'une maladie rare. N'importe quel médecin aurait fait la même erreur, mais Clement avait eu la chance d'avoir un cas similaire au début de sa carrière, si bien qu'il en avait reconnu les symptômes, particulièrement difficiles à identifier.

Son ami était désormais un homme puissant, membre de nombreux comités, et il cherchait à s'acquitter de sa dette depuis des années. Il serait ravi d'apprendre qu'il pourrait enfin rendre service à Clement et considérer qu'ils étaient quittes.

Dix minutes plus tard, un capitaine Jennings furieux reçut un coup de téléphone de sa hiérarchie lui ordonnant de mettre la stagiaire Loveday au service du coroner dans le cadre de l'affaire Abigail Trent.

Au même moment, Trudy était dans les cellules, où elle fouillait les sacs à main de plusieurs prostituées qui la traitaient de tous les noms et lui faisaient des propositions qui auraient fait piquer un fard à sa mère.

Elle essayait vaillamment de faire comme si elle-même n'avait pas les joues brûlantes devant les moqueries particulièrement crues des femmes incarcérées, mais en réalité, elle se réjouit d'être relevée par un policier qui lui dit que le capitaine voulait la voir.

Évidemment, cette remarque entraîna un nouveau torrent de sous-entendus, et elle espérait que sa rougeur s'était dissipée quand elle frappa à la porte du capitaine quelques minutes plus tard.

— Entrez ! fit-il sèchement.

À son ton sarcastique et à ses phrases courtes et cinglantes, elle comprit immédiatement que son supérieur écumait de rage. Mais peu lui importait quand il lui transmit la bonne nouvelle : elle allait de nouveau travailler avec le coroner.

Et le fait que ce soit sur l'affaire Abigail Trent était la cerise sur le gâteau. Grace serait si heureuse !

Trudy prit sa bicyclette et, tandis qu'elle pédalait vers Floyds Row, où était situé le bureau du coroner, elle pensa, ravie, qu'elle allait au moins pouvoir tranquilliser son amie.

5

— Alors, par où commençons-nous ? demanda Trudy.

Elle remercia d'un sourire rayonnant la secrétaire du Dr Ryder, qui sortit avec sa discrétion habituelle après avoir posé un plateau contenant une grande théière, trois tasses et une boîte de biscuits Huntley & Palmers.

Trudy se sentait de plus en plus chez elle dans le bureau du Dr Ryder et, tout en buvant une gorgée de thé, elle lui jeta un coup d'œil interrogateur. Il était assis de l'autre côté de son grand bureau ordonné.

— Eh bien, j'ai pensé que nous pourrions commencer par nous occuper de votre amie Grace. J'ai pris la liberté de lui téléphoner au bureau, et elle a accepté de passer pendant sa pause déjeuner, dit-il en consultant sa montre. Soit dans une dizaine de minutes.

— Alors, que pensez-vous de l'affaire ? questionna Trudy, toute heureuse.

Clement sourit.

— Pour l'instant, rien de particulier.

Comme toujours, son enthousiasme l'amusait. Il prit un biscuit qu'il posa sur sa soucoupe puis, d'une main assurée qui ne tremblait pas ce jour-là, souleva sa tasse pleine.

À terme, il savait qu'il se mettrait à bredouiller et à traîner les pieds. Mais avec un peu de chance, il s'écoulerait encore quelques années avant que quelqu'un devine qu'il avait de graves problèmes de santé, et peut-être gagnerait-il encore quelques mois supplémentaires avant qu'on ose lui en parler.

En attendant, il était décidé à profiter au maximum du temps qu'il lui restait jusqu'à sa retraite forcée et l'aggravation de la maladie. De plus, en écoutant la jeune fille devant lui, il réalisait que jouer les mentors pour Trudy Loveday lui donnerait de quoi s'occuper pendant un bon moment.

— Mais après avoir assisté à l'audience, vous avez sûrement une idée de ce qui se joue ? Je regrette de ne pas avoir pu y être, ajouta-t-elle tristement.

Clement envisagea d'allumer sa pipe, puis il décida que cela lui demanderait trop d'efforts et se contenta de soupirer.

— Les audiences fournissent tout au plus des informations vagues sur l'affaire et une impression générale, lui fit-il patiemment remarquer. Ce n'est pas comme si de nouvelles preuves étaient dévoilées. Les audiences ne font que rendre officielles les informations déjà en possession de la police et des experts médicaux.

— D'accord, admit Trudy en réprimant son impatience. Alors, quelle est votre impression générale de l'affaire ? Pensez-vous qu'elle s'est suicidée ?

À présent que son ami coroner était impliqué et que ses supérieurs l'avaient autorisée à participer à l'enquête, elle avait hâte d'avancer.

— Votre amie a juré qu'Abigail n'était pas suicidaire, n'est-ce pas ? demanda-t-il tranquillement.

— Oui. Pourquoi ? Est-ce que ses autres amies appelées à la barre ont dit le contraire ?

Sans savoir pourquoi, Trudy fut surprise que le coroner secoue la tête.

— Non. Évidemment, ses parents ont assuré qu'elle n'était pas déprimée, et ses amies paraissaient être du même avis. Personne ne semblait penser qu'elle était du genre à se suicider. Même si, bien sûr, tout le monde en est capable.

— Oh. Alors les rumeurs selon lesquelles elle était lunatique et instable n'étaient que des ragots ? De la spéculation gratuite et malveillante ? Ou…

Trudy écarquilla les yeux.

— Est-il possible que quelqu'un ait délibérément répandu ces rumeurs pour faire croire aux gens qu'il s'agissait d'un suicide, alors que ce n'était pas le cas ?

— Peut-être, répondit Clement, ses yeux bleus larmoyants pétillant devant tant d'enthousiasme. Mais cela me paraît un peu tiré par les cheveux.

Trudy acquiesça à contrecœur.

— En même temps, poursuivit le coroner, elle pouvait très bien être lunatique et parfois déprimée sans avoir envie de se suicider. La plupart d'entre nous ont des hauts et des bas, mais nous ne nous jetons pas tous du toit d'un immeuble. En lisant entre les lignes, j'ai plutôt eu l'impression que c'était une jolie fille ambitieuse, probablement un brin égoïste et égocentrique, qui était décidée à réussir dans la vie.

— Donc il ne s'agit pas d'un suicide, conclut Trudy avec satisfaction. Quand Grace arrivera, ça lui fera plaisir de l'entendre. Et… j'imagine que nous pouvons exclure un meurtre ? demanda-t-elle d'un ton hésitant.

Elle grignota un biscuit, l'air pensif.

Clement passa en revue à voix haute tout ce qui aurait pu suggérer un meurtre – et qui était absent du dossier. Pas d'effraction, pas de traces d'une agression ou d'une lutte sur le corps, rien qui laisse soupçonner qu'on lui avait administré le poison de force. La victime ne s'était pas non plus plainte d'avoir peur de qui que ce soit, ni d'avoir reçu des menaces avant sa mort.

— Bien sûr, cela ne veut pas dire que quelqu'un n'a pas versé le poison dans son jus, observa-t-il.

— Ce qui nous conduirait à soupçonner les personnes

présentes dans la maison, commenta Trudy. C'est-à-dire sa famille. Mais… vous voyez vraiment sa mère, son père ou l'un de ses frères et sœurs l'empoisonner ? demanda-t-elle d'un air sceptique.

Bien qu'il n'ait jamais rencontré les parents ni le frère de Trudy, à sa façon d'en parler, Clement avait compris que c'était une famille soudée et aimante. Il n'était donc pas surprenant qu'elle ne croie pas au meurtre au sein d'un foyer.

Cependant, il avait présidé trop d'audiences (et lu trop d'articles de presse démoralisants) pour ignorer qu'il était fréquent que des proches aient envie de s'entretuer. Et parfois, ils passaient à l'acte.

— Ses parents et la sœur qui l'a trouvée semblaient sincèrement accablés, temporisa-t-il. Il faudra bientôt leur parler en privé, en entrant plus dans les détails. Mais je crois que vous devriez vous concentrer sur ce que Grace a raconté à propos du concours de beauté et des étranges incidents qui y ont eu lieu, au cas où il y aurait un lien avec le meurtre.

Trudy acquiesça. Le ton du coroner lui mit la puce à l'oreille et elle l'interrogea, un peu insolemment :

— Vous avez l'air de désapprouver le concours de beauté, docteur Ryder. Vous ne suivez pas Miss Monde ?

Elle savait que la plupart des hommes aimaient regarder les jolies filles.

— Ah non, répondit Clement, mi-amusé, mi-choqué. Je préfère regarder le cricket !

— J'imagine que je comprends pourquoi la majorité des candidates trouvent ça amusant, reprit Trudy. Et on peut gagner de grosses sommes – j'ai fait quelques recherches après la visite de Grace, admit-elle devant l'expression surprise du docteur. Mais je présume que seules la gagnante et les dauphines de Miss Miel remportent de l'argent, tandis que les gagnantes de chaque étape reçoivent des prix. Grace a dit que les commerçants qui sponsorisent l'événement offrent les lots. Vous savez, des bas de la part des magasins de vêtements, des cosmétiques de la part des pharmaciens, ce genre de choses. Je crois que pour les remercier de leur générosité, on leur propose de participer au jury, avec M. Dunbar et le propriétaire du théâtre.

— Ça ne me surprend pas, commenta Clement.

La plupart seraient ravis d'avoir une excuse pour participer à un événement glamour sous prétexte de faire des affaires.

— Donc à votre avis, il est peu probable qu'il s'agisse d'un meurtre ? reprit Trudy en dissimulant sa déception. J'imagine que ça ne laisse que la thèse de l'accident ? Je veux dire, que la morte ait bu une boisson à base d'herbes faite maison en s'imaginant que c'était bon pour la santé, alors qu'il s'agissait en fait de poison. C'est tellement triste. Elle croyait que ce qu'elle faisait l'aiderait à atteindre ses objectifs, mais en fait, elle anéantissait tous ses espoirs d'avenir, une fois pour toutes.

Clement leva un sourcil en entendant cette phrase alambiquée.

— Ou peut-être qu'elle n'a pas préparé elle-même le breuvage empoisonné, mais que quelqu'un d'autre le lui a donné ? contra-t-il.

— Alors vous pensez qu'il s'agit bel et bien d'un meurtre ? répondit Trudy, tout excitée.

— À moins que la personne qui a concocté le poison ait fait une erreur en toute bonne foi et ait trop peur pour l'avouer.

— Sa meilleure amie Vicky, peut-être ? suggéra Trudy, qui parcourait les notes du coroner entre deux gorgées de thé.

— Non, je ne crois pas. Elle ne m'a pas semblé être très aventureuse. Ce n'est pas le genre à se lancer dans les cosmétiques maison. Pour commencer, elle n'avait pas l'air particulièrement futée. Non, j'ai eu l'impression qu'elle suivait tandis qu'Abby commandait.

— Oh. Une autre de ses amies, alors ?

— Ou une rivale du concours ?

Même s'il se faisait un devoir de refréner Trudy quand elle se perdait dans des théories farfelues, il devait admettre qu'il était amusant de laisser libre cours à son imagination de temps en temps.

— Peut-être que ce farceur dont votre amie a parlé a de nouveau frappé, mais en allant trop loin ? Potentiellement sans le vouloir ?

— Est-ce que ce serait un meurtre, dans ce cas ? demanda Trudy.

— Probablement un homicide involontaire. Mais je ne suis pas avocat, et de toute façon, n'oubliez pas qu'il ne s'agit que de spéculations.

Avant que Trudy puisse répondre, la secrétaire frappa à la porte et fit entrer Grace.

En voyant ses traits pâles et tirés, Trudy se leva d'un bond.

— Grace. Comment va ta mère ? demanda-t-elle, sans détour mais avec douceur.

Clement en profita pour sortir de son bureau un paquet de pastilles à la menthe extra-forte et en prendre une. La mauvaise haleine faisait partie des symptômes agaçants de Parkinson, si bien qu'il avait pris l'habitude de sucer des pastilles à intervalles réguliers.

Grace haussa les épaules d'un air las et s'effondra dans le fauteuil que le coroner venait de libérer.

— Oh ! elle prend un nouveau médicament depuis un petit moment et, au début, elle avait l'air d'aller mieux. Maintenant, certains médecins de l'hôpital Radcliffe semblent penser qu'une opération expérimentale serait son seul espoir, mais les autres le déconseillent. Donc on ne sait pas trop quoi faire. Papa est complètement déboussolé. Mais tu ne m'as pas fait venir pour parler de ça.

Avec un effort évident, elle se redressa et regarda le coroner.

— Merci de m'avoir invitée et d'enquêter sur la mort d'Abby, docteur Ryder, dit-elle poliment.

Clement, que sa carrière de chirurgien avait entraîné à reconnaître les proches de patients en phase terminale, lui versa une tasse de thé et insista pour qu'elle avale deux biscuits.

— Je suis ravi de vous être utile, répondit-il en lui souriant gentiment. Alors, que pouvez-vous nous dire sur Abby ? Comment l'avez-vous rencontrée ?

Grace soupira, puis elle sortit de son sac à main un paquet de cigarettes Camel et un briquet. Elle en proposa à Trudy et Clement, qui refusèrent tous les deux.

— Eh bien, je ne la connais que depuis que Vicky et elle se sont présentées aux premières auditions à l'ouverture du concours. Nous recevons encore quelques candidates, même si les répétitions ont bien avancé.

— Je ne sais pas trop comment fonctionnent les concours de beauté, avoua Trudy.

Son amie semblait très nerveuse. Elle n'aurait su dire si c'était dû à la proximité de la morgue ou au charisme du Dr Ryder.

— Eh bien, moi non plus, reconnut Grace d'un air contrit. Mais je sais comment Miss Miel est organisé. En gros, nous faisons passer des auditions à des jeunes femmes habitant à Oxford ou dans un rayon de quarante kilomètres autour de la ville. Si elles sont sélectionnées, elles doivent préparer un numéro, étant donné qu'elles seront notamment jugées sur leur talent artistique – et c'est surtout à ça que servent les répétitions. Nous avons beaucoup de chance de pouvoir utiliser le théâtre. En plus, leur maquilleuse et leur costumière nous aident pour les robes de soirée et le défilé en maillot de bain.

— D'accord. Et Abby faisait partie des favorites ? demanda Trudy en coupant gentiment court à ses digressions.

— Oui. Enfin, avec trois ou quatre autres. Caroline Tomworthy a un physique exotique et est un peu plus âgée, elle a vingt-huit ans. Donc j'imagine qu'elle est plus glamour, même si elle s'approche de la limite d'âge du concours, fixée à trente ans, expliqua Grace en tirant de grosses bouffées de sa cigarette. Ensuite, il y a Betty Darville et Sylvia Blane. Et peut-être Candace Usherwood. Mais elle n'a que vingt ans et se comporte comme si elle était beaucoup plus jeune, donc…

— Et comment Abby s'entendait-elle avec ces filles – ses principales rivales ? l'interrogea Trudy, curieuse.

— Oh ! bien. Je ne sais vraiment pas qui joue ces sales tours à tout le monde. Hier soir, quelqu'un a versé de la glu dans le shampoing d'une fille ! La pauvre, on a mis une éternité à l'en débarrasser. Une coiffeuse a dû lui couper les cheveux. Heureusement, tout le monde trouve que la coupe courte lui va mieux, mais elle était bouleversée…

Grace poussa un profond soupir.

— Le pauvre M. Dunbar ne sait plus quoi faire ! Pour l'instant, la presse n'a pas entendu parler des tentatives de sabotage, mais quand elle saura…

Elle s'interrompit, éteignit sa cigarette et croisa les mains, l'air impuissant et épuisé. Elle n'avait pas envie de parler de M. Dunbar. Elle se sentait suffisamment coupable d'ouvrir à la vapeur et de lire son courrier privé, avant d'en rapporter le contenu à sa femme. Ça la faisait se sentir minable. Et ce n'était pas le seul acte méprisable qu'elle avait dû accomplir.

— Donc ça ne pouvait pas être Abby qui jouait ces tours, commenta Trudy en jetant un coup d'œil au coroner.

Ils n'avaient jamais discuté de cette théorie, mais de

toute évidence, si le farceur sévissait toujours, ça ne pouvait pas être la morte.

— À moins que quelqu'un ait pris le relais, suggéra-t-elle. Peut-être qu'une des filles savait ou soupçonnait qu'elle était derrière tout ça, et a décidé de reprendre le flambeau ? Surtout si ça marchait et que certaines filles abandonnaient la compétition !

Clement sentit ses lèvres frémir.

Grace regarda Trudy, un peu choquée.

— Vous croyez que c'est possible ?

— Cela me semble très peu probable, intervint fermement Clement. Mais Trudy a posé une question intéressante. Certaines des candidates ont-elles quitté le concours ?

— Seulement deux pour l'instant, admit Grace à contrecœur. Mais la plupart ont l'air décidées à gagner. Même la fille qui a dû se couper les cheveux continue. C'est l'attrait du premier prix, vous comprenez – pas tant l'argent que l'inscription automatique à Miss Oxford.

— Abby soupçonnait-elle quelqu'un d'être responsable de ces sales tours ? demanda Trudy.

— Non, je ne crois pas. En tout cas, elle ne m'en a jamais parlé. Mais tu devrais poser la question à Vicky. Abby et elle étaient inséparables, donc si elle en a parlé à quelqu'un, c'est à Vicky.

— Tu l'as déjà entendue mentionner quelqu'un qui essayait de l'aider en lui donnant des astuces beauté ? poursuivit Trudy.

— Non. Mais je sais que les autres filles et elle ont essayé toutes sortes de remèdes maison. Quelqu'un a dit que dormir avec des rondelles de concombre sur les yeux réduisait les cernes, ce genre de choses. Mais personne n'a parlé de concocter des potions !

— Donc, à votre avis, il s'agit d'un accident, mademoiselle Farley ? intervint Clement.

Il surveillait Grace de près et sentait chez elle une tension qui lui semblait déplacée.

Comme Trudy, il avait perçu sa nervosité dès qu'elle était entrée dans la pièce. Mais, toujours comme Trudy, il avait d'abord pensé que c'était dû au contexte. Les professions légales et médicales angoissaient la plupart des gens et, à Floyds Row, les deux étaient combinées. Et bien sûr, beaucoup de gens étaient mal à l'aise dès qu'on évoquait la mort. En tant que coroner, Clement avait l'habitude que sa présence attriste les gens.

Mais à présent, il commençait à penser qu'il ne s'agissait pas que de ça. Il lui semblait que l'amie de Trudy leur cachait quelque chose. Faute de savoir quoi, il devait déterminer dans quelle direction fouiner.

— Un accident ? répéta Grace, la bouche sèche.

Elle jeta un bref coup d'œil à son amie assise à côté d'elle, puis au coroner avant de détourner les yeux. Elle comprit soudain que c'était une chose d'essayer de manipuler Trudy Loveday, et une tout autre de mener en bateau un homme comme le Dr Clement Ryder.

— Ben oui, qu'est-ce que ça peut être d'autre ? s'entendit-elle dire, le regard baissé.

Voilà, elle avait l'air suffisamment fragile et hésitante, non ? Ou allaient-ils le prendre au premier degré ?

Clement remarqua que Trudy fronçait les sourcils. De toute évidence, le comportement de son amie l'étonnait.

— Grace, si tu sais quelque chose, il faut nous le dire, lui dit gentiment Trudy en lui prenant une main, toujours crispée sur le sac à main sur ses genoux. Même si tu crois que ce n'est pas important, ou que tu ne sais pas trop quoi en penser. Dis-le-nous et laisse-nous faire le tri.

Grace baissa de nouveau les yeux, envahie par une vague de soulagement. Tout allait bien. Elle avait réussi. Elle avait semé le doute dans leur esprit. Elle avait fait sa part, non ? Elle allait pouvoir rester en retrait et attendre que les choses se déroulent comme prévu. Après quoi elle serait en sécurité.

N'est-ce pas ?

— Trudy, tu viendras au théâtre, hein ? L'Old Swan Theatre, tu sais bien, près de Walton Street ? Je me sentirais beaucoup mieux si tu venais jeter un coup d'œil. L'endroit est dirigé par M. Quayle-Jones, un ancien acteur qui a racheté le théâtre.

— Bien sûr que je viendrai, l'assura Trudy, sans relever les digressions nerveuses de Grace. Mais il faudra que ce soit en fin de journée, quand je ne suis pas en uniforme.

— Ce soir ? la pressa Grace. Il y a une répétition pour le défilé en robe de soirée. Les boutiques du quartier nous en ont prêté, et M. Quayle-Jones nous a même fourni des costumes de scène. Il faut que tu voies les robes, Trudy, elles sont magnifiques ! Aujourd'hui, les filles vont juste s'entraîner dans leurs vêtements normaux. Ça ne sera pas très intéressant, mais ça te permettra de rencontrer tout le monde, et…

Trudy lui sourit.

— Je serai ravie de venir !

— Oh ! ça me fait plaisir, répondit Grace avant de regarder ostensiblement sa montre. Il faut vraiment que j'y aille, ma pause déjeuner est presque terminée. À ce soir, alors ? Vers 19 h 30 ? Tu n'as qu'à frapper à la porte sur le côté. Le gardien te laissera entrer, je le préviendrai.

Elle fit un signe de tête à Clement et partit, d'un pas bien plus léger que quand elle était arrivée.

Clement la regarda s'éloigner en se demandant ce que cette jeune fille aux cheveux frisés trafiquait au juste. Il était à peu près certain qu'elle cachait quelque chose.

— Pauvre Grace, commenta Trudy. Elle est débordée en ce moment, entre la maladie de sa mère et la charge de travail supplémentaire du concours. Mais bon, si je la rassure au sujet d'Abby, ça lui fera un sujet de préoccupation de moins.

— En effet. Vous avez l'air proches, non ?

— Ça oui. Enfin, nous l'étions autrefois. À l'école, elle me protégeait, se sentit-elle obligée d'ajouter. Mais vous savez à quel point les amitiés sont importantes quand on est enfant. À l'époque, j'avais l'impression que j'aurais été complètement perdue sans Grace.

Le coroner comprit immédiatement que Trudy ne suspectait pas son amie de leur cacher quoi que ce soit. Et il ne lui était pas venu à l'esprit qu'elle jouait peut-être un rôle dans les incidents. Il se demanda un bref instant s'il devait lui faire part de ses soupçons, mais décida que ce n'était pas une bonne idée. Pour commencer, il se trompait peut-être (même s'il en doutait). Et surtout, s'il en parlait à Trudy, elle changerait de comportement avec Grace et, dans la situation actuelle, plus Grace Farley serait optimiste, mieux ça vaudrait. Elle était bien plus susceptible de se trahir si elle ne se pensait pas soupçonnée.

Mais il la surveillerait de près, et une chose était certaine : quand Trudy irait au théâtre ce soir-là, il l'accompagnerait.

— Alors, par où commençons-nous ? demanda Trudy.

— L'ex-petit ami ? suggéra Clement. Il n'a quasiment pas décroché un mot à l'audience, et si quelqu'un peut nous renseigner sur la personnalité de la victime, c'est bien lui.

— Génial ! Où est-ce qu'il travaille ?

— À la mairie. Il est employé de bureau au service de la voirie.

6

William Hanson eut l'air surpris de les voir mais tout à fait prêt à répondre à leurs questions. Pour éviter de déranger ses collègues, il les entraîna vers un banc sous un vieux marronnier juste à côté, où ils s'assirent en regardant des moineaux et des étourneaux se disputer une croûte de pain.

— Je pensais avoir tout dit pendant l'audience, monsieur, commença-t-il d'un ton respectueux, en jetant un coup d'œil inquiet à l'uniforme de Trudy. Je ne sais vraiment pas comment elle a été empoisonnée.

— Ce n'est pas grave. Nous voulons juste en apprendre plus sur Abby, répondit Trudy avec un sourire rassurant.

Ça la mettait toujours mal à l'aise qu'on ait peur d'elle. Elle savait que c'était son uniforme qui effrayait ce jeune homme aimable, mais ça la gênait quand même. Jusqu'à présent, les voleurs à l'étalage et les arracheurs de sacs à main, son public habituel, ne lui avaient témoigné que du mépris, ou de la colère. Elle n'avait pas souvent l'occasion d'user de l'autorité que lui conférait son poste – celle que le quidam moyen craignait. Et elle n'était pas sûre d'apprécier.

— Comment décririez-vous Abby ? demanda-t-elle doucement. Nous espérions que vous pourriez nous aider à la comprendre.

À son grand soulagement, William sembla se détendre un peu.

— Eh bien, nous ne sommes sortis ensemble que quelques mois, vous savez, amorça-t-il prudemment.

Trudy nota distraitement qu'il était beau garçon, avec sa coupe à la Phil Everly et son costume usé mais élégant.

— Je l'ai rencontrée à l'école, mais j'ai mis des années avant d'oser l'inviter à sortir.

— Ah bon, pourquoi ?

— Vous plaisantez ? rétorqua William avec un sourire mélancolique. Elle était beaucoup trop populaire et intimidante. Et je n'avais rien de spécial. Enfin, je n'étais pas capitaine de l'équipe de rugby ni rien. J'avais l'impression qu'elle m'aurait foudroyé sur place ! Mais peut-être que j'étais simplement trop timide, à l'époque.

— Je comprends, formula Trudy en riant. C'était une sorte de « déesse », c'est ça ? Je parie qu'elle était douée pour tout – les études, le sport... – et qu'elle avait plein d'amis ? J'aurais bien aimé être comme ça.

William lui jeta un coup d'œil hésitant.

— Oh ! je ne sais pas. Vous êtes tellement jolie que vous deviez être populaire, vous aussi.

Il déglutit bruyamment.

— Enfin, je ne dis pas que vous êtes jolie... Enfin si, vous l'êtes, mais...

Il bredouilla, en ayant l'air de se demander si on pouvait être arrêté pour impertinence envers une policière.

Clement Ryder dissimula un sourire sous une quinte de toux.

Sans lui laisser le temps de s'emmêler encore plus les pinceaux, Trudy rit et lui répondit :

— Merci ! Mais j'imagine qu'Abby devait vraiment être à couper le souffle, pour participer à un concours de beauté... ?

Clement, qui observait leurs échanges, admira la façon dont elle s'y prenait avec le jeune homme timide. En retrait, il sortit un rouleau de pastilles à la menthe de sa poche et vit Trudy remarquer son geste avant de détourner le regard.

Trudy essaya de se concentrer sur ce que disait William, mais pour être honnête, elle avait la tête ailleurs. Elle se demandait depuis un moment si le coroner avait un problème de boisson. Elle avait vu ses mains trembler une ou deux fois, et l'un des vétérans du commissariat lui avait confié que les alcooliques suçaient souvent des pastilles à la menthe pour dissimuler l'odeur de l'alcool.

— Oui, elle était très jolie, reconnut William. Parfois, je me dis qu'elle l'était même un peu trop.

— Ah, comment ça ? releva Trudy.

— Je ne sais pas. Elle pouvait se montrer un peu… autoritaire, j'imagine. Comme si elle pensait que les gens devaient être aux petits soins pour elle parce qu'elle était populaire. Vous voyez ce que je veux dire ?

— Je crois, répondit Trudy. Quelqu'un a rapporté qu'elle traitait son amie Vicky comme une domestique.

C'était un mensonge habile. Personne ne l'avait dit explicitement, mais elle avait suffisamment lu entre les lignes pour hasarder cette hypothèse.

— Pauvre Vicky… Oui, elle était suspendue aux lèvres d'Abby. C'était un peu triste, franchement, son envie constante de lui faire plaisir.

— Tout le monde dit qu'elles étaient meilleures amies.

— Oui, acquiesça-t-il d'une voix hésitante.

Elle l'encouragea du regard et il reprit :

— En fait, je me suis souvent demandé si Vicky n'avait pas plus peur d'elle qu'autre chose.

— Ah bon ?

Trudy n'ajouta rien. Elle avait déjà appris que parfois, la meilleure façon de faire parler quelqu'un était de se taire.

— Oui. Abby était la reine du lycée, en quelque sorte, et elle s'arrangeait pour que tout le monde le sache ! Vicky était plutôt jolie à sa façon, et futée. Mais elle n'avait rien de spécial, vous voyez ?

— Vous voulez dire qu'elle essayait de profiter de la popularité d'Abby ? demanda Trudy.

William secouait déjà la tête.

— Non, pas vraiment. Je crois qu'elle flattait Abby en permanence pour que celle-ci ne la rejette pas. Vous comprenez, beaucoup de filles voulaient être amies avec Abby parce qu'elle était parfois très dure avec le commun des mortels – surtout les filles au physique disgracieux. Et la meilleure façon d'éviter les piques d'Abby, c'était d'être proche d'elle.

William s'interrompit et jeta un regard contrit à Trudy.

— C'est horrible, non ?

— Oh ! je me souviens du lycée, le rassura Trudy. Tout était noir ou blanc. Soit tu étais populaire, soit tu n'étais personne. Et si tu n'étais personne… eh bien, tu étais exclu. Personne ne te remarquait, personne ne te parlait. Ça pouvait être très blessant.

— Oui, c'est ça. Et je crois que Vicky avait très peur de contrarier Abby et d'être rejetée.

— Vous croyez que c'est pour ça qu'elle s'est inscrite au concours de beauté ? Pour faire plaisir à Abby ?

— Oui, j'en suis certain. Elle n'aurait jamais osé faire une chose pareille si Abby ne l'y avait pas poussée. Une chose est sûre, la mère de Vicky n'a pas dû approuver.

— Mais elle est adulte, maintenant, fit remarquer Trudy. Abby et elle n'étaient plus au lycée.

William haussa les épaules.

— Abby avait un certain magnétisme. Je ne sais pas comment l'expliquer. Parfois elle était géniale, et on se sentait pousser des ailes en sa compagnie. Mais on n'avait pas intérêt à s'attirer ses foudres. Elle pouvait vous éjecter pour un oui ou pour un non, et vous rendre très malheureux.

— Est-ce qu'elle l'a fait avec vous ? demanda Trudy, curieuse.

William sourit.

— Oui. Je sais que je ne devrais pas dire ça, mais quand je me suis aperçu qu'elle en avait assez de moi et qu'elle m'a quitté, j'ai presque été soulagé. Je suis beaucoup plus heureux avec Shirley. Avec elle, on sait sur quel pied danser.

Mais sa nouvelle petite amie n'intéressait pas Trudy.

— Abby vous a-t-elle parlé de ce qui se passait au concours ?

— Comment ça ? demanda-t-il, perplexe.

— Peu importe.

Trudy s'empressa de changer de sujet. Moins les gens en sauraient sur les ennuis du théâtre, mieux ça vaudrait.

— Connaissez-vous quelqu'un qui aurait pu vouloir faire du mal à Abby ? Vous avez dit qu'elle était parfois autoritaire et cruelle. Savez-vous si elle a vraiment blessé quelqu'un ?

William détourna le regard.

— Non, je ne sais pas trop.

Trudy jeta un coup d'œil à Clement, qui acquiesça. Ils pensaient tous les deux que le jeune homme mentait.

— C'est important, William, insista délicatement Trudy. Pour comprendre ce qui est arrivé à Trudy, il faut que nous sachions ce qui se passait dans sa vie.

— Comment ça ? Elle a bu ce truc empoisonné par accident, non ? s'enquit-il en fixant Trudy et le coroner, les yeux écarquillés.

— Nous explorons toutes les pistes, répondit Trudy. Alors, est-ce qu'elle avait peur de quelqu'un ?

William haussa les épaules. De toute évidence, il n'appréciait pas la direction qu'avait prise la conversation. Il avait l'air de croire à la théorie de l'accident et la perspective d'une explication plus sinistre le déstabilisait.

Trudy, qui voyait que son cerveau marchait à cent à l'heure, consulta de nouveau Clement du regard. Lui aussi surveillait le jeune homme de près.

— Écoutez, si je connaissais quelqu'un qui aurait pu

lui faire du mal, je vous le dirais, lâcha enfin William, l'air sincère. Mais ce n'est pas le cas. Et maintenant, il faut vraiment que je retourne travailler. Ça ne plaira pas à mon chef que je prenne une trop longue pause.

— D'accord.

Trudy céda à contrecœur, sentant qu'il serait inutile d'insister – du moins, pour l'instant. Ils se levèrent tous les trois, et les oiseaux s'enfuirent à tire-d'aile.

Après lui avoir serré la main solennellement, Trudy et Clement regardèrent le jeune homme s'éloigner.

— Intéressant, commenta Trudy une fois son témoin hors de portée de voix.

— Oui, n'est-ce pas ?

Il se demanda si Trudy avait noté la seule information vraiment cruciale révélée par William Hanson, en espérant que c'était le cas.

Il faut écouter très attentivement ce que disent les gens.

— Je dois moi aussi retourner à mon bureau, déclara Clement en regardant sa montre. J'ai une autre audience demain et la paperasse s'accumule. Je viens vous chercher chez vous ce soir, vers 19 h 15 ?

— Oh ! vous voulez venir aussi au théâtre ? s'enquit Trudy, l'air surprise. Je pensais que les concours de beauté n'étaient pas votre tasse de thé, se moqua-t-elle gentiment.

Clement sourit.

— En effet. Mais j'ai le sentiment qu'il se trame quelque chose qui mérite une enquête approfondie dans ce théâtre.

7

Robert Dunbar regarda une jeune fille à la longue crinière blonde – mais au visage ordinaire – traverser la scène en se déhanchant exagérément. Il était presque 20 heures et l'éclairage n'était pas aussi performant qu'il l'aurait voulu : ils devaient se contenter de feux de la rampe rudimentaires.

Cependant, le soir du concours, quand les gradins seraient remplis de spectateurs ayant acheté leur place, il serait temps de sortir le grand jeu. L'homme d'affaires était certain qu'il pourrait fournir un spectacle de qualité à la ville – et les pousser à acheter le miel Dunbar en masse.

— Il faut que nous décidions quelle musique jouer durant cette partie, déclara sa femme d'un ton inquiet.

Assis côte à côte au cinquième rang, ils vérifiaient qu'il n'y avait pas de problème de rythme, tout en essayant d'imaginer ce que cela donnerait avec des décors et un présentateur pour animer l'ensemble.

Ce soir-là, cependant, ce comédien réputé (quoique pas autant qu'il l'aurait voulu), Dennis Quayle-Jones, brillait par son absence.

— Je pense que nous devrions demander au quatuor de jouer un morceau léger mais élégant. Une valse, peut-être ? suggéra Christine. Après tout, les filles seront en robe du soir.

Robert soupira.

— J'avais en tête quelque chose de plus moderne,

répondit-il, l'air agité. De la musique de *cocktail party*, ce genre de chose. Où est Grace ? Elle n'est pas censée avoir…

Les Dunbar continuèrent à se chamailler à voix basse.

Dans les coulisses, Trudy et Clement (à qui un octogénaire radotant sur le passé glorieux du théâtre avait ouvert) regardaient par l'interstice des rideaux une fille après l'autre traverser la scène. Un morceau de natte en coco indiquait le chemin, mais Trudy supposait que, le grand soir, il serait remplacé par un tapis rouge.

À côté d'eux, Grace Farley leur indiquait au fur et à mesure le nom de chaque candidate. Elle leur avait déjà désigné son employeur et la femme de celui-ci, qui observaient le défilé depuis leurs sièges.

— Voilà Sylvia Blane, chuchota-t-elle tandis qu'une fille de petite taille aux courbes généreuses, aux cheveux blonds coupés court et aux grands yeux bleus se pavanait sur la natte. Et cette vieille dame, ajouta-t-elle en indiquant les rideaux de l'autre côté de la scène, c'est Mme Merriweather. C'est elle qui a fondé l'association des Amis de l'Old Swan Theatre il y a des années, quand il a fallu le restaurer.

Clement et Trudy observèrent docilement la dame âgée qui surveillait les opérations, son visage ridé animé par un sourire ironique. Elle était élégante, habillée avec beaucoup de soin, et arborait un port de tête altier, uniquement gâché par le léger affaissement de ses épaules.

En médecin qui connaissait bien le corps humain, Clement estima qu'elle avait un peu plus de soixante-dix ans. Elle était de ces vieilles dames minces et sèches, aux boucles gris acier.

— Elle est issue d'une des plus vieilles familles d'Oxford, qui a fait fortune dans l'agriculture, la finance et le transport de marchandises, à l'époque où c'était encore possible. Évidemment, tout le monde est aux petits soins pour elle, expliqua Grace avec un sourire cynique. Mme Merriweather aime le théâtre, comme les autres membres du comité, mais les concours de beauté, ce n'est pas franchement son truc. Mais enfin, elle a été très gentille, et les filles se sont attachées à elle. C'est une vieille dame adorable, à sa façon. Parfois, elle est très drôle – spirituelle, vous voyez. Oh ! voici Caroline Tomworthy, la doyenne des candidates.

Grace s'interrompit tandis qu'une femme passait à côté d'eux avant de traverser la scène d'un pas gracieux.

Clement sourit à la jeune femme, à qui il n'aurait donné que vingt-deux ans. Mais en l'examinant plus attentivement, il dut admettre qu'elle avait une certaine élégance, un certain panache, qui manquait aux filles de dix-huit ou dix-neuf ans. Peut-être était-ce parce qu'elle était plus grande que la plupart, et mince plutôt que plantureuse. Ses longs cheveux noirs et ses yeux sombres en amande suggéraient de lointaines origines asiatiques. Elle avait des pommettes saillantes, un menton pointu et des traits qui attiraient l'œil, sans être parfaitement réguliers. Mais elle avait une aura indéniable. Et il ne doutait pas qu'elle faisait partie de ces femmes que les vêtements à la mode flattent. Il comprenait qu'Abigail Trent l'ait considérée comme une rivale de taille.

— Est-il arrivé quelque chose à Mlle Tomworthy depuis le début des opérations ? demanda-t-il avec curiosité. A-t-elle été victime du fauteur de troubles ?

— Pas encore. Ou si c'est le cas, elle n'a rien dit, corrigea Grace.

— Mais pourquoi voudrait-elle le cacher ? s'étonna Trudy. Enfin, s'il s'est passé quelque chose ?

— Oh ! M. Dunbar nous a tous sermonnés. La presse est aux aguets depuis la mort d'Abby, et il nous a ordonné de ne pas parler de… d'éventuels incidents. Nous avons tous accepté, naturellement. La représentation est dans deux semaines et personne ne veut la gâcher. Ça reviendrait à la laisser gagner, non ?

— Qui ça ? releva Clement.

Grace se mordit la lèvre.

— Le farceur, je veux dire. Je suis partie du principe que c'est une femme.

Clement acquiesça, l'air songeur. En regardant autour de lui, il constata que la grande majorité de la troupe était composée de femmes. Peut-être que Grace avait raison d'en conclure que le farceur était de sexe féminin. Cependant, il avait l'impression que l'amie de Trudy avait quelqu'un de précis en tête.

À moins qu'il cherche midi à quatorze heures ?

— Venez, je vais vous présenter à M. et Mme Dunbar, proposa nerveusement Grace. Je ne leur ai pas dit qui vous êtes, ni que je vous ai invités, précisa-t-elle, le cœur au bord des lèvres. J'espère que ça ne me coûtera pas mon poste. M. Dunbar risque de ne pas être ravi que la police soit là.

Elle jeta un coup d'œil inquiet à son amie, même si Trudy, avec sa longue robe vert sombre, n'avait pas l'air d'un agent de police.

Avant de se dégonfler, elle les guida vers la volée de marches étroites qui menait dans le public.

Ce fut Christine qui remarqua leur arrivée en premier, et elle donna un coup de coude à son mari. Robert grimaça, puis il jeta un regard renfrogné à Grace et aux deux inconnus.

— Monsieur Dunbar, je vous présente mon amie Trudy et, euh, le Dr Clement Ryder, dit Grace d'une traite.

Elle n'osait pas regarder Christine. La veille au soir, celle-ci lui avait ordonné d'éplucher le chéquier personnel de son mari à la première occasion et de lui rapporter tout achat de bijoux, de fleurs ou autre dépense suspecte.

Christine tendit la main à Clement, qui la serra avec un sourire poli. Mais son regard dériva immédiatement vers Trudy, qui avait lâché ses longs et beaux cheveux bouclés.

— Êtes-vous venue passer une audition, mademoiselle… mademoiselle… ? demanda-t-elle d'un ton brusque.

— Loveday, indiqua Trudy. Et non, pas du tout, ajouta-t-elle avec un sourire mélancolique. Je ne crois pas avoir l'étoffe d'une reine de beauté, madame Dunbar.

— Balivernes, rétorqua Robert. Vous êtes tout à fait le genre de fille que nous cherchons. Savez-vous chanter ou danser ?

— Euh, non, avoua Trudy, prise de court.

— S'il vous plaît, monsieur, j'ai invité Trudy ici parce que j'ai pensé qu'elle pourrait nous aider, intervint Grace avant que M. ou Mme Dunbar puissent faire une remarque vraiment gênante.

— Nous aider ? Comment ça ? s'étonna Robert en examinant plus attentivement Trudy, malgré la faible luminosité. Elle n'a pas l'air assez vieille pour avoir de l'expérience en mise en scène.

— Non, monsieur. Je suis policière, expliqua Trudy.

Robert Dunbar eut un mouvement de recul, tandis que sa femme sifflait entre ses dents.

— Vous avez appelé la police ? Petite dinde, adressa-t-elle à Grace d'un ton cinglant.

Celle-ci se mit à trembler, et Trudy vola à son secours.

— En fait, non, madame Dunbar. Pas officiellement, en tout cas. Mais elle m'a prié de venir pour… eh bien, enquêter sur vos ennuis.

Robert n'avait pas bâti une petite fortune sans apprendre que, confronté à une difficulté, il fallait réfléchir vite et savoir s'adapter. Il examina Trudy d'un air pensif.

— Vous dites que vous faites partie de la police municipale ?

— Oui, monsieur.

— Hmm. Et qu'est-ce que Grace a jugé bon de vous révéler, exactement ? demanda-t-il d'un ton sévère.

Grace pâlit mais ne s'excusa pas tandis que Trudy résumait ce qu'elle savait.

— Et que croyez-vous pouvoir y faire ?

Sans surprise, ce fut Christine qui l'interrompit d'une voix aussi acide qu'un bonbon au citron.

— Eh bien, j'ai pensé que je pourrais jeter un coup d'œil, parler aux filles, voir si quelque chose me semble étrange.

Mais tout en parlant, Trudy s'aperçut que c'était ridicule.

À ses côtés, Clement continuait à observer le couple d'un air pensif. Il aurait pu parier que c'était la femme qui tenait les cordons de la bourse à l'origine, mais il n'était pas sûr que ce soit elle qui dirige réellement les opérations. Son mari possédait une force et une énergie qu'il avait déjà remarquées chez plusieurs hommes (et quelques femmes), et qui indiquaient généralement une volonté de fer.

Et dans le cas de Robert Dunbar, il était certain que toute cette volonté était dirigée vers l'accumulation d'argent et de prestige.

— Je doute que vous puissiez apprendre quoi que ce soit en bavardant quelques heures avec les candidates, répondit Robert, les yeux plissés. Par contre, ça pourrait être une bonne idée d'avoir quelqu'un de formé à ouvrir l'œil dans les parages, sur le long terme. Histoire de prendre notre mauvais plaisantin la main dans le sac.

— Robert ! s'indigna Christine.

— Mais attention, rien d'officiel, ajouta-t-il en fixant une Trudy éberluée. On n'a aucune envie que vous fassiez des rapports à vos supérieurs.

Trudy cilla. De quoi parlait ce type ?

— Mais monsieur… commença-t-elle.

— Je vais vous engager à titre privé, en vous payant à l'heure, avec un bonus si vous attrapez notre fauteur de troubles. Qu'en dites-vous ?

Bouche bée, Trudy se contenta de le regarder.

— Bien sûr, nous avons déjà la… comment dites-vous ? la couverture parfaite. Ça paraît évident, non ? Personne ne soupçonnera une candidate d'être une fouineuse, remarqua-t-il d'un ton satisfait. Bien. Vous pouvez commencer ce soir. Je vous présenterai comme notre nouvelle candidate. Vous préférez utiliser votre vrai nom ou en inventer un ?

Trudy décida que c'en était trop et se redressa de toute sa hauteur. Elle croisa le regard du Dr Ryder qui s'empressa de se détourner, les épaules agitées de tremblements suspects.

Trudy fusilla son profil du regard. Alors comme ça, il se moquait d'elle, ce vieux… vieux… vautour !

Elle se tourna vers Robert Dunbar, glaciale.

— Monsieur, je n'ai pas l'intention… déclara-t-elle d'un ton impérieux.

Mais Grace l'interrompit aussitôt.

— Oh ! Trudy, ce serait parfait, dit-elle en lui prenant le bras. Tu aurais l'excuse idéale pour parler aux gens, explorer les coulisses et tout ça. Qui sait, le fauteur de troubles essaiera peut-être même de te jouer un tour, et tu n'auras pas de mal à découvrir son identité.

Touchée par la confiance que plaçait en elle son amie, l'espace d'un instant, Trudy fut tentée d'accepter.

Mais c'était absurde. Et puis, elle ne pourrait jamais travailler au noir comme détective privé pour M. Dunbar.

Le capitaine Jennings ferait une crise d'apoplexie !

— Je ne peux vraiment pas… commença-t-elle, avant d'être interrompue une fois de plus.

— Cela me paraît être une solution idéale, intervint Clement Ryder, qui avait recouvré son calme, d'une voix aussi douce que le miel que M. Dunbar tenait tant à vendre aux consommateurs avisés d'Oxford. J'arrangerai ça avec le capitaine Jennings, ajouta-t-il à l'intention de Trudy, avec un geste dédaigneux.

Trudy le fusilla du regard.

Évidemment, M. et Mme Dunbar protestèrent à l'idée que le supérieur de Trudy en soit informé, mais le coroner finit par les convaincre que c'était un mal nécessaire.

— Et puisque le Dr Ryder aura lui aussi besoin d'un prétexte pour être là, dit Trudy d'une voix sucrée quand il eut fini de les embobiner, peut-être que vous pourriez l'intégrer au jury, monsieur Dunbar ?

Clement Ryder cilla, étonné de ce coup bas imprévu mais habile, avant de réprimer un sourire. Bon, peut-être l'avait-il mérité.

— D'accord, répondit Robert Dunbar sans enthousiasme. Bien… soyez les bienvenus au concours Miss Miel.

8

Clement partit en premier et déplaça sa Rover P4 devant le théâtre en attendant que Trudy sorte par la porte de côté, ce qu'elle fit quelques minutes plus tard. Il avait proposé de la raccompagner chez elle pour qu'ils aient une discussion sérieuse avant de continuer. En fait, la vitesse à laquelle la situation avait évolué le mettait vaguement mal à l'aise.

Il venait de prendre une pastille à la menthe quand elle ouvrit la portière et se glissa à l'intérieur, en lui jetant un regard étonné.

Rien ne suggérait que le coroner avait bu ce soir-là ; ni sa façon de parler ni son comportement n'indiquaient qu'il avait consommé de l'alcool. Peut-être aimait-il simplement le goût des pastilles ? Elle l'espérait. Elle appréciait et respectait profondément le Dr Ryder, et l'idée qu'il puisse avoir un problème de boisson la démoralisait.

— Eh bien, merci d'avoir proposé mes services de juge.

Il laissa passer une cohorte d'étudiants à vélo avant de démarrer. Comme il faisait nuit noire, il alluma les feux de route de son « Auntie Rover ».

— De rien, répondit Trudy avec un sourire. Après tout, nous avions tous les deux besoin d'une excuse pour être là, non ? Les gens se seraient méfiés si nous nous étions promenés dans le théâtre en posant des questions.

— Oui, je sais. Mais le fait que nous soyons arrivés ensemble m'inquiète.

— Quelle importan… Oh ! s'exclama Trudy, qui comprenait vite. Oui, bien sûr. S'il se trame réellement quelque chose au théâtre et que quelqu'un présent ce soir est responsable de la mort d'Abby…

— Exactement. Il ou elle doit déjà être sur le qui-vive. Et en nous voyant arriver ensemble… Ça ne me plaît pas. En fait, je pense qu'il vaudrait peut-être mieux laisser tomber. Je ne parle pas de l'enquête, précisa-t-il quand Trudy commença à protester. Juste de votre mission d'infiltration.

Trudy réfléchit un instant sans rien dire. D'un côté, l'idée de participer à un concours de beauté ne l'avait pas ravie ! Elle ne se considérait pas comme particulièrement timide ou réservée, mais ses parents lui avaient inculqué des principes stricts de respectabilité. Et certains aspects du concours la gênaient beaucoup. Si bien qu'elle était tentée de saisir ce prétexte pour se défiler.

D'un autre côté, la perspective de jouer un rôle plus important dans l'enquête l'enthousiasmait. C'était surtout le Dr Ryder qui avait résolu leurs deux premières affaires – en tout cas, c'était l'impression qu'elle avait. Cette fois-ci, elle espérait qu'être au cœur des événements lui permettrait de s'impliquer davantage. Et elle répugnait à y renoncer.

Elle avait en main une liasse de documents fournis par les Dunbar, détaillant les horaires des répétitions, les règles de la compétition, le comportement attendu de la part des candidates, ainsi que toutes sortes de papiers à signer dégageant les Dunbar de toute responsabilité en cas d'accident.

Sa mission lui avait paru grisante, à des années-lumière de son quotidien ordinaire. Peut-être était-ce dû à l'ambiance du théâtre, à l'atmosphère stimulante et à la promesse d'une expérience inédite, mais Trudy ne voulait pas abandonner si facilement.

— Je ne pense pas qu'on nous ait vus arriver ensemble,

dit-elle lentement. Sauf Grace, bien sûr, mais elle est déjà au courant.

— Et le gardien.

— Oui, mais ça m'étonnerait que les gens lui parlent beaucoup ou fassent attention à lui, esquiva Trudy. J'ai eu l'impression qu'il était très attaché à l'Old Swan et qu'à ses yeux, l'équipe du concours de beauté n'appartenait pas au monde du théâtre ! Ils ne sont ni comédiens, ni techniciens… Il nous a juste laissés entrer avant de retourner dans sa loge. Je ne l'ai même pas revu avant qu'il nous fasse sortir. Il m'a paru être du genre à aimer se plaindre mais à rester en retrait.

Clement soupira.

— Ça ne me plaît quand même pas. Pour commencer, mon rôle de coroner dans l'enquête Abigail Trent va forcément être révélé. Et si l'assassin est lié au concours, il se méfiera certainement.

Trudy devait admettre qu'il n'avait pas tort. Même si Robert Dunbar avait promis d'annoncer qu'ils avaient besoin d'un autre juge, et d'expliquer que le Dr Ryder était dans sa ligne de mire depuis le début en tant que personnalité importante d'Oxford, quelqu'un de vigilant ne se laisserait pas tromper.

— Quand bien même, il n'aurait aucune raison de me soupçonner, moi, s'entêta Trudy. Je ne suis qu'une candidate de plus, une petite idiote qui espère porter une couronne de pacotille ! Qui croira que je représente une menace ? En fait, ça pourrait même jouer en notre faveur, poursuivit-elle avec un enthousiasme retrouvé. Vous pourriez être l'homme de paille qui attire l'attention de l'assassin et, pendant ce temps, je mènerais tranquillement mon enquête en coulisse.

— Merci bien, rétorqua Clement d'un ton cynique. J'éviterai soigneusement de boire ou de manger quoi que ce soit pendant que je jouerai les juges. Vous vivez bien de ce côté-là ? demanda-t-il, connaissant mal le quartier.

— Oui. C'est la prochaine à gauche.

Trudy le guida jusqu'à chez elle – un logement social au bout d'une rangée de maisons identiques. Quand il se gara, elle lui proposa timidement :

— Voulez-vous entrer ? Je suis sûre que mes parents seraient contents de vous rencontrer. Je leur ai beaucoup parlé de vous. À moins que…

Après tout, pourquoi un homme aussi important que le coroner voudrait-il rencontrer sa famille ?

— Avec grand plaisir, répondit Clement, qui coupait le contact, en faisant mine d'ignorer son hésitation. Un de ces jours, il va falloir que je fasse installer des ceintures de sécurité, ajouta-t-il pour laisser à Trudy le temps de se reprendre. La quantité d'accidents de la route que je vois passer me fait frissonner. Il y a tout simplement trop de voitures sur les routes ces derniers temps, et la moitié des conducteurs ont l'air de ne pas savoir ce qu'ils font.

Trudy, qui ne l'écoutait que d'une oreille, gagna à grands pas la porte d'entrée et l'ouvrit. Son père ne fermait la porte à clé qu'au moment d'aller se coucher. En pénétrant dans la minuscule entrée, elle s'empressa de les prévenir :

— Papa, maman, on a de la visite !

Elle ferma derrière le coroner, pendit son chapeau et son imperméable au portemanteau en bois et se dirigea vers le salon. Elle entendit sa famille éteindre brusquement la radio, puis elle prit une grande inspiration et entra.

Barbara Loveday, assise dans son fauteuil préféré près de la cheminée, se leva en lissant sa jupe tandis que son mari quittait le canapé, l'air surpris de voir Clement Ryder.

Le coroner comprit immédiatement, amusé, qu'ils s'étaient attendus à ce que Trudy leur présente un « jeune homme convenable » plutôt qu'un vieil homme. Il s'aperçut qu'il ne savait presque rien de la vie privée de sa jeune amie.

Sortait-elle avec des garçons ?

— Papa, maman, je vous présente le Dr Ryder. C'est le coroner avec qui je travaille parfois, celui dont je vous ai parlé, ajouta-t-elle pour faire bonne mesure.

— Oh ! docteur Ryder, je suis ravie de faire votre connaissance, déclara Barbara en s'avançant, main tendue. Notre Trudy chante vos louanges depuis des mois.

— Maman ! protesta Trudy en rougissant.

Clement fit un sourire charmeur, et Trudy s'aperçut soudain qu'il détonnait dans cet environnement. Avec son costume élégant et son allure distinguée, il n'était pas à sa place dans cette maison ordinaire. Le père de Trudy portait un vieux pantalon et une chemise déboutonnée au col et aux poignets, mais quand il serra la main de Clement, elle se sentit curieusement fière de lui.

C'était peut-être un simple conducteur de bus, à la position sociale bien inférieure à celle d'un coroner, mais il était maître chez lui, amical, accueillant et à son aise. Et Clement Ryder aussi, constata-t-elle, ébranlée.

— Madame Loveday, monsieur Loveday, je suis ravi de faire enfin votre connaissance, dit-il en leur serrant la main. Vous devez être très fiers de votre fille. Elle m'a été d'une aide précieuse depuis un an.

— Je vous en prie, asseyez-vous, lui proposa son père. On allait justement mettre de l'eau à bouillir, hein, Babs ?

— Oh oui, confirma sa mère. Voulez-vous du thé ou du café, docteur Ryder ?

— Si vous avez du café, je n'aurais rien contre. Avec du lait et un sucre, s'il vous plaît.

Barbara sourit avant d'aller s'affairer dans la cuisine. Trudy savait qu'cllc reviendrait avec un plateau chargé de leur plus belle porcelaine, d'une assiette de biscuits et de quelques parts du gâteau qu'elle avait fait ce jour-là.

Il faisait chaud pour la saison, si bien que la fenêtre du salon était entrouverte. Avant qu'un des deux hommes puisse prendre la parole, ils entendirent un caquètement.

Trudy reconnut immédiatement le bruit qui avait bercé

son enfance. Une partie du jardin des Loveday avait toujours été allouée aux poules, un mélange de Rhode Island Red et de Buff Orpington. Bien sûr, pendant la guerre, presque tous leurs voisins avaient des poules, mais contrairement à un certain nombre d'entre eux, son père avait continué à en élever.

— Une Buff Orpington, si je ne m'abuse ? demanda Clement d'une voix approbatrice, au grand étonnement de Trudy. Je suis sûr qu'elle vous donne de bons œufs.

Ravi d'avoir affaire à un amateur de gallinacés, son père confirma. Déconcertée, Trudy les écouta débattre des mérites des coqs nains par rapport aux oiseaux de taille standard.

Comme elle l'avait deviné, sa mère revint avec un plateau, et Clement engloutit deux tranches de son *Dundee cake* avec un plaisir évident, se faisant une amie pour la vie.

Une demi-heure plus tard, les Loveday raccompagnèrent le Dr Ryder à la porte et Trudy se demanda pourquoi elle s'était autant inquiétée. Les trois personnes les plus importantes pour elle s'entendaient comme larrons en foire !

— Ça, c'est un vrai *gentleman*, commenta Barbara Loveday, les joues roses, en le regardant traverser son petit jardin. Un homme bien. Je suis soulagée que tu travailles avec un monsieur comme lui, ma Trudy.

Trudy se mordit la lèvre. Elle aurait pu dire à sa mère qu'elle dépendait en fait du capitaine Harry Jennings, qui était d'un tout autre genre. Mais elle eut l'intelligence de tenir sa langue.

Elle savait que ses parents espéraient toujours que sa carrière ne soit qu'un caprice passager et qu'elle ne tarderait pas à se marier et à arrêter de travailler. Évidemment, elle comprenait qu'ils s'inquiètent pour elle, et tout ce qui les réconfortait était bon à prendre.

C'est pourquoi elle se contenta de leur souhaiter une bonne nuit et de monter dans sa chambre sans leur parler du concours de beauté auquel elle allait participer. Façon de parler, bien sûr. Elle ne serait pas photographiée par le photographe officiel, son portrait ne serait pas publié dans le journal, et elle ne prendrait pas non plus part à la cérémonie publique. Elle avait insisté sur ces points quand elle avait négocié les conditions de son contrat avec les Dunbar. Et elle n'apparaîtrait sûrement pas dans les publicités du concours. Sa mère serait morte de honte ! Et son père se fâcherait et lui interdirait de mettre les pieds au théâtre.

Non, elle ferait bien attention à ne rien faire qui puisse embarrasser ses parents ou le capitaine Jennings.

En pensant à son supérieur hiérarchique, elle ne put s'empêcher de se demander, avec une certaine appréhension, comment il avait pris la nouvelle que l'une de ses recrues les plus récentes avait infiltré le concours. Même si elle faisait confiance à Clement Ryder pour « s'occuper » du capitaine, comme promis, elle savait aussi qu'on se moquerait d'elle au commissariat.

Tant pis. Ce ne serait pas la première fois qu'elle serait la risée de ses collègues. Et puis, ça en vaudrait peut-être la peine, rien que pour essayer les robes somptueuses dont lui avait parlé Grace. Des robes du soir dignes de Brigitte Bardot, Doris Day ou Audrey Hepburn. Voire Elizabeth Taylor !

Bien sûr, elle savait que les magasins d'Oxford et la costumière de l'Old Swan Theatre ne pouvaient pas se procurer les authentiques créations Chanel, Dior ou Balmain que les stars arboraient. Et scs cheveux ne seraient pas non plus…

Trudy écarquilla les yeux, horrifiée.

Penser à des actrices lui fit soudain prendre conscience que pour passer inaperçue parmi les vraies candidates du concours, elle devrait présenter un « numéro » pendant les répétitions, comme les autres.

Et comme elle l'avait avoué à Robert Dunbar, elle ne savait ni chanter, ni danser !

Qu'allait-elle bien pouvoir faire ?

Clement Ryder se servit un whisky soda peu chargé et se laissa aller dans son fauteuil, satisfait. Il était heureux d'avoir enfin rencontré les parents de Trudy. Ils jouaient encore un rôle important dans sa vie. Étant donné qu'ils l'avaient très bien élevée, il avait été certain de les apprécier, et ça n'avait pas manqué. Barbara Loveday lui avait fait penser à sa tante préférée, une femme au cœur d'or qui insistait pour lui préparer des gâteaux délicieux à chacune de ses visites quand il était enfant. Et le père de Trudy semblait sûr de lui et satisfait de son sort. Ce qui était de plus en plus rare ces temps-ci.

Il se demanda ce qu'ils avaient pensé de lui. L'avaient-ils également apprécié, ou s'étaient-ils contentés de le mettre à l'aise parce qu'ils avaient le sens de l'hospitalité ?

Il ne s'était jamais particulièrement soucié de ce que les gens pensaient de lui – à quelques notables exceptions près – et il n'avait pas l'intention de commencer maintenant ! Il but une gorgée et renifla. Pourtant, avec les Loveday… il ne s'en fichait pas.

Peut-être était-ce parce qu'ils formaient un groupe soudé qui lui rappelait à quel point sa famille à lui s'était délitée. Il voyait rarement ses enfants. En même temps, ils avaient quitté le nid et menaient leur propre vie. Et c'était bien normal.

Clement Ryder sirota une deuxième gorgée. Mince, voilà qu'il devenait nostalgique ! Bientôt, il ressemblerait à un vieil homme solitaire…

Au bout de deux jours à s'entraîner frénétiquement sur sa vieille flûte à bec d'écolière pendant son temps libre (au grand étonnement de ses parents), Trudy croisait les doigts pour qu'à son prochain passage au théâtre, ce ne soit pas l'heure de répéter les numéros !

Son vœu fut exaucé, mais le programme du jour était presque pire.

Elle comprit que cela sentait le roussi quand, en entrant dans le coin des coulisses réservé aux changements de costumes, elle vit deux filles en maillot de bain. De toute évidence, ce soir-là, ils allaient répéter le défilé en maillot. De toutes les parties du concours, c'était celle qui l'angoissait le plus.

Comme la plupart des filles de son quartier, Trudy avait rarement vu la mer. En dehors de quelques excursions d'une journée, les Loveday n'avaient jamais pu se payer des vacances au bord de l'eau. Et à l'école, elle avait surtout fait du hockey et du cross, pas de la natation. Si bien qu'elle s'était peu mise en maillot.

Elle n'était même pas sûre d'en avoir un à sa taille. Celui qui traînait au fond d'un de ses tiroirs irait probablement mieux à une gamine de douze ans qu'à une femme adulte.

Malheureusement, le fait qu'elle n'ait pas apporté de maillot ne lui permit pas d'éviter la corvée. Avant même qu'elle trouve une place dans les coulisses, Grace fonça vers elle en brandissant un une-pièce blanc.

— Ah, mademoiselle Dobbs, dit-elle bien fort. Vous voilà.

Pendant un bref instant, Trudy oublia que son pseudonyme était Trudy Dobbs. Grace, les Dunbar et elle avaient choisi ce nom le soir où ils l'avaient engagée.

Devant le sourire forcé de Grace, elle se secoua et répondit d'un ton enthousiaste :

— Bonsoir, mademoiselle Farley. Je suis en retard ?

— Pas vraiment. Simplement, la plupart des filles arrivent en avance. Tenez, c'est votre maillot, vous pouvez vous changer derrière le paravent, dans la cabine numéro 3.

Je crois que vous la partagerez avec Mlle Tomworthy et Betty Darville, ce soir.

Elle tendit le maillot à une Trudy renfrognée et désigna la porte ouverte.

La carrière de reine de beauté de Trudy allait commencer pour de bon.

Elle espérait juste que sa nervosité n'était pas trop visible alors qu'elle entrait dans la cabine et croisait le regard curieux des deux candidates.

— Bonjour – tu dois être la nouvelle masochiste qui nous a rejointes ! dit une fille à la crinière brun-roux.

Elle était assise devant une coiffeuse, vêtue d'un long peignoir blanc. Même assise, elle semblait grande et mince, et ses beaux yeux d'un brun chaleureux étaient presque de la même teinte que ses cheveux.

— Betty Darville, se présenta-t-elle avec un sourire en lui tendant la main.

— Trudy Dobbs, répondit Trudy en la serrant vigoureusement. Ta tête me dit quelque chose, mentit-elle. Je t'ai déjà vue quelque part, non ?

— Tu aimes lire ? demanda Betty.

— J'adore les polars.

Ce n'était pas faux : elle avait toujours adoré les classiques du genre des années 1920 et 1930. Mais elle se disait aussi que si elle comptait interroger tout le monde, autant se présenter comme une fan de romans policiers. Comme ça, elle pourrait raconter qu'elle avait toujours rêvé de résoudre une vraie énigme !

— J'aime essayer de deviner qui est l'assassin, ajouta-t-elle.

— Ah, dans ce cas, tu as dû me voir dans la grande librairie près de Carfax ? Je travaille là-bas. Un destin assez classique pour une bas-bleu, j'en ai bien peur ! Je n'ai que vingt-deux ans, mais parfois je me sens très vieille.

— Oui, ça doit être ça, j'adore cette librairie, mentit Trudy.

Elle avait toujours emprunté ses livres à la bibliothèque locale, n'ayant jamais eu les moyens de s'en acheter.

— Et voici Caroline, ajouta Betty en désignant l'autre fille.

Caroline portait aussi un peignoir, mais le sien était un kimono de soie, couvert de broderies représentant un dragon chinois entouré de pivoines. Sa couleur vert jade et ses motifs exotiques mettaient en valeur les yeux sombres et les cheveux noirs de la jeune femme.

— Bonjour, dit-elle en jaugeant Trudy d'un regard.

Celle-ci sentit immédiatement que même si Betty Darville ne prenait pas forcément le concours très au sérieux – d'où sa remarque amusante à son arrivée –, ce n'était pas le cas de cette femme.

Trudy se demanda ce que cette élégante créature pensait de sa nouvelle rivale – probablement pas beaucoup de bien. Elle ne s'était pas donné la peine de se maquiller après avoir quitté le commissariat, puisqu'elle devrait sûrement se faire une beauté au théâtre, et elle s'était contentée d'une queue-de-cheval pour ne pas avoir les cheveux dans les yeux. Elle portait une chemise blanche et une jupe noire toutes simples. Et soudain, elle se sentit idiote d'avoir cru qu'elle pourrait passer pour une candidate à un concours de beauté.

Betty dut sentir son malaise devant le regard appuyé de Caroline, et elle tapota le siège à côté d'elle.

— Tiens, assieds-toi là avant de te changer, je vais t'expliquer le fonctionnement de cette maison de fous.

Grace, qui était restée dans l'encadrement de la porte, prit cela comme un signal, marmonna un vague au revoir et leur rappela de ne pas être en retard avant de partir.

— Alors, comment as-tu eu vent du concours ? demanda Betty.

Tout en parlant, elle se pencha en avant et examina son reflet en inclinant la tête d'un côté puis de l'autre.

— À ton avis, je laisse mes cheveux détachés ou je les relève ?

— Laisse-les comme ça, réagit immédiatement Trudy. Ils sont trop beaux pour les attacher !

Betty lui fit un grand sourire, sincèrement ravie du compliment.

— Merci !

Elle se tut quand Caroline Tomworthy se leva et quitta la cabine sans un mot de plus.

Croisant le regard de Trudy dans le miroir, Betty fit la grimace.

— Ne fais pas attention à elle. C'est un vrai chat sauvage ! On ne l'entend jamais arriver, et elle vous observe avec cette expression méprisante et amusée qu'ont tous les chats. Comme s'ils savaient quelque chose que tu ignores, tu vois ? Tu sais, globalement, on est des chics filles, et on t'aidera si tu files tes bas ou que tu n'as plus de poudre ou je ne sais quoi. Mais Caroline ne lèvera pas le petit doigt. Elle est là pour gagner, un point c'est tout. Et elle est certaine qu'elle y parviendra !

— D'accord, merci pour l'avertissement, répondit Trudy avant de jeter un regard noir au maillot que lui avait fourni Grace. J'imagine que ça ne sert à rien de procrastiner. J'ai intérêt à enfiler ce truc.

Betty éclata de rire.

— Tu es pudique ? Ne t'inquiète pas, on était toutes pareilles au début. On est toutes des amatrices ici. Il n'y a pas un seul mannequin professionnel parmi nous, donc au début, ça nous gênait de parader en maillot. Mais on s'habitue au bout d'un moment. Tu peux te changer derrière le paravent, ajouta-t-elle en désignant un écran en bois pliant. Je peux te prêter un peignoir, si tu veux. Ou Maudie t'en trouvera un dans les stocks du théâtre.

— Maudie ? répéta Trudy en se glissant derrière le paravent et en se déshabillant rapidement, sans se laisser le temps de réfléchir à ce qu'elle faisait.

— Maudie Greenslade, la costumière du théâtre. C'est une vieille bique un peu ronchonne, mais elle a un bon fond. Simplement, elle ne nous considère pas comme de vraies actrices. Mais elle a raison, évidemment ! conclut Betty en riant.

Soulagée de constater que le une-pièce blanc lui allait parfaitement, Trudy alla se rasseoir, un peu gênée. Elle défit sa queue-de-cheval et se mit à se brosser vigoureusement les cheveux. Elle avait l'habitude de les coiffer en chignon serré sous sa casquette d'uniforme et avait rarement l'occasion de les lâcher.

Ses longs cheveux sombres avaient toujours été naturellement ondulés, ce dont elle se réjouit en cet instant. Elle les avait lavés et séchés avant de sortir et, à sa grande satisfaction, ils brillaient. Au moins, sa chevelure lui apportait une touche de glamour.

— Tu devrais aussi laisser tes cheveux lâchés, lui conseilla Betty.

Trudy lui rendit son sourire.

— On va jouer les Barbie aux cheveux longs, toutes les deux.

À cet instant, une jeune fille passa la tête dans la cabine. Elle devait avoir le même âge que Trudy, mais elle avait une allure enfantine. Avec ses boucles sombres et ses grands yeux marron à l'expression douce, elle évoquait une biche ou un faon. Elle était très jolie et avait un petit air angélique, à la Shirley Temple.

— Betty, tu n'as pas une paire de chaussures en plus, par hasard ? Mon talon vient de se casser, gémit-elle.

— On ne va pas être pieds nus ? s'étonna Trudy.

— Eh non, répondit Betty avec un sourire en coin. Mme Dunbar trouve ça vulgaire. Évidemment, les nageuses ne portent pas de chaussures à la plage, mais elle préfère que nous soyons en talons hauts. Et désolée, Candace, mais je n'en ai pas. Au fait, je te présente Trudy Dobbs, notre nouvelle recrue. Trudy, Candace Usherwood.

— Bonjour.

Candace, qui semblait inconsolable, s'avança vers elle pour lui serrer la main.

— Tu n'as pas une deuxième paire de chaussures, par hasard ? demanda-t-elle, pleine d'espoir.

— Désolée, je n'ai même pas une paire de talons pour moi. Je suis venue avec mes chaussures à lacets habituelles ! expliqua Trudy en imitant son ton plaintif.

— Elle débute, la défendit Betty tandis que Candace poussait un profond soupir.

Trudy sortit son nécessaire à maquillage de son sac. C'était intéressant d'explorer les coulisses et elle commençait à connaître un peu certaines des filles. Betty avait clairement un bon fond, alors que Caroline était glaciale. Quant à Candace, elle semblait sur le point de bouder.

Elle portait un bikini jaune et bleu et, par rapport à Trudy et Betty, elle était un peu grassouillette. « Comme un bébé », aurait dit sa mère. Malgré tout, elle était séduisante, et Trudy comprenait qu'elle ait décidé de se présenter au concours.

— Je m'inquiète pour mon numéro, avoua-t-elle à Betty.

Celle-ci eut un reniflement peu élégant.

— Tu n'as aucune raison de t'inquiéter et tu le sais très bien, rétorqua-t-elle avant de se tourner vers Trudy. Candace fait un monologue comique du tonnerre ! On était mortes de rire – même si on a bien dû l'entendre trois ou quatre fois. Elle est presque aussi drôle que Joyce Grenfell !

Trudy déglutit, espérant que personne ne l'interrogerait sur son « numéro ».

Candace se mit à glousser.

— Ça me fait penser que je viens d'avoir une autre idée ! Dites-moi ce que vous en pensez.

Elle mit les poings sur les hanches, l'air conquérant.

— « Je vais appeler mon fils Claude. » Là, vous

demandez « Ah bon, pourquoi ? ». Et je réponds « Pour qu'il ne manque jamais de petite monnaie ! ». Vous comprenez ? Comme Claude Monet…

Elle avait un certain charme impudent, qui plairait certainement beaucoup au public, pensa Trudy.

La jeune femme se détendit peu à peu, oubliant presque son maillot de bain, à mesure que les deux filles inventaient de nouvelles blagues et qu'elle-même se maquillait consciencieusement.

Grace réapparut dix minutes plus tard.

— Bon, les répétitions commencent dans cinq minutes, les prévint-elle. Tenez, Betty, quelqu'un a laissé une enveloppe pour vous au guichet, ajouta-t-elle en la lui tendant. Et mademoiselle Dobbs, la prochaine fois, il faudra apporter des talons hauts et un peignoir, aboya-t-elle en lui en lançant un.

— Oui, mademoiselle Farley, répondit Trudy d'un ton faussement docile, arrachant un sourire à Candace.

Si les autres candidates ressemblaient à ces deux-là, se dit Trudy, elle les éliminerait rapidement de la liste des suspects. Elle n'arrivait pas à imaginer qu'une fille aussi loufoque que Candace ou aussi franche que Betty veuille tuer quelqu'un. De fait, se morigéna-t-elle, sa « mission d'infiltration » ne donnerait peut-être rien. La mort d'Abigail Trent n'était pas nécessairement liée au mauvais plaisantin du théâtre.

Il ne fallait pas non plus qu'elle soit déçue si rien ne se passait de ce côté-là. Il était tout à fait possible qu'après avoir fait fuir toutes les filles facilement impressionnables, le coupable ait arrêté ses mauvais tours. Ou il s'écoulerait peut-être des jours et des jours avant qu'il se passe quelque chose…

C'est à cet instant que Betty Darville poussa un hurlement et éclata en sanglots.

— Mais qu'est-ce qu'il y a, Betty ?

Ce fut Candace qui réagit en premier et prit la jeune femme tremblante dans ses bras.

Trudy s'approcha.

— C'est horrible ! s'exclama Betty en essuyant ses larmes d'un geste rageur. Qui écrirait une chose pareille ?

Trudy baissa les yeux et constata que la jeune fille avait ouvert et lu la lettre. Le message était écrit en grandes capitales d'imprimerie, au marqueur noir à pointe épaisse.

LES SOI-DISANT REINES DE BEAUTÉ IMPARFAITES DEVRAIENT AVOIR HONTE DE SE PRÉSENTER COMME DES MODÈLES DE PERFECTION. FEMMES VANITEUSES, PRENEZ GARDE. RAPPELEZ-VOUS DE VOTRE COLLÈGUE MORTE – ENCORE UN SPÉCIMEN IMPARFAIT – ET DE CE QUI LUI EST ARRIVÉ !

— Mais qu'est-ce que ça veut dire ? s'exclama Candace Usherwood, l'air écœurée, la main devant la bouche.

Betty regarda son reflet, le visage brouillé de larmes, les yeux assombris par la peur et le choc.

— C'est une menace de mort ? demanda-t-elle.

Mais Trudy n'aurait su dire à qui elle posait la question : Trudy, Candace ou elle-même ?

9

— Je ne comprends pas, dit Trudy, un peu décontenancée par le message énigmatique. Enfin, qu'est-ce que ça peut être, cette « imperfection » dont il parle ? Tu comprends, toi ? demanda-t-elle à Betty, pour distraire la jeune femme sûrement ébranlée.

— Quoi ? répondit distraitement Betty.

Puis, avec un effort visible, elle se reprit.

— Je ne sais pas trop. Rien ne clochait chez Abby. C'était une très jolie fille – l'une de celles qui avaient le plus de chances de gagner. Elle n'avait pas besoin de faire des courbettes à l'autre chat.

Pendant un instant, Trudy se demanda de qui Betty pouvait bien parler, avant de comprendre brusquement. Alors comme ça, Abigail et Caroline Tomworthy n'avaient pas été en bons termes. Ce n'était peut-être pas surprenant, si elles étaient toutes les deux les favorites du concours.

— À moins que ce soit une référence à son grain de beauté ? suggéra Candace d'un air hésitant.

— Son grain de beauté ? répéta Betty en fronçant les sourcils. Ça ne peut pas être ça, quand même ? Sinon, nous sommes toutes en danger ! Aucune d'entre nous n'est absolument parfaite. La perfection n'est pas de ce monde. Même le nez patricien de Caroline est un peu tordu. Vous avez remarqué que quand elle répète, elle se débrouille toujours pour se placer un peu de profil par rapport aux juges plutôt que les regarder droit dans les yeux ?

Trudy remarqua avec intérêt que Candace avait l'air de plus en plus terrifiée.

— J'ai la nausée, gémit-elle avant de partir en courant.

Trudy regarda Betty, qui fixait la lettre avec une expression de dégoût.

— Tu as une idée de l'identité de l'auteur ? lui demanda doucement Trudy.

— Pas la moindre.

— Enfin… tu crois que… Caroline aurait… ? suggéra Trudy, juste pour voir sa réaction.

Mais Betty réfléchit moins d'une seconde avant de secouer la tête.

— Je ne suis pas fan de Caroline, mais je n'arrive pas à l'imaginer s'abaisser à ce genre de… de…

Elle tripota le bord de la lettre en grimaçant.

— De toute façon, même si c'était elle, pourquoi est-ce qu'elle me l'enverrait à moi ? reprit-elle. Sylvia Blane est une concurrente bien plus sérieuse que moi. Vicky Munnings aussi, d'ailleurs. Si c'était l'autre pimbêche qui l'avait écrite, elle viserait ses rivales les plus proches, non ?

Trudy n'en savait rien.

Elle n'avait qu'une envie, ramasser la lettre et l'enveloppe pour préserver les empreintes digitales, mais elle ne savait pas comment s'y prendre sans attirer l'attention.

Puis elle eut une illumination.

— Tu veux que je t'en débarrasse ? proposa-t-elle d'un ton plein de sollicitude. Je parie que tu n'as pas envie d'y toucher. Je peux la brûler, si tu veux ! mentit-elle éhontément. Sauf si tu préfères la montrer à un responsable – M. Dunbar, peut-être ? souffla-t-elle habilement.

Elle était à peu près sûre que c'était la dernière chose dont Betty avait envie.

— Oh non, pas lui, répondit celle-ci, confirmant

son hypothèse. Je ne veux pas qu'il me prenne pour une fauteuse de troubles. Ça risquerait d'affecter mes chances de gagner !

Trudy dissimula un sourire. Betty avait beau se déclarer certaine que Caroline, Sylvia ou Vicky étaient les favorites, elle voulait clairement gagner la couronne – et pensait avoir une chance.

— Qu'est-ce que tu veux faire, alors ? la pressa Trudy, qui avait hâte de prendre possession du mot.

C'était la première fois qu'ils avaient une preuve tangible des mauvais tours joués aux candidates.

— Fais-en ce que tu veux, répondit enfin Betty avant de se lever en frissonnant, abandonnant la lettre sur la commode. Je vais sur scène. Tu devrais venir aussi – tu ne voudrais pas être en retard à ta première répétition.

— OK, j'arrive tout de suite, promit Trudy.

Dès que la jeune femme eut le dos tourné, elle glissa la lettre dans l'enveloppe à l'aide d'un mouchoir qu'elle enroula ensuite autour de l'ensemble avant de le ranger dans son sac à main.

Même si elle était à peu près sûre que le coupable n'avait pas laissé d'empreintes digitales, autant ne pas prendre de risques.

Elle se dirigea vers la scène en serrant son peignoir contre elle et découvrit que Candace avait déjà parlé aux autres de la lettre, si bien que plusieurs groupes de filles discutaient d'un air nerveux en regardant par-dessus leur épaule. Il devint vite évident que personne n'avait vu le coupable déposer l'enveloppe au guichet. Trudy ne fut pas étonnée : leur adversaire était bien trop rusé pour se faire prendre aussi facilement.

Une atmosphère tendue régnait dans le théâtre, et même Trudy n'était pas épargnée par la nervosité. Après tout, elle faisait à présent partie des « beautés imparfaites », ce qui faisait d'elle une cible potentielle comme les autres.

Elle se sentait étrangement vulnérable et exposée, en maillot de bain et pieds nus.

Tout d'un coup, Trudy en venait presque à apprécier son uniforme épais et ses confortables chaussures de policière.

— Bien, mesdemoiselles, commença Grace Farley, coupant court aux bavardages hystériques. Allons-y. Mettez-vous en rang – tout le monde porte son numéro, c'est bon ? Imaginez une musique appropriée. Frank Sinatra, par exemple… Le présentateur sera là…

Grace désigna un emplacement sur scène tandis que Trudy regardait son amie, fascinée. Ça faisait bizarre de voir Grace à un poste important.

— De quel numéro parle-t-elle ? chuchota Trudy à Candace.

Celle-ci eut l'air étonnée et leva la main. Un disque en carton blanc portant le numéro 12 était attaché à son poignet par un élastique.

— Nous avons toutes un numéro pour que les juges nous repèrent facilement et notent les points. D'après Mme Dunbar, c'est plus facile pour eux que de retenir tous nos noms. Tu n'en as pas ?

— Pas encore.

Grace lui en donnerait sûrement un sous peu. Même si une partie d'elle se rebiffait à l'idée d'être réduite à un numéro.

— Ne t'inquiète pas, tu n'auras pas le numéro 13, lui promit solennellement Candace. Personne n'en voulait, sauf Caroline. Elle a souri comme un chat devant un bol de crème et a proposé de le prendre. Ça doit être une sorcière, cette fille !

Trudy sourit. Ou alors, elle n'était pas superstitieuse.

— Très bien. Allons-y dans l'ordre – numéro 1, à vous !

Trudy regarda le « numéro 1 », une petite rousse au visage couvert de taches de rousseur, rond mais séduisant, se diriger d'un pas dansant vers l'extrémité de la scène, faire demi-tour en mettant les mains sur les hanches, comme le voulait la tradition, et revenir vers elles.

Trudy était consternée. Elle était vraiment censée marcher comme ça ?

Apparemment oui, parce que la suivante fit de même. Puisqu'elle était arrivée bien après les autres, Trudy avait dû rater les sessions pour apprendre à parader devant les juges. Comment s'y prendrait-elle pieds nus ? Au moins, avec des talons hauts, il était plus facile de se déhancher.

Le numéro 10 avait de beaux cheveux d'un blond miel naturel et une très jolie silhouette.

— Qui est-ce ? Elle a des jambes fabuleuses ! chuchota-t-elle à Candace.

— Vicky Munnings. C'était la meilleure amie de la pauvre fille qui est morte.

Candace ouvrit grand les yeux et mit la main devant sa bouche. C'était probablement une habitude, étant donné que Candace avait l'air du genre gaffeuse.

— Pardon, on n'est pas censées parler d'elle. Tu ne diras rien à Mme Dunbar, hein ? Elle nous a interdit de dire quoi que ce soit qui donnerait une mauvaise image du concours !

— Motus et bouche cousue, promit Trudy.

— Merci, oh, c'est mon tour !

Candace se précipita vers l'avant tandis que le numéro 11 quittait la scène.

Trudy ruminait toujours cette histoire de numéros. Pourquoi le présentateur ne pouvait-il pas simplement annoncer leurs noms à mesure que leur tour arrivait ? Les juges étaient-ils si paresseux, ou analphabètes, qu'ils étaient incapables de noter un nom plutôt qu'un numéro sur leur carnet ?

Étant donné qu'elle ne connaissait pas son numéro, elle patienta jusqu'à la fin, puis, après avoir enlevé son peignoir (et pieds nus, bien obligée), elle fit de son mieux pour imiter la démarche de mannequin. Elle se sentit incroyablement ridicule, même dans un théâtre vide. Heureusement, ça ne dura pas longtemps.

— Merci, mesdemoiselles, conclut Grace. Faisons une petite pause avant de reprendre. Mademoiselle Dobbs, je vais vous chercher un numéro – et je vais essayer de trouver des chaussures pour que vous vous entraîniez.

Trudy réprima un sourire.

— Merci, mademoiselle Farley, répondit-elle d'un ton chantant.

Grace ne perdait rien pour attendre. Dès qu'elles seraient seules, elle lui montrerait de quel bois elle se chauffait !

Il y avait un stand de rafraîchissements dans les coulisses, et après avoir accepté le verre d'orangeade que lui tendait une femme, probablement une employée du théâtre, Trudy se mit à errer en se demandant à qui parler en premier.

Dans un coin, les Dunbar échangèrent quelques mots, puis ils se séparèrent. Patricia Merriweather, la vieille femme qui faisait partie du comité de défense de l'Old Swan, discutait avec un homme à l'allure distinguée – et très théâtrale – dont la tête lui disait quelque chose.

Cela devait être le propriétaire de l'établissement, l'acteur Dennis Quayle-Jones. Même si la mère de Trudy n'avait jamais mis les pieds dans un théâtre, elle était abonnée depuis longtemps à un magazine culturel. En feuilletant quelques anciens numéros, Trudy avait trouvé un article consacré à un rôle mineur joué par Dennis dans le West End londonien.

Son début de carrière éclatant – et les revenus qui allaient avec – n'était plus qu'un lointain souvenir. De sa jeunesse, il n'avait plus ni la beauté, ni la silhouette, mais il avait indéniablement gardé une certaine prestance.

Trudy l'évita soigneusement. Elle n'arrivait pas à imaginer qu'un homme pareil veuille saboter un concours de beauté ou assassiner de jolies jeunes femmes. Surtout au risque de nuire à la réputation de son établissement !

Elle se promena en bavardant, en se débrouillant toujours pour ramener la conversation sur Abigail. Certaines filles parlaient ouvertement d'elle, tandis que d'autres respectaient le tabou imposé par les Dunbar et esquivaient ses questions.

La lettre de menace avait plombé l'atmosphère et, naturellement, les spéculations allaient bon train. Trudy espérait simplement qu'on ne lui demanderait pas de confier la lettre à un responsable avant qu'elle ait quitté le théâtre.

Elle aperçut Vicky et se dirigea vers elle d'un pas nonchalant.

— Bonjour, je suis Trudy, la nouvelle. Nous ne nous connaissons pas, si ?

Elle sourit et tendit la main. La jeune femme hésita un instant avant de la serrer.

— Tout ça me paraît encore très étrange, confia Trudy en désignant d'un geste le théâtre, mais les autres m'ont dit que toi et ton amie avez fait partie des premières à candidater, poursuivit-elle d'un ton admiratif. J'avoue que je suis jalouse de ta confiance en toi !

Elle savait d'expérience qu'un soupçon de flatterie mettait souvent les gens à l'aise.

— Ah, oui, répondit vaguement Vicky Munnings.

Elle semblait sur le point de s'éloigner, si bien que Trudy dut insister.

— Je voulais te présenter toutes mes condoléances pour ton amie. Abby, c'est ça ? Quelqu'un m'a raconté ce qui s'est passé. Elle doit te manquer terriblement.

Vicky pâlit un tantinet, puis acquiesça, l'air méfiant. Peut-être que les deux filles n'étaient pas aussi proches qu'on le croyait, se dit Trudy, le cœur battant.

— Abby était quelqu'un de singulier, confia prudemment Vicky en esquissant un sourire qui évoquait plutôt une grimace.

— Je vois, reprit Trudy en décidant de prendre un

risque. J'avais une amie de ce genre. Très populaire, tout le monde l'adorait, mais…

Elle se pencha vers Vicky, qui s'était figée.

— … sous ce vernis… Eh bien, j'aurais pas mal d'histoires à te raconter ! Elle n'était pas aussi angélique que ce que les gens croyaient.

Elle s'interrompit, espérant que Vicky lui ferait à son tour des confidences. Mais la jeune femme semblait alarmée.

Mince. Elle aurait dû être plus subtile.

— Bon, il faut que j'y aille, déclara Vicky, confirmant ses craintes. Je suis contente de t'avoir rencontrée.

— Désolée, j'espère que je ne t'ai pas vexée. J'ai dit ça comme ça. Je suis sûre que ton amie à toi était très gentille, ajouta-t-elle dans l'espoir de se rattraper.

Vicky Munnings lui jeta un coup d'œil ironique et rétorqua :

— Vraiment ?

Et avant que Trudy puisse interpréter cette réponse énigmatique, elle lui sourit et tourna les talons.

Trudy la regarda s'éloigner, frustrée. De toute évidence, il ne servirait à rien d'insister pour l'instant – Vicky se méfierait, ou pire, refuserait de coopérer. Mais il faudrait revenir à la charge sans trop tarder, pour découvrir ce que la meilleure amie de la morte voulait dire.

Il y avait anguille sous roche.

L'individu qui avait cueilli les baies d'if passait un excellent moment. L'atmosphère était si tendue qu'on aurait pu la couper au couteau. Et regarder tout ce petit monde s'agiter comme une nuée d'étourneaux alarmés était aussi divertissant que gratifiant.

Chacune surveillait sa voisine du coin de l'œil, en se demandant sans doute qui le coupable pouvait bien être. Bientôt, la camaraderie et la confiance qui s'étaient établies s'effriteraient complètement. Elles devaient déjà se poser des questions. La mort de leur concurrente était-elle liée aux « malchances » en série qui frappaient le théâtre ? Bien entendu, elles préféraient toutes penser le contraire.

Mais cela devait les tracasser.

Tant mieux, tant mieux. Les lettres anonymes distillaient leur poison. D'ici peu, elles comprendraient qu'Abigail Trent n'avait été que la première victime.

10

Trudy ignorait que les juges devaient assister à la seconde répétition en maillot jusqu'à ce qu'elle remarque un brouhaha devant la scène. Par un interstice entre les rideaux, elle vit un quinquagénaire s'asseoir au premier rang.

Inquiète, elle alla interroger Betty Darville, qui soupira et confirma que les juges étaient attendus ce soir-là.

Trudy réprima un frisson.

— Ils ne viennent pas à chaque fois, bien sûr, lui expliqua patiemment Betty. Juste quand on répète en costume, comme ce soir.

— Ah.

Le Dr Ryder prenait probablement déjà place parmi un groupe de parfaits inconnus qui s'apprêtaient à la juger sur son apparence et sa performance. Alors qu'elle était pieds nus, aussi novice qu'une nouvelle recrue de l'école de police, et qu'elle ne savait toujours pas se déhancher correctement !

— Mince alors, marmonna-t-elle.

En refusant de regarder qui que ce soit dans les yeux, surtout le Dr Ryder, et en ne pensant qu'à mettre un pied devant l'autre, Trudy survécut à la seconde répétition. Ensuite, elle eut la surprise de voir les juges les rejoindre dans les coulisses et se servir en rafraîchissements.

Trudy, qui avait immédiatement enlevé son maillot, était la seule fille à s'être complètement rhabillée avant de parler aux juges. Même si Mme Dunbar avait insisté pour que toutes les candidates mettent un peignoir, ça n'empêchait clairement pas la majorité d'entre elles de laisser les juges admirer de très près à quel point leur maillot leur allait bien !

Un peu choquée, elle observa Sylvia Blane flirter outrageusement avec un homme à l'air inquiet mais séduisant qui devait avoir une quarantaine d'années.

— Le beau ténébreux, c'est Rupert Cowper, lui confia Betty en lui tendant un verre de vin pétillant. Quand les juges sont là, Mme Dunbar laisse Grace dépenser un peu plus pour les boissons ! expliqua-t-elle en agitant son propre verre à moitié plein.

Trudy accepta la coupe, qu'elle regarda de biais, espérant que sa curiosité et son excitation ne se voyaient pas. Elle n'avait jamais bu de vin. Même si ses parents en achetaient parfois à Noël, ils lui avaient toujours dit qu'elle ne pourrait pas y goûter avant ses vingt et un ans.

Évidemment, elle aurait eu l'air bête si elle avait refusé. Elle remercia donc Betty, prit une petite gorgée de Liebfraumilch (en se sentant coupable) et découvrit que ça ne lui plaisait pas particulièrement ! Le goût lui rappelait de la limonade aigre et elle se demanda pourquoi les gens aimaient autant l'alcool.

Elle dissimula sa déception.

— Ils font un beau couple, remarqua-t-elle en désignant la petite femme blonde et sa proie.

— En effet, et Sylvia le sait très bien ! répondit Betty en gloussant assez fort pour que Trudy s'interroge sur la quantité de vin qu'elle avait bue avant de venir la voir. Rupert Cowper est le propriétaire des Fleurs Cowper, au marché couvert – tu vois duquel je parle ? Mais il a aussi plusieurs boutiques un peu partout – à Banbury, Bicester, Witney. Comme il fournit les fleurs qui décoreront la scène le soir du spectacle, il fait partie du jury. La cerise sur le gâteau, c'est qu'il est veuf et que ses enfants sont grands. Enfin, il est tellement beau que ce serait un bon parti même sans sa fortune. Pas étonnant qu'Abigail et Sylvia se soient disputé son attention.

— Ah ? releva Trudy. Ça a dû créer des tensions entre elles, non ?

— Ça oui, acquiesça Betty.

Elle vida son verre et jeta un coup d'œil à la table, l'air de se demander si elle oserait en reprendre encore un.

Trudy espérait que c'était simplement le choc de la lettre anonyme qui lui donnait aussi soif.

— Tu veux le mien ? proposa-t-elle gentiment. J'ai juste pris une gorgée.

— Merci, je veux bien, répondit Betty avec enthousiasme en troquant son verre vide pour le sien. Ça ne se fait pas de… Oh ! bonjour, madame Merriweather.

— Ne croyez pas que je ne vous ai pas vue chiper ce deuxième verre, mademoiselle, la gronda la vieille dame qui venait de faire son apparition.

Devant l'expression consternée de Betty, elle fit un grand sourire.

— Ne vous inquiétez pas, je garderai votre secret. Quand j'ai fait mon entrée dans le monde, je piquais des bouteilles de champagne entières et j'allais les boire dans le jardin avec mes amis ! Allez-y, buvez.

— Merci, madame M, vous êtes épatante. Ah, et je vous présente Trudy Dobbs, notre nouvelle recrue. Trudy, Mme Merriweather. Elle fait partie du jury et d'un comité qui aide à garder le théâtre à flot.

— Enchantée, dit la vieille dame en lui serrant poliment la main. Je dois dire que vous vous êtes bien tirée de ce défilé pieds nus.

— J'ai dû avoir l'air ridicule ! répondit Trudy en rougissant.

— Je doute que quiconque ait pensé cela, rétorqua

Patricia Merriweather en souriant de nouveau. Ne vous inquiétez pas, vous rattraperez vite votre retard. Laissez-moi vous dire que pour moi aussi, les répétitions ont été une expérience inédite. Toutes ces jeunes filles à moitié dénudées… De mon temps, la vieille génération aurait fait une crise d'apoplexie !

Betty gloussa.

— On est en 1960, maintenant, madame M, dit-elle d'un ton arrogant sans doute facilité par l'alcool.

— En effet. Et j'imagine que vous vous sentez toutes adultes et sophistiquées, à vingt ans à peine ! Malgré tout, je ne laisserais pas ma petite-fille participer à un concours de ce genre, déclara-t-elle sévèrement.

Mais son expression mélancolique n'échappa pas à Trudy. Betty parut décontenancée et s'éclipsa en marmonnant une vague excuse.

— Le pauvre Rupert a l'air acculé, n'est-ce pas ? poursuivit la vieille dame avec un sourire en coin. On croirait qu'un homme aussi beau serait capable de se défendre, mais non. Entre nous, je crois que sous ses airs de loup, ce pauvre Rupert est un mouton !

En observant le couple, Trudy dut admettre que le juge semblait alarmé par l'attitude de Sylvia, qui lui tenait le bras et se penchait en avant pour mieux lui présenter ses charmes indéniables.

— J'imagine que je vais voler à sa rescousse, conclut Patricia en soupirant. Les beaux quadragénaires se mettent dans toutes sortes de pétrins quand ils sont livrés à eux-mêmes. Et Sylvia, du haut de ses vingt-quatre ans, a eu le temps d'apprendre quelques tours.

Trudy dissimula un sourire tandis la vieille femme, s'improvisant chevalier servant, chargeait la jeune fille pour défendre l'honneur du fleuriste.

Puis elle eut une idée soudaine. Les fleuristes travaillaient avec une grande variété de plantes et d'herbes, n'est-ce pas ? Si bien que la conquête potentielle de Sylvia s'y connaissait sûrement en if. Elle était à peu près sûre qu'on n'en trouvait pas dans les bouquets, les feuilles étant trop sombres et dentelées pour être jolies, mais les fleuristes faisaient aussi des couronnes à Noël, non ? En plus du lierre et du houx, peut-être utilisaient-ils de l'if. C'était aussi une plante à baies rouges et brillantes. Ce qui signifiait que…

Elle sursauta quand Clement Ryder surgit dans son dos. Écartant ses vagues conjectures sur les fleuristes et les ifs, elle se lança dans le rapport qu'elle brûlait de lui faire depuis qu'elle avait été avertie de sa présence au théâtre. À voix basse, elle lui raconta les événements de la soirée.

— J'ai la lettre dans mon sac, conclut-elle. Mais il faudra que je la donne immédiatement au capitaine Jennings. Comme vous le savez, une enquête officielle a été ouverte en parallèle de la nôtre, et le policier en charge de l'affaire voudra la voir.

— Hmm. Dommage, commenta Clement. Tant qu'il n'y avait aucune preuve concrète reliant le concours de beauté et la mort d'Abigail Trent, le capitaine était prêt à nous laisser tranquilles. Maintenant qu'il semble bien y avoir un rapport, nous risquons d'être mis sur la touche.

Trudy soupira.

— Mais le message est un peu… comment dire… vague, non ? Vous croyez vraiment que c'est l'œuvre de l'assassin ? Peut-être que quelqu'un d'autre profite de la mort d'Abby pour flanquer la frousse à tout le monde.

— Il est trop tôt pour le savoir, répondit Clement. Je vais discuter avec le propriétaire du théâtre, histoire de voir s'il a des hypothèses sur ce qui se passe dans son établissement, sous son nez.

Dennis Quayle-Jones savait reconnaître un homme important quand il en voyait un, et même s'il ne savait pas qui était le Dr Clement Ryder, dès que celui-ci se présenta, l'acteur et propriétaire du théâtre fut aux petits soins pour lui.

— Vous êtes donc le nouveau juge.

Dennis fouilla dans ses souvenirs : qu'avait-il entendu sur ce type ? Lui-même était une des figures de proue de la haute société oxonienne, si bien qu'il aimait se tenir au courant. Il savait donc que le coroner avait des amis très haut placés, ne supportait pas les imbéciles et était aussi respecté que craint.

— Oui. J'ai la triste tâche de superviser l'enquête sur la mort de l'une de vos candidates. Abigail Trent, vous la connaissiez ? demanda Clement, prenant le taureau par les cornes.

— Oh ! cette pauvre Abby. Oui. Non. Enfin…

Dennis se reprit et fit un petit sourire forcé.

— Je ne la connaissais pas personnellement, pas vraiment, mais naturellement, je lui ai parlé quelques fois pendant les répétitions. Certaines des jeunes filles n'ont aucune expérience de la scène, ce qui n'a rien d'étonnant, et je leur ai donné quelques conseils de bon cœur. Vous savez, comment se tenir, marcher, et surtout parler pendant la partie entretien. Je passe mon temps à leur dire de projeter leur voix. Même avec un micro, on ne parle pas au présentateur comme à son voisin. L'épreuve a beau être anodine, elles doivent y mettre de l'émotion.

Clement trouvait les bavardages de l'acteur agaçants, mais il acquiesça d'un air sagace.

— Et Abby appréciait vos directives ? s'enquit-il avec courtoisie.

— Oh oui. C'est le cas de la plupart d'entre elles. D'ailleurs, je crois que la majorité ont attrapé le virus du théâtre et s'imaginent que ce concours va leur ouvrir les portes du *show business*. Pauvres petites.

— Et Abby était pareille ?

— Comme je vous l'ai dit, je ne la connaissais pas vraiment, temporisa Dennis en rajustant sa cravate.

En acteur de théâtre qui se respecte, il était vêtu d'une veste de costume en velours vert foncé extravagante. Son désir de célébrité avait quelque chose de désespéré, et Clement eut pitié de lui. Que faisait donc cet homme quand il était seul le soir, sans pièce à diriger, sans public à impressionner ?

— Sa mort inattendue vous a certainement tous ébranlés, commenta doucement Clement en balayant du regard les jeunes filles éparpillées, les Dunbar, les juges et les employés du théâtre.

— En effet. Elle était si jeune, vous savez – vingt ans à peine, et jolie comme un cœur.

— Pensiez-vous qu'elle avait une chance de gagner ? demanda Clement, plus pour entretenir la conversation que par intérêt pour la réponse.

Il fut étonné de l'expression alarmée de son interlocuteur. Elle disparut en un instant, laissant place à un masque lisse.

Mais le coroner se sentit déstabilisé. Qu'est-ce qui pouvait bien avoir percé l'armure de cet homme ?

— Qui sait ? Une bonne partie des candidates sont capables de gagner, n'est-ce pas ? remarqua-t-il avec désinvolture.

— Mais vous faites partie du jury, insista Clement. Vous devez bien savoir pour qui vous allez voter, depuis le temps, non ?

— Mon Dieu, non ! rétorqua Dennis avec une expression horrifiée des plus théâtrales. J'attendrai le soir de la représentation pour prendre ma décision. Je pense que c'est ce que feront la plupart d'entre nous. Attention, certains de mes collègues auront été complètement corrompus d'ici là, ajouta-t-il avec une gaieté forcée en désignant du menton un bel homme qu'une jolie blonde charmait.

— C'est un des avantages du poste, non ? ironisa Clement.

Il se demanda si le malaise soudain de son interlocuteur

était dû à sa mauvaise conscience. Avait-il fait des promesses qu'il ne pouvait pas tenir à une fille en particulier, en échange d'un peu de complaisance ? Il n'y croyait pas. À moins que son intuition le trompe – et cela arrivait rarement –, ce n'était pas le beau sexe qui intéressait Dennis Quayle-Jones.

— Petit coquin ! Et non, certainement pas, répondit Dennis d'un ton sardonique. Mme Dunbar vous tombera dessus à bras raccourcis si vous essayez de vous acoquiner avec les reines de beauté. Cette femme me terrifie ! Je la vois se diriger vers nous, donc si vous permettez…

Il s'éclipsa discrètement et Clement le laissa faire en lui jetant un regard pensif.

Alors que l'acteur se retournait, le coroner remarqua qu'une candidate – une femme à la beauté saisissante et aux cheveux aile-de-corbeau, vêtue d'un kimono en soie chinois, en qui il reconnut Caroline Tomworthy – suivait les déplacements de l'acteur et gérant avec un petit sourire intrigant.

Que savait-elle donc, qu'il ignorait ? s'interrogea Clement en fronçant les sourcils. De toute évidence, il y avait des intrigues à n'en plus finir à l'Old Swan Theatre. À nouveau, il se sentit mal à l'aise à l'idée que Trudy Loveday soit mêlée à tout cela.

Peut-être devrait-il demander au capitaine Jennings d'intervenir et de mettre un terme à sa mission d'infiltration ? Il savait que Trudy ne le lui pardonnerait jamais, mais il savait aussi qu'il ne pourrait plus se regarder en face s'il lui arrivait quelque chose.

À moins qu'il exagère ? Pour l'instant, ils n'avaient rien trouvé qui prouve qu'Abigail Trent ait été assassinée. Et la lettre anonyme n'était peut-être qu'une menace en l'air.

Clement soupira. Il attendrait, observerait et, s'il pensait que Trudy courait le moindre danger, il ferait le nécessaire, que cela lui plaise ou non.

*

Trudy avait passé la soirée à essayer de coincer Vicky Munnings pour reprendre leur conversation, mais la jeune femme lui glissait entre les doigts. Elle faisait semblant de boire un second verre de vin quand Sylvia Blane la bouscula en passant près d'elle et dut s'arrêter pour s'excuser.

— Pardon, je ne t'ai pas vue, marmonna-t-elle d'un ton revêche. Pour être honnête, je vois rouge.

— À ce point ? releva Trudy avec un grand sourire. Qu'est-ce qui se passe ?

— Les vieilles chouettes qui se mêlent des affaires des autres, voilà ce qui se passe, répondit la blonde, l'air d'être au bord de la mutinerie. D'abord, c'était cette vieille bique de Mme Merriweather, qui fourre son nez partout. Et ensuite, Mme Dunbar. Franchement, on ne peut même plus parler à un homme sans se faire attraper.

Trudy eut un sourire compatissant.

— M. Cowper est très séduisant, non ? commenta-t-elle.

Sylvia la regarda d'un air suspicieux et Trudy s'empressa de lever la main.

— Du calme ! Il ne m'intéresse pas ! Il est trop vieux pour moi, ajouta-t-elle en se demandant ce que son interlocutrice en pensait.

Sylvia se contenta d'agiter ses boucles blondes, un sourire condescendant aux lèvres.

— Je préfère les hommes mûrs. Ils sont tellement plus intéressants !

Trudy cilla, mais décida sagement de tenir sa langue. Puis elle soupira en voyant Vicky Munnings se faufiler derrière le rideau, en direction des vestiaires. Visiblement, elle s'apprêtait à rentrer chez elle.

Tant pis, se dit Trudy. Il y aurait d'autres occasions.

Elle reporta donc son attention sur Sylvia. Elle ne

pouvait pas laisser passer cette chance de récolter de nouveaux ragots.

— Je vois que Vicky Munnings part tôt. J'imagine que ça doit être dur pour elle de continuer, maintenant que son amie est morte ? J'ai entendu que c'était Abby qui l'avait convaincue de participer.

Sylvia gloussa.

— En effet. Et à mon avis, elle commençait à le regretter.

— Ah bon, pourquoi ?

— En les voyant, on avait l'impression qu'Abby était la reine de la ruche, et la petite Vicky, une ouvrière juste bonne à servir Sa Majesté. Apparemment, Abby l'a dominée pendant toute leur scolarité.

— On dirait que tu ne l'aimais pas beaucoup, remarqua Trudy.

— Non. Au départ, elle était beaucoup trop sûre d'elle. Enfin, après quelques répétitions, elle se mettait à déchanter, ajouta-t-elle d'un air satisfait. Elle s'est vite imposée face aux plus gentilles, comme cette petite souris de Candace. Mais elle ne risquait pas d'intimider Caroline ! Franchement, c'était assez drôle de voir l'autre chat la faire tourner en bourrique. Abby était tellement énervée et frustrée qu'elle se vengeait sur Vicky. La pauvre, elle lui en faisait voir des vertes et des pas mûres. Abby la traitait comme une domestique !

Trudy soupira.

— Je suis étonnée que Vicky n'ait pas simplement abandonné le concours, si c'était si terrible !

— Moi aussi, au début. Mais ensuite, j'ai compris qu'elle avait attrapé le virus.

— Le virus ? répéta Trudy.

— Oui, le virus de la compétition ! Vicky… Je ne sais pas, ces dernières semaines, elle s'est vraiment épanouie. Elle a toujours été jolie, mais elle restait dans l'ombre de sa reine. Peu à peu, cet endroit la libérait. Elle s'est mise à mieux s'habiller, mieux se maquiller, à sortir de sa réserve. Elle s'est fait une jolie coupe de cheveux et a commencé à, tu sais…

— Prendre confiance en elle ?

— Exactement.

— Ça n'a pas dû plaire à Abigail, de perdre sa meilleure ouvrière, remarqua prudemment Trudy.

— Ça non, répondit Sylvia avec satisfaction. Surtout quand on a commencé à dire que Vicky avait de vraies chances de gagner le concours. Avant la mort d'Abby, elles étaient presque à couteaux tirés !

— Ah bon, commenta Trudy, les yeux brillants. Je ne savais pas du tout.

Comme c'était intéressant.

11

Clement prit la tasse de thé que lui tendait Vera Trent et sourit à la mère endeuillée tandis qu'elle s'asseyait en face de lui.

Il s'était présenté au domicile d'Abigail Trent à 10 h 30, sachant que M. Trent serait au travail à cette heure-ci, puisque c'était surtout à la mère de la jeune fille qu'il voulait parler. S'il en croyait son expérience, les mères connaissaient bien mieux leurs filles que les pères.

La maison était un pavillon récent subventionné par la municipalité, situé dans un petit cul-de-sac à la lisière – qui reculait sans cesse – de Parklands, une banlieue courue de Summertown. Les habitations modernes côtoyaient timidement les imposantes demeures victoriennes et georgiennes ainsi que les rangées de maisonnettes d'ouvriers que les touristes qualifieraient sûrement de « pittoresques ».

— Merci d'être venu nous voir, docteur Ryder, dit Vera Trent lentement et d'une voix lasse.

Clement, qui avait gardé ses vieux réflexes, se demanda quels sédatifs le médecin de famille lui avait prescrits.

— Je voulais simplement savoir si vous aviez des questions concernant l'audience, commença gentiment Clement. Quand on vit une épreuve comme la vôtre, parfois, on n'a pas immédiatement le réflexe de parler de ce qui nous taraude.

— Non. Enfin, j'imagine que je ne sais pas trop quelle est la suite des événements.

Vera n'était ni tout à fait grande, ni tout à fait mince, ni tout à fait jolie – mais elle semblait avoir frôlé les trois. Sa fille, par contre, n'avait eu aucune difficulté à être belle, à en juger par les nombreuses photographies d'elle disséminées dans le salon.

— Eh bien, quand les circonstances d'un décès ne sont pas claires, la police continue les investigations, bien entendu, répondit Clement.

Mais il ne mentionna pas l'enquête parallèle que Trudy et lui menaient. Moins ça se savait, moins l'opération risquait d'être compromise.

— À votre avis, madame Trent, qu'est-il arrivé à Abigail ? s'enquit-il en buvant une gorgée de thé servi brûlant, fort et sans sucre, comme il l'avait demandé.

— Une chose est sûre, elle ne s'est pas suicidée, affirma la mère de la morte en montrant enfin des signes d'animation.

Mais à peine l'avait-elle dit que ses épaules s'affaissèrent et qu'elle retomba dans sa torpeur.

— Mon Abby débordait d'énergie et de confiance en elle. Elle avait la vie devant elle.

À ces mots, Clement sentit une vague de tristesse le submerger. Bien sûr, du temps où il était chirurgien, il avait perdu bon nombre de patients. Mais c'était toujours plus dur quand ils étaient jeunes.

— En effet, acquiesça-t-il doucement. Vous pensez donc qu'il s'agit d'un accident, d'une erreur ? Qu'elle a préparé cette boisson en croyant que c'était sans risque ?

— J'imagine, répondit Vera, l'air peu convaincue. Mais ce n'est pas comme si elle avait déjà fait ce genre de choses.

— Des potions, vous voulez dire ? Mais c'était la première fois qu'elle participait à un concours de beauté, n'est-ce pas ?

— Oui. Oui, elle était très enthousiaste, admit Vera.

— Et j'ai entendu dire qu'elle avait l'esprit de compétition, ajouta Clement en choisissant ses mots avec soin.

Il ne devait surtout pas donner l'impression qu'il critiquait sa fille. Non seulement ce serait cruel, mais Vera cesserait de coopérer.

— Je suppose qu'elle était bien décidée à réussir, glissa-t-il.

— Oui, j'imagine, confirma Vera d'une voix éteinte. À l'école, elle gagnait tout le temps des prix. D'orthographe. D'athlétisme. Toutes sortes de choses.

Elle désigna d'un geste vague le manteau de cheminée carrelé où une petite collection de coupes et de prix amoureusement polis étincelait sous le soleil d'automne.

— Et elle aurait probablement fait n'importe quoi pour remporter le concours, renchérit Clement. Elle était assez jolie pour y arriver.

— Oui, n'est-ce pas ?

Mais Vera semblait plus défaite que fière. Une fois de plus, Clement cherchait quels médicaments elle prenait.

— Vous a-t-elle dit que quelqu'un lui voulait du mal ? l'interrogea Clement, se demandant si la violence de sa question suffirait à faire sortir son interlocutrice de sa torpeur.

— Non, répondit Vera d'un ton vaguement étonné. Qui aurait voulu faire du mal à notre Abby ? Bon, elle était un peu difficile à l'école et il y a eu des plaintes idiotes, mais ce n'était que du vent. De la jalousie, voilà ce que c'était.

— Des plaintes ? répéta délicatement Clement.

Vera Trent poussa un profond soupir.

— C'était simplement parce qu'elle ne rentrait pas dans le moule, au début. Venir ici… expliqua-t-elle en montrant la belle vue par la fenêtre. Venir à Parklands, c'était une sorte de… Quel est le mot ? Quelque chose en rapport avec la culture…

— Choc culturel ? suggéra Clement.

— Voilà, c'est ça ! Nous venons d'un quartier de logements sociaux de Cowley, vous comprenez ? Abby a grandi avec des gamins comme elle. Les pères travaillaient à l'usine de construction automobile, les mères à l'épicerie locale ou comme femmes de ménage. Et puis on a déménagé ici, et si on trouve certaines familles comme la nôtre dans le coin, c'est un quartier beaucoup plus chic. Il y a des avocats, des médecins et il reste même quelques aristocrates, vous savez. Abby était intelligente, elle a bien réussi l'examen de fin d'école primaire et elle a intégré le lycée local.

— Ah, je vois. Elle a été victime de harcèlement, n'est-ce pas ?

Vera Trent parut décontenancée, puis elle haussa les épaules, de nouveau apathique.

— Elle ne s'est pas laissé faire. Il fallait bien qu'elle se défende, hein ?

Sentant qu'il la perdait, Clement acquiesça.

— Parlez-moi du concours de beauté. Qu'est-ce qui l'a poussée à participer ?

— Je ne sais pas trop. Je crois qu'elle voulait utiliser l'argent du prix pour se payer de belles vacances. À l'étranger, vous voyez ? Aujourd'hui, grâce à l'avion, ce genre de voyage devient possible.

— Elle était donc plutôt aventureuse ?

— Ça oui. Elle débordait d'idées et de projets d'avenir. Elle me disait toujours : « Maman, je vais voyager et devenir quelqu'un, tu verras. » Mais maintenant…

— Savez-vous de qui elle était proche pendant les jours qui ont précédé sa mort, madame Trent ? demanda prudemment Clement. Quelqu'un lui donnait-il des conseils de beauté, par exemple ?

— Oh ! peut-être ses copines. Vicky – Vicky Munnings – et elle ont toujours été meilleures amies. Depuis qu'Abby l'a rencontrée à l'école locale.

— Ah. Vicky aussi est originaire de ce quartier, alors ?

— Oui. Elle est fille unique. Sa mère est veuve, mais son mari lui a laissé une pension et une bonne assurance-vie. Elle jardine, ajouta Vera comme si cela expliquait tout.

— Abby a donc trouvé une amie ici ?

— Quoi ? Oh oui – elle nous a ramené Vicky à la maison après son premier jour d'école. Elle suivait notre Abby comme un chiot perdu. Je crois qu'elle était plutôt solitaire. Elle s'est un peu épanouie une fois qu'Abby l'a prise sous son aile. Elles faisaient tout ensemble, à l'époque. Elles n'avaient que dix ans, mais elles enchaînaient les bêtises. Depuis, elles étaient inséparables. Dès qu'Abby voulait ou faisait quelque chose, Vicky l'imitait.

Vera Trent tenta de sourire, mais elle semblait avoir oublié comment faire. Avec un soupir, Clement s'avoua vaincu et se leva.

— Je vous remercie de m'avoir reçu, madame Trent. Et merci pour le thé.

— Le thé ? demanda vaguement la femme. Ah oui. Le thé.

— Ne vous dérangez pas, je sais où est la sortie, conclut Clement avec douceur avant de s'éclipser en silence.

Le capitaine Jennings lut d'un air écœuré la lettre anonyme que Trudy venait de lui tendre.

— Ça m'a tout l'air d'être le genre d'inepties hystériques et malveillantes typique des bonnes femmes. Mais je vais passer immédiatement la lettre au sergent O'Grady. Puisque c'est le responsable de l'enquête *officielle* sur l'affaire Abigail Trent, rappela-t-il d'un ton perfide et insistant. Ce sera à lui de décider s'il veut enquêter là-dessus.

— Oui, capitaine, répondit Trudy, quasiment au garde-à-vous devant son bureau.

Mais elle dut réprimer un petit sourire. En lisant entre les lignes, il était clair que son supérieur ne considérait pas le dossier Abigail Trent comme prioritaire. Il s'était sûrement attendu à ce que le jury du coroner tranche pour un suicide ou un décès accidentel et il renâclait à poursuivre l'enquête. Elle doutait donc qu'il harcèle le sergent pour obtenir des résultats. Et avec un peu de chance, ça laisserait le champ libre au Dr Ryder et à elle-même.

— Et s'il décide de passer au théâtre, je lui dirai de ne pas vous parler, ajouta le capitaine avec réticence.

— Merci, monsieur.

Trudy déglutit, sentant que ses remarques sarcastiques n'étaient pas terminées.

— C'est sans doute le Dr Ryder qui a choisi de suivre la lubie de M. Dunbar et de vous faire participer au concours ?

Pendant une demi-seconde, Trudy hésita à opter pour la solution de facilité et à acquiescer. Puis son honnêteté naturelle prit le dessus.

— Eh bien, monsieur, c'était plutôt une décision commune. M. Dunbar désirait que quelqu'un enquête sur les mauvais tours qu'on leur jouait, et il a beaucoup insisté pour que je m'en charge. Et j'ai pensé que, s'il y avait effectivement un lien entre le décès inexpliqué d'Abigail et le concours, me faire passer pour une candidate me placerait dans une position idéale pour enquêter. Monsieur.

Le capitaine Jennings poussa un profond soupir.

— Évitez de faire de nous la risée de la police, stagiaire Loveday, ordonna-t-il en appuyant avec délectation sur le mot « stagiaire ». N'oubliez pas que le préfet n'apprécierait pas que la presse ait vent de cette affaire.

Trudy déglutit de nouveau.

— Bien, monsieur.

— Bon. Continuez, alors.

— Oui, monsieur !

Après son départ, le capitaine se laissa aller contre son dossier en grognant. S'il acceptait cette idée grotesque, c'était bien parce que Dunbar était un généreux donateur du fonds pour les veuves et les orphelins de la police !

Mais pour une fois, ce fouineur de Clement Ryder semblait s'être fourré dans une impasse. Cette soi-disant enquête sur la mort d'une fille peut-être victime d'un empoisonnement délibéré lui semblait sans espoir. Et s'il entraînait Trudy Loveday dans sa chute… Le capitaine ne serait pas fâché qu'elle soit renvoyée de la police. Ça lui ferait un casse-tête de moins à gérer.

Il jeta un regard noir à la lettre anonyme. Ce serait bien sa veine s'il s'avérait que la mort de la fille était effectivement suspecte. Peut-être qu'il ferait mieux d'inciter le sergent O'Grady à prendre la menace au sérieux ?

Juste au cas où.

L'individu du cimetière envisageait un nouveau meurtre. Bien sûr, le poison était exclu. C'était bien trop risqué. Et puis, les petites chéries du concours étaient sur leurs gardes. Personne ne tomberait dans le panneau cette fois-ci.

Même ces petites oies n'étaient pas aussi bêtes ! songea l'assassin d'Abigail Trent avec un sourire en coin.

Non, il faudrait recourir à une méthode plus directe. Ce qui présentait une série d'autres problèmes, bien entendu.

Comment tuer quelqu'un facilement, sans se faire prendre et sans risquer sa vie ?

Par noyade ? Non.

À l'aide d'un couteau ou d'un autre instrument tranchant ? Trop dangereux. Et si on vous arrachait l'arme avant de la retourner contre vous ?

Non.

Il faudrait être plus subtil. Plus retors. Plus prudent.

Mais l'assassin était intelligent et il ne doutait pas qu'il trouverait une solution. Qui plus est, c'était quelqu'un de patient. La bonne méthode finirait par se présenter…

12

Vicky Munnings quitta son appartement par la porte dérobée habituelle et rejoignit l'arrêt de bus en toute hâte. Il ne lui fallut pas longtemps pour arriver en ville, après quoi elle se dirigea d'un pas pressé vers la bibliothèque principale.

Elle rendit les livres qu'elle avait empruntés un peu plus tôt. Si le bibliothécaire remarqua qu'ils traitaient tous d'histoire naturelle, et en particulier de la flore indigène des îles Britanniques, il ne fit aucun commentaire. Vicky supposait qu'il ne faisait plus attention aux titres des livres après tant d'années à les manipuler.

Vicky n'était pas, par nature, une grande lectrice, et si elle lisait, c'était généralement des romans sentimentaux. Les ouvrages botaniques lui avaient semblé arides et ennuyeux. Même les parties sur les poisons – qu'on aurait pu croire, à tort, palpitantes.

Mais ils lui avaient appris ce qu'elle voulait savoir.

Abby avait souffert.

En attendant le bus dans le froid, Vicky se sentit soudain seule. Même si elle était heureuse qu'Abby ait disparu – oui, elle arrivait désormais à se l'avouer –, il y avait encore des moments où, étrangement, sa présence lui manquait.

C'était comme si Abby avait été la seule personne au monde qui la connaissait vraiment. Qui la comprenait. Qui partageait ses secrets les plus sombres, les plus inavouables. Même si elle était soulagée de ne plus jamais avoir besoin d'y penser, elle se sentait aussi isolée – comme si elle habitait une lune déserte plutôt qu'une ville débordante d'activité.

En son for intérieur, elle mourait de honte en pensant à certaines des choses qu'Abby l'avait poussée à faire. Ce n'était pas bien. Pas bien du tout.

Soudain, Vicky pensa à la nouvelle candidate, Trudy Quelque-chose, qui lui avait raconté qu'elle aussi avait une amie qui n'avait rien d'un ange. Vicky réprima un gloussement amer. Elle ne connaissait pas la fille en question, mais elle n'arrivait sans doute pas à la cheville d'Abby.

Si Trudy Machin-chose découvrait tout ce qu'avait fait sa défunte amie… Mais à présent, elle n'était plus de ce monde, et elle ne pouvait plus nuire à personne.

Son bus arriva, et Vicky monta à bord d'un pas las.

Sa flûte à bec tant haïe à la main, Trudy passa la tête par l'embrasure de la cuisine. Sa mère déposait quelques shillings dans la boîte du laitier (qui contenait autrefois du thé) : on était jeudi, et elle le payait le vendredi.

— Je sors, maman. Je ne rentrerai pas tard.

— D'accord. Je ne savais pas que Grace jouait de la flûte.

Trudy évita son regard. Pour expliquer son goût soudain pour les sorties en semaine, elle avait dit à ses parents qu'elle allait chez Grace l'aider à répéter ses morceaux.

— On a tous appris à l'école, maman, temporisa Trudy.

Ce qui n'était pas faux. Même si bien sûr Grace ne s'était pas plus entraînée depuis que Trudy !

— Embrasse sa mère de ma part, dit Barbara Loveday.

— Entendu, répondit Trudy, qui se sentait de plus en plus minable.

Elle s'esquiva avec soulagement et marcha à grands

pas jusqu'au bout de la rue, où l'attendait la Rover du coroner. Heureusement, les répétitions ne se feraient pas en présence des juges ce soir-là, mais le Dr Ryder voulait rendre visite à d'autres membres du jury et il avait proposé à Trudy de lui faire économiser un ticket de bus.

Sous prétexte de leur demander des conseils sur son rôle de juge, il comptait leur soutirer des informations sur la vie privée des candidates.

— La répétition de vos numéros est prévue pour ce soir, alors ? demanda le coroner, qui avait tout de suite repéré la flûte.

— Je suis nulle en flûte ! Même à l'école je n'étais pas très douée. Et j'ai mis une éternité à trouver un « vrai » morceau à jouer. Vous savez, d'un compositeur classique. Je doute que *London Bridge is Falling Down* fasse l'affaire ! Comme je n'ai jamais été douée en musique, je ne suis même pas sûre de lire la partition correctement. Ça va être une catastrophe !

— Ne vous inquiétez pas. N'oubliez pas que vous ne participerez pas vraiment à la représentation face au public. Donc ce n'est pas grave, si ?

— Non, admit Trudy en riant. Mais je vais quand même avoir l'air d'une idiote devant les autres quand ils m'entendront jouer !

Clement sourit malicieusement en imaginant la scène et la déposa gaiement devant le théâtre avant de rejoindre l'Eagle & Child à St Giles. C'était le pub rendu célèbre par certains des écrivains les plus célèbres d'Oxford, et d'après ce qu'on lui avait dit, c'était aussi l'endroit où l'un de ses co-jurés aimait boire un verre le soir.

Avant d'entrer, il prit une pastille à la menthe, qu'il suçotait toujours en poussant la porte. Au moment de franchir le seuil, il sentit son pied se prendre entre deux planches mal ajustées et dut se rattraper à l'embrasure de la porte pour ne pas tomber.

Il jeta un coup d'œil nonchalant autour de lui et fut

soulagé de constater qu'aucun client n'avait remarqué l'incident. En fait, la fumée de cigarettes était si épaisse dans la petite salle que personne n'aurait fait attention à lui s'il était entré en kilt et béret écossais.

Tout en se dirigeant vers le bar, il surveilla sa démarche et constata avec soulagement qu'il n'avait pas encore commencé à traîner les pieds – un symptôme qui se manifesterait tôt ou tard à mesure que la maladie progresserait.

Pour fêter cela, il commanda un petit brandy et mâchonna sa pastille en attendant son verre. Quand il prit une gorgée de sa boisson au bar, il dut réprimer une grimace. Le problème des pastilles, c'est qu'elles masquent les autres saveurs – y compris celles d'un bon brandy !

— Ronald Palmer est-il là ce soir ? demanda-t-il aimablement à l'homme derrière le comptoir.

— Oui, monsieur, le voilà, près de la fenêtre, l'informa celui-ci avec un sourire.

Il aimait que ses clients commandent son meilleur brandy – qui était aussi le plus cher.

— Merci, répondit Clement en s'approchant de la table qui disposait de la plus belle vue sur St Giles, son verre à la main.

D'après les papiers que lui avait fournis Grace Farley, Ronald Palmer était issu de l'une des plus vieilles et fortunées familles d'Oxford. Étant donné qu'il avait été marié quatre fois, à des femmes de plus en plus jeunes, on avait considéré qu'il avait l'expérience nécessaire pour évaluer la beauté des candidates. En tout cas, c'était ce que Dennis Quayle-Jones lui avait raconté, mais à n'en pas douter, les Dunbar s'étaient montrés bien plus flatteurs quand ils lui avaient proposé de participer au jury.

Le fait qu'à présent, la fortune familiale des Palmer provenait essentiellement d'une bonneterie – et que son entreprise pouvait fournir un prix sous forme d'un assortiment de bas de soie pour récompenser le meilleur numéro – avait probablement été un argument supplémentaire.

C'était un homme d'une petite cinquantaine d'années qui faisait tout son possible pour en paraître vingt de moins. Les cheveux teints d'un brun foncé uniforme des plus suspects, il arborait un teint hâlé – probablement grâce à un été passé sur la Côte d'Azur. Quant à son costume impeccablement coupé, il parvenait à cacher un début d'embonpoint.

Même s'il était encore tôt, il n'en était visiblement pas à son premier verre, à en juger par son accueil enthousiaste quand Clement se présenta.

— Alors comme ça, on vous a forcé à rejoindre notre joyeuse bande ? demanda-t-il avec un sourire complice. Je suppose qu'ils vous ont forcé la main, comme à moi ?

Remarquant le regard envieux lancé à son ballon rempli de brandy, Clement le leva pour attirer l'attention du propriétaire du pub, le tapota et indiqua son compagnon.

Le visage de Ronald Palmer s'illumina quand l'une des jeunes filles qui faisaient le service s'empressa de lui apporter un verre.

— C'est chic de votre part, déclara-t-il quand Clement tendit une demi-couronne à la serveuse en lui disant de garder la monnaie.

— J'espérais que vous pourriez me donner des conseils, commença Clement. Je dois dire que je n'aurais jamais cru me retrouver juge d'un concours de beauté. Normalement, j'aurais refusé, vous comprenez, ajouta-t-il d'un ton sarcastique.

Il se demandait ce que ses amis en penseraient quand ils en entendraient parler !

— Mais les Dunbar m'ont convaincu.

— Ça ne m'étonne pas, commenta Ronald, ses yeux brun foncé mi-clos tandis qu'il savourait le brandy. Bien sûr, c'est un drôle de couple. C'est elle qui tient les cordons de la bourse, mais c'est lui le cerveau et le plus ambitieux.

— Oui, c'est ce que j'ai compris, répondit Clement, disposé à encourager son interlocuteur à cancaner. Mais il ne m'a pas semblé être du genre soumis.

— Ça non. Pas notre Robert, acquiesça Ronald en hochant la tête d'un air solennel. Entre nous, il est un peu coureur. Attention, il sait se montrer discret. La plupart du temps, il laisse Christine prendre les décisions sans se plaindre, mais ça ne l'empêche pas de s'amuser de son côté.

Donc il avait une maîtresse quelque part. Ça n'étonnait pas vraiment Clement.

— Ah bon, répondit ce dernier. De ce que j'ai vu, sa femme ne se laisserait pas tromper sans broncher.

Il pensa à la femme épaisse engoncée dans son corset, avec ses cheveux cuivrés et volumineux, son expression perpétuellement pincée et son air malheureux.

— À mon avis, elle est plutôt du genre hystérique.

— Oui, probablement, confirma Ronald d'un ton vague. En tout cas, elle le surveille de près. C'est assez drôle de la voir l'épier pendant qu'il regarde toutes ces jolies filles !

— Oui. Ça ne doit pas être facile pour elle. Je suis étonné qu'elle l'ait autorisé à organiser ce concours.

— Ah, mais c'est pour les affaires, mon vieux, déclara Ronald avec la nonchalance d'un homme qui avait des gestionnaires pour s'occuper des siennes. Robert aime gagner de l'argent et il est déterminé à faire connaître son fichu miel. Vous l'avez déjà goûté ? C'est infect.

— Je préfère la marmelade.

— Moi aussi. Enfin, je ne devrais pas me plaindre. Ça me donne l'occasion de voir des jolies filles de temps en temps. Je me souviens de l'époque où l'Old Swan organisait des soirées musicales…

— En parlant de jolies filles, l'interrompit habilement

Clement, j'ai eu la malchance de présider l'audience sur le décès de l'une d'entre elles. Abigail Trent ?

— Ah oui, cette chère Abby. Une jolie fille, et l'une des favorites. Quel dommage. Et quelle idiotie, de préparer une potion à base de baies douteuses ! Enfin, on ne peut rien leur dire. Les jeunes d'aujourd'hui croient tout savoir.

— Vous l'avez déjà vue boire des mélanges de plantes au théâtre ?

— Mon Dieu, non. Je me contente de les regarder parader, ces chères petites. Évidemment, je doute que notre Christine l'ait beaucoup pleurée, glissa-t-il d'un ton morose en finissant son verre avant d'en contempler le fond d'un air sombre.

— Pourquoi Christine Dunbar se réjouirait-elle de la disparition d'une des candidates ? s'étonna Clement. Tout ce qui donne une image négative du concours, et donc du miel Dunbar, lui nuit, n'est-ce pas ?

— Hmm ? Ah oui, j'imagine que les articles dans les feuilles de chou n'ont pas dû leur plaire. Mais entre nous, la rumeur courait que Robert Dunbar, euh… butinait une autre femme que la sienne !

Il éclata de rire, tout heureux de sa saillie.

— Bien sûr, toutes les filles cherchent à séduire les juges à un moment ou à un autre, ajouta-t-il d'un air satisfait. On ne peut pas vraiment leur en vouloir, hein ? Les prix les font rêver, surtout le premier, constitué de livres sonnantes et trébuchantes. Sans parler de la possibilité de devenir Miss Oxford.

— Vous croyez que les jeunes filles sont prêtes à nous corrompre pour avoir notre vote ? demanda Clement, qui ne savait pas si la perspective d'une jeune femme déterminée lui faisant des avances l'amusait ou l'horrifiait.

— Oh ! pas toutes. Certaines sont de braves filles. Par contre, je pourrais vous raconter de drôles d'histoires sur une ou deux candidates, marmonna-t-il.

Conscient que son témoin serait bientôt trop ivre pour être fiable, Clement s'empressa de lui demander :

— Abigail Trent, par exemple ?

— Hmm ? Ah, la jolie Abby. Oui, je suppose. Dans une certaine mesure. Mais ce n'était pas la vraie surprise du concours. Si vous voulez mon avis…

Mais avant que Clement puisse l'encourager, Ronald Palmer s'endormit paisiblement.

L'une des serveuses s'empressa d'éteindre la lampe la plus proche de lui – un gros machin à franges roses –, le laissant ronfler dans la pénombre, affalé sur la table.

— Ne vous inquiétez pas, monsieur, nous connaissons bien les petites habitudes de M. Palmer. Nous le réveillerons et nous le renverrons chez lui à la fermeture, promit-elle à Clement.

N'étant pas pressée de répéter son numéro de flûte en public, Trudy passa son tour au profit des autres candidates.

Candace Usherwood fit son *one woman show* et se révéla aussi drôle que Betty Darville l'avait prédit. Tout le monde fit une pause pour regarder Caroline, vêtue d'un superbe tutu rose pâle, exécuter un extrait du *Lac des cygnes*.

— Tu crois que c'est une danseuse professionnelle ? chuchota Trudy à Grace, qui avait délaissé sa machine à écrire pour assister aux répétitions.

— Peut-être – mais, à mon avis, elle n'a jamais dû avoir de premier rôle. Sinon, elle n'aurait pas arrêté la danse. Mlle Tomworthy est du genre à aimer être le plus gros poisson de l'aquarium.

Trudy jeta un coup d'œil pensif à son amie.

— Tu ne l'aimes pas.

— Personne ne l'aime.

— Même pas Abby ?

— Sûrement pas, rétorqua Grace.

Elle était fatiguée, irritable et de mauvaise humeur. C'était comme si jouer les pions de Christine Dunbar détruisait tout ce qu'il y avait de bon en elle. Dans combien de temps commencerait-elle à se détester pour de bon ? se demanda Grace, désespérée. Mais que faire ? Elle n'avait pas le choix.

— Je dois trier ces factures avant le départ de Mme Dunbar, marmonna-t-elle avant de s'éclipser derrière le rideau.

Trudy la regarda partir, un peu triste. Pauvre Grace – on aurait dit qu'elle portait le poids du monde sur ses épaules. Elle espérait simplement que l'état de santé de sa mère ne s'était pas dégradé. Un peu plus tôt, Grace lui avait confié que Mme Farley prenait un nouveau traitement expérimental. Mais elle avait semblé très abattue, résignée, comme si sa mère était déjà morte.

Trudy espérait que les médicaments seraient miraculeux.

Heureusement, les répétitions prirent fin avant qu'elle puisse faire sa « démonstration de flûte ». Soulagée, elle enfilait déjà son manteau pour partir quand elle se souvint qu'elle devait toujours parler à Vicky Munnings.

Elle s'attarda dans le vestiaire, patientant tandis que les autres filles commençaient à quitter leur cabine.

Betty Darville, qui fut la première à sortir, passa une jolie veste coupée dans un tissu gris pâle aérien qui semblait haut de gamme. Trudy l'admirait encore quand Vicky et Candace firent leur apparition ensemble. Derrière elles, Sylvia Blane enfila son manteau. Avant que Trudy ait pu se glisser près de Vicky et trouver un prétexte pour l'aborder, Sylvia s'exclama :

— Mais qu'est-ce que… ?

Elle sortit la main de la poche de son manteau et contempla le petit objet brun qu'elle avait récupéré, qui tenait dans la paume de sa main.

— Berk ! Comment est-ce que ça s'est retrouvé dans

ma poche ? s'exclama-t-elle en jetant un regard soupçonneux autour d'elle.

Tout le monde se pressa pour mieux voir, Trudy comprise. Mais l'objet mystérieux était de petite taille, si bien qu'il était difficile d'en distinguer les détails.

— Qu'est-ce que c'est ? demanda Candace, ses grands yeux écarquillés comme des soucoupes.

— C'est un insecte mort, répondit Betty Darville. Il a dû se réfugier dans ta poche pour mourir.

— Oh non ! Il n'a pas grignoté le tissu, si ? gémit Candace. Je déteste quand les mites mangent mes vêtements préférés.

— Ne sois pas bête, rétorqua Betty avec un sourire. Ce n'est pas une mite ! Ce truc est beaucoup plus gros. Je n'ai jamais vu un insecte pareil.

— Tenez, donnez-le-moi, proposa immédiatement Trudy, avec enthousiasme. J'ai un petit frère qui collectionne ce genre de machins, ajouta-t-elle quand Betty Darville lui jeta un coup d'œil surpris. Les scarabées morts, les os d'animaux, tout et n'importe quoi. Mais maman ne l'a pas laissé garder la couleuvre morte qu'il avait trouvée.

— C'est vraiment dégueulasse, les petits frères, commenta Candace. Bon, j'y vais. Bonne nuit, tout le monde.

Trudy tendit la main, Sylvia haussa les épaules et laissa le petit cadavre desséché lui glisser dans la paume.

D'un air dégagé, Trudy l'enveloppa dans son mouchoir et le posa sur le dessus de son sac à main pour qu'il ne soit pas écrasé.

Quand elle leva les yeux, elle constata avec irritation que Vicky Munnings s'était éclipsée. Une fois de plus !

Mais elle n'était pas trop contrariée. Elle savait qu'elle finirait tôt ou tard par coincer la soi-disant meilleure amie d'Abby.

Pour l'instant, son dernier « indice » l'intéressait bien davantage.

Son regard aiguisé avait remarqué quelque chose d'étrange sur le papillon mort, qu'elle espérait que les autres n'avaient pas vu.

Ses ailes étaient couvertes de dessins inhabituels qui, à ses yeux du moins, évoquaient la forme macabre d'un crâne humain.

13

— Il s'agit d'un sphinx tête-de-mort, annonça Clement le lendemain.

Ils étaient assis dans son bureau, le coroner penché en avant sur sa chaise, contemplant l'offrande pathétique que Trudy venait de poser devant lui.

— Cela fait des années que je n'en ai pas vu ! Où l'avez-vous déniché ?

— Une fille l'a trouvé dans sa poche de manteau au moment de quitter le théâtre après la répétition d'hier soir. Je crois que la plupart des candidates ont cru qu'il avait volé ou rampé jusque-là pour mourir. Mais ça ne me paraît pas très probable.

— Je suppose que c'est une possibilité, avança prudemment Clement. Mais je suis de votre avis, la coïncidence serait troublante. Il est bien plus probable que quelqu'un l'ait placé là exprès. Surtout cette espèce-ci.

Trudy jeta un coup d'œil pensif au petit cadavre.

— En tout cas, il a un nom sinistre. J'imagine que c'est dû aux écailles en forme de tête de mort ?

— En effet, répondit Clement. Dans le temps, il y avait beaucoup de récits folkloriques et de superstitions le concernant. Son cri mélancolique quand il est dérangé l'a rendu légendaire – à l'époque où les gens étaient plus enclins à croire en toutes sortes de sombres présages.

— Son cri ? répéta Trudy, bouche bée. Mais c'est un papillon !

Clement réprima un sourire.

— Je doute que ce soit très puissant – rien à voir avec les hululements d'une chouette, par exemple. Mais il doit être assez fort pour qu'on l'entende. Pendant des siècles, c'était considéré comme un mauvais augure, un présage de mort.

— C'est donc une nouvelle menace ? demanda Trudy.

— C'est bien possible. Certains disent que son apparition dans la chambre à coucher du roi George III l'a rendu fou.

— De mieux en mieux, commenta Trudy. Et il a d'autres pouvoirs maléfiques ?

C'était une question rhétorique, mais elle fut consternée de constater que le coroner n'avait pas terminé son inventaire.

— Oh ! des tas ! s'enthousiasma-t-il. Par exemple, certains croyaient que si ses ailes éteignaient une bougie la nuit, les gens autour deviendraient aveugles.

— Ah, émit la jeune femme, glacée.

Au début, quand elle avait remarqué le dessin de crâne sur le papillon, elle s'était un peu inquiétée. Maintenant qu'elle découvrait tout ce que représentait ce papillon, elle commençait à se dire qu'une présence maléfique sévissait bel et bien à l'Old Swan Theatre. Quel genre d'individu mettrait une chose pareille dans la poche de quelqu'un ?

Pendant ce temps, Clement poursuivait gaiement sa leçon d'entomologie, en couvant le papillon d'un regard fasciné.

— Son nom même – *Acherontia atropos* – vient de la mythologie grecque. L'Achéron est le fleuve de la douleur, et Atropos est la Moire qui coupe le fil de la vie.

— Je vous en prie, arrêtez, supplia Trudy.

Le fleuve de la douleur ? Elle se mettait à avoir mal au cœur !

— Qui aurait cru qu'un petit insecte marron pourrait symboliser autant de haine et d'amertume ? remarqua-t-elle.

Clement soupira. Ce nouvel indice constituait une menace de taille. Mais surtout, il leur fournissait des informations sur la personne qui jouait ces « mauvais tours ».

Il fronça les sourcils, mécontent de la direction que prenaient les événements. Il semblait de moins en moins probable que la mort d'Abigail Trent ait été accidentelle. Si elle avait bel et bien été assassinée, il était plausible que le meurtrier et le « farceur » du théâtre soient une seule et même personne. Le moment était-il venu de demander à Trudy d'abandonner sa mission ?

— Heureusement, je ne crois pas que les autres filles y aient fait très attention, déclara Trudy, qui ne se doutait pas que son ami était de plus en plus inquiet pour elle. Si elles avaient su tout ça, elles auraient paniqué !

— Oui, j'imagine.

— Pensez-vous que les Dunbar sont visés ? demanda Trudy, l'air curieux. Parce que j'ai l'impression que tout le monde au théâtre a beaucoup à perdre en cas d'annulation du concours. Même l'Old Swan perdrait de l'argent. Ça pourrait donc être quelqu'un qui en veut à l'un des organisateurs ou sponsors. Peut-être que les candidates ne sont pas les seules cibles.

— Vous avez raison, mais nous n'avons pas encore assez d'informations pour trancher, lui rappela Clement.

— Non, je suppose que non. Mais tout cela semble très… personnel, vous ne trouvez pas ?

Trudy décida à cet instant qu'elle laisserait le papillon mort sur le bureau du coroner. Elle ne voulait plus jamais y toucher. S'il fallait l'ajouter au dossier de l'enquête officielle, elle était sûre que le Dr Ryder serait prêt à l'apporter au sergent.

— Je commence à me faire une idée de la personnalité du fauteur de troubles, et j'ai l'impression qu'il y a quelque chose de très sombre derrière tout ça, poursuivit-elle. Comme si… comme si elle ou il était fou.

Elle frissonna, s'attirant un regard sévère de son aîné.

— Ne laissez pas votre imagination vous jouer des tours, l'avertit-il. Ce papillon était censé dégoûter et inquiéter les candidates. La personne qui l'a introduit veut répandre la panique et la suspicion au théâtre. Ne la laissez pas gagner.

— Vous avez raison, répondit-elle en se redressant. Je ne parlerai à personne de ce que vous m'avez raconté sur notre petit cadavre. Avec un peu de chance, tout le monde oubliera son existence.

Clement acquiesça.

— Jusqu'au prochain incident, commenta-t-il d'un air sombre.

14

Rupert Cowper rentrait généralement chez lui pour déjeuner, laissant son magasin de fleurs entre les mains expertes de son assistant. Sa femme de ménage, qui connaissait ses habitudes, lui préparait souvent un repas froid.

Il coupait du pain quand la sonnette retentit.

Qui pouvait bien lui rendre visite à cette heure-ci ? Il ouvrit la porte et découvrit un homme grand aux cheveux gris, qui lui semblait vaguement familier. Mal à l'aise, il se demanda s'il avait oublié un rendez-vous.

— Oui ?

— Bonjour, monsieur Cowper, c'est bien ça ? Désolé de vous déranger, je suis le docteur Clement Ryder. L'un des juges de Miss Miel. Je crois vous avoir croisé aux répétitions l'autre soir.

— Ah oui. Bonjour.

Rupert sourit et serra la main que lui tendait Ryder.

— Je vous en prie, entrez, proposa-t-il poliment.

Il avait l'air de s'interroger sur la raison de cette visite. Clement s'empressa de lui raconter qu'il avait besoin de conseils concernant son rôle de juge, et quelques instants plus tard, les deux hommes étaient attablés, Rupert ayant insisté pour partager son repas avec le coroner.

— De toute façon, ma femme de ménage me laisse toujours trop à manger, lui confia-t-il.

Clement accepta une tranche de pain et du *roast beef*

froid, ajouta un peu de raifort et dégusta son repas avant de soupirer.

— Pour être honnête, je n'ai jamais rien fait de semblable, commença-t-il avec un sourire penaud. Et je suppose que je me sens… eh bien…

— Mal à l'aise ? Gauche ? Un peu bête ? suggéra Rupert, l'air compréhensif.

Clement acquiesça.

— Moi aussi, avoua Rupert. Je ne voulais pas participer au jury, mais Robert a insisté. Mais je crois que c'était uniquement parce qu'il savait que j'offrirais de gros bouquets pour la représentation. Six gerbes de deux mètres avec des cascades de roses, de lys, de freesias… Désolé, je vous ennuie !

Rupert s'interrompit pour se couper un petit morceau de vieux cheddar.

— J'ai cru comprendre qu'une bonne partie des juges fournissaient des prix et autres, remarqua Clement. M. Dunbar est doué pour réduire les coûts et limiter ses frais.

Rupert éclata de rire.

— Ça, c'est sûr. Qu'est-ce que cet homme ne ferait pas pour de l'argent… Enfin, j'imagine que c'est amusant.

Mais il ne semblait pas convaincu, et Clement lui jeta un coup d'œil intrigué.

— Vous n'avez pas l'air d'être de cet avis, commenta-t-il.

Le fleuriste haussa les épaules, tout honteux.

— Oh ! mes amis se sont tellement moqués de moi ! Enfin, les hommes, en tout cas. Ils ont l'air de penser que je suis un sacré veinard. Je saisis leur raisonnement, mais ce n'est pas aussi glamour qu'on pourrait le croire. Mes amies femmes, quant à elles, se moquent gentiment de ma situation, quand elles ne me font pas la leçon. L'un dans l'autre, je regrette d'avoir accepté !

— Comment sommes-nous censés juger, exactement ? demanda Clement d'un ton nonchalant. Devons-nous rencontrer les jeunes filles et leur parler, ou y a-t-il un système de points plus compliqué et réglementé ?

— Oh ! ce n'est pas très scientifique, répondit Rupert en riant. Le soir du spectacle, on nous donnera des formulaires et il faudra noter sur dix un certain nombre de catégories comme l'épreuve du numéro, de l'entretien et je ne sais quoi encore. Mais aussi des choses plus générales, la tenue, la démarche, la grâce, toutes sortes de bêtises, ajouta Rupert en fusillant une tomate du regard. Ensuite, à la fin, on additionne les points pour arriver à un total. Celle qui en a le plus gagne.

— Ça ne m'a pas l'air sorcier, conclut Clement. Mais vous fixez cette pauvre tomate comme si vous alliez lui régler son compte.

Rupert éclata de rire, l'air contrit.

— Désolé. Oui, je suppose que vous avez raison.

Il posa le fruit sur son assiette avant de jeter un regard pensif au coroner. Ne voyant en lui qu'un homme âgé, sans doute avisé et clairement bienveillant, il se pencha en avant et confia :

— Entre nous, docteur Ryder…

— Je vous en prie, appelez-moi Clement.

— Si vous m'appelez Rupert. Entre nous, Clement, je commence à regretter amèrement de ne pas avoir suivi mon intuition et refusé. Si j'avais su, je n'aurais jamais laissé Robert me convaincre de participer à ce fiasco.

— Ah bon, pourquoi ? Ils m'ont paru plutôt aimables quand je les ai rencontrés. Les jeunes filles sont enthousiastes et ont envie de gagner, remarqua Clement.

— Ça, c'est sûr, rétorqua Rupert d'un ton acide. C'est en partie ça, le problème. Vous ne me croiriez pas si je vous racontais ce qui se trafique dans ce théâtre.

Clement mordit dans un morceau de fromage d'un air nonchalant.

— Voilà qui est inquiétant. De quoi dois-je me méfier, exactement ?

— Pardon, répondit Rupert en riant de bonne grâce. Vous allez me trouver ridicule – voire mélodramatique ! Mais qu'est-ce qu'on est censé faire quand on est, eh bien, abordé par de jolies filles ? Comment les décourager en restant un *gentleman* ?

Clement réprima un sourire.

— Je suppose que vous n'êtes pas marié, alors ? demanda-t-il.

— Non, je suis veuf. Mes deux enfants auront bientôt vingt ans.

— Ah. Donc vous êtes de nouveau bon à marier. Qui plus est, vous êtes encore jeune et propriétaire d'une chaîne de magasins. Ce n'est pas surprenant que vous plaisiez aux dames. Il y a plus grave, non ?

Rupert rit de nouveau, mais Clement voyait bien que le cœur n'y était pas. Pour un homme aussi beau, il était étrangement timide. À moins que sa réserve ait une origine plus profonde, plus sombre ? Il était inhabituel qu'un bel homme de son âge s'effarouche autant de plaire aux femmes – surtout si elles étaient elles-mêmes jeunes et jolies.

— Je sais, je sais, j'ai l'air coincé, admit aussitôt Rupert. Mais vous savez, ce n'est vraiment pas drôle. Parfois, j'ai l'impression d'être un personnage d'une de ces horribles comédies de la série *Carry On*. Il n'y a pas de quoi rire. Pour commencer, la pauvre fille qui est morte passait son temps à essayer de me coincer entre deux portes, et maintenant qu'elle n'est plus là, c'est Syl… Bref, peu importe. Suivez mes conseils : ne les encouragez jamais, Clement. Sinon, vous aurez à peine le dos tourné qu'elles s'accrocheront à vous comme des sangsues ! Tenez, goûtez la moutarde. Elle est française, je vais exprès à Londres pour en acheter.

Clement tartina le condiment sur sa deuxième tartine de *roast beef* avant de jeter un regard songeur au fleuriste.

— C'est drôle que vous mentionniez Abigail Trent.

J'ai présidé l'audience sur son décès. Une affaire bien triste. Qu'est-ce qui lui est arrivé, à votre avis ?

— Oh ! je ne doute pas qu'elle a concocté la potion elle-même, en pensant que ça éclaircirait son teint, ferait briller ses yeux ou je ne sais quelle bêtise. Ou sinon, quelqu'un d'autre l'a préparée en lui promettant la même chose. Ces filles feraient n'importe quoi pour gagner. Elles rêvent d'avoir leur photographie dans le journal. À en croire leurs bavardages incessants, c'est le plus beau destin au monde !

— Je suppose qu'Abigail est l'une des candidates qui ont essayé de vous influencer ?

— En effet. Mais au moins, elle a fait preuve de subtilité et ne m'a pas cassé les pieds. Contrairement à… Oubliez. Faites attention, c'est tout. Sauf si, bien sûr, vous avez envie de compagnie féminine… ?

Il jaugea Clement en levant un sourcil.

— Bon Dieu, non ! s'exclama Clement, sincèrement choqué. J'ai l'âge d'être leur grand-père !

— Oh ! ça ne les gênera pas, prédit Rupert d'un ton morose.

— À vous entendre, ce sont toutes des croqueuses d'homme ! nota Clement en souriant.

— Peut-être bien que oui, répondit Rupert avant de lâcher un rire forcé devant les yeux ronds de Clement. Pardon, ne m'écoutez pas. Je suis un vieux grincheux, parfois. Ou peut-être que je suis simplement vieux jeu. Mais je préfère les femmes plus… eh bien… réservées. Peu importe. Un *pickle* ?

Il lui tendit le bocal et se mit à disserter sur les mérites des œillets par rapport aux roses.

Clement se gara dans la cour pavée de Floyds Row et resta dans sa voiture, plongé dans ses pensées.

Sa conversation avec le fleuriste l'avait mis singulièrement mal à l'aise. À première vue, Rupert Cowper était un brillant homme d'affaires, au physique agréable, avec deux grands enfants. La belle vie. Il avouait lui-même que son rôle de juge faisait la jalousie de ses amis.

Et pourtant, il semblait avoir peur des femmes.

Une chose était sûre – Clement aurait parié que ses relations avec la gent féminine étaient toujours compliquées.

À moins qu'il se fasse des idées ? Le farceur et probable assassin le poussait-il à se méfier de parfaits innocents et à leur attribuer des comportements suspicieux ? Peut-être Rupert Cowper n'était-il qu'un veuf timide qui n'avait jamais appris à parler aux femmes.

Mécontent de tergiverser, il se demanda de nouveau s'il était temps de mettre un terme à la mission de Trudy. Il savait qu'elle lui en voudrait terriblement. Mais s'il s'avérait qu'un criminel, voire un fou, était effectivement à l'œuvre au théâtre et que Trudy Loveday était sa prochaine victime, il ne se le pardonnerait jamais.

En cet instant, Clement Ryder n'était pas le seul à contempler les abysses du meurtre et de la folie.

L'individu du cimetière n'avait que cela en tête.

Son dernier sujet de prédilection était les chaudières domestiques et les propriétés merveilleuses du monoxyde de carbone. Ce modeste gaz était un superbe poison ! Inodore, au goût presque indécelable, et doté d'une capacité étonnante à corrompre l'oxygène du corps, plongeant la victime dans un sommeil paisible – et éternel – avec une facilité déconcertante, en toute discrétion.

De nouvelles recherches en librairie lui avaient fourni une masse d'informations utiles.

Par exemple, les victimes d'intoxication au monoxyde de carbone mouraient le visage rouge vif.

Délicieux, non ?

Une beauté pâle et délicate devenue rougeaude ? C'était presque poétique.

Dans toute la ville, l'heure était aux ruminations.

Candace Usherwood, par exemple, était assise devant sa coiffeuse et pensait à ses sourcils.

Depuis que Betty avait reçu le mot mentionnant la beauté « imparfaite » d'Abigail Trent, Candace était au bord de la panique. La minuscule cicatrice blanche, presque invisible, sur son sourcil gauche, souvenir d'un petit accident dans son enfance..., c'était clairement une imperfection, non ?

Bien sûr, il fallait la regarder de très près pour la déceler.

Rien à voir avec le grain de beauté d'Abigail, qui était bien plus visible.

Mais quand même.

Peut-être devrait-elle se retirer du concours ? Gagner une compétition ne valait pas la peine de... de se mettre en danger de mort, si ?

Depuis que cette horrible lettre était arrivée, Candace avait fait de son mieux pour en rire. Après tout, tout le monde sait que les auteurs de lettres anonymes sont bien souvent inoffensifs.

Sauf que... Et si c'était l'exception qui confirme la règle ? Et si l'auteur de la lettre était vraiment lié à la mort d'Abby ?

Elle ne savait pas quoi faire.

Le problème, c'était qu'elle aimait trop ce concours de beauté pour le quitter. Elle n'avait encore jamais rien fait d'aussi osé, même si elle avait rêvé toute sa vie de monter sur scène. Oh ! elle n'était pas assez vaniteuse pour croire qu'elle gagnerait la couronne. Mais elle adorait s'entraîner pour son « numéro » et espérait bien remporter cette épreuve.

Pour elle, la vraie consécration était de se produire en public au théâtre le soir de la représentation.

Et l'idée d'y renoncer lui donnait envie de pleurer.

Le fait qu'elle soit en lice pour devenir reine de beauté impressionnait tous les garçons. Pour la première fois de sa vie, le concours lui donnait l'impression d'être quelqu'un d'extraordinaire.

Et elle s'était fait de bonnes copines. Oh ! pas Caroline Tomworthy, mais les autres candidates étaient gentilles. Sylvia, Betty et…

Mais… et si Abby n'était pas morte d'un simple – bien que tragique – accident ? Et si quelqu'un voulait vraiment donner une leçon aux reines de beauté « imparfaites » ?

Serait-elle la prochaine sur la liste ?

Candace se remit à hésiter de plus belle.

Sylvia Blane, elle, pensait à son beau fleuriste. Elle aurait imaginé avoir déjà charmé Rupert à ce stade, mais il se révélait plus coriace qu'elle ne l'aurait cru.

Elle ne savait pas vraiment quel était le problème. Elle se savait assez jolie pour le séduire et assez jeune pour qu'il soit flatté de l'intérêt qu'elle lui portait – sans pour autant que leur différence d'âge le mette mal à l'aise. Toutefois, les candidates très jeunes étaient peu nombreuses, puisqu'il fallait avoir plus de dix-huit ans pour participer au concours.

Il était clairement intéressé – sa réaction quand elle l'embrassait le prouvait. Il se tortillait parfois comme un ver pour cacher l'effet qu'elle lui faisait, se rappela-t-elle en gloussant.

Mais malgré sa fascination pour elle, elle ne parvenait pas à le convaincre de l'inviter à un rendez-vous galant et de commencer à lui faire la cour dans les règles de l'art. S'il s'agissait de n'importe quel autre homme, elle soupçonnerait qu'il était intéressé par une seule chose

– et ce n'était pas de passer l'anneau au doigt d'une fille respectable.

Mais avec Rupert, c'était presque le problème inverse. Malgré ses encouragements subtils, il ne lui faisait aucune avance. C'était elle qui devait lui courir après, l'embrasser, tandis que lui… se tortillait, l'air mal à l'aise. Même quand il n'y avait aucun risque qu'on les surprenne.

On aurait presque dit qu'elle ne lui plaisait pas, pensa Sylvia, décontenancée. Non, pas exactement. Plutôt… qu'il avait peur d'elle.

Ce qui était absurde.

Grace Farley avait profité de sa pause déjeuner pour rentrer chez elle en courant, comme tous les jours, et elle était assise au chevet de sa mère, qu'elle aidait à avaler du bouillon. De jour en jour, celle-ci semblait de plus en plus maigre, le visage hâve, pâle et cadavérique.

Malgré les nouveaux médicaments que Grace avait eu tant de mal à se procurer.

— Tu manges bien, maman, se força-t-elle à dire d'un ton encourageant.

— C'est très bon, Gracie, répondit Frances d'une voix aussi faible et fugace que les rayons de soleil qui s'infiltraient par la fenêtre. Tu es gentille.

Un sourire tremblant étira ses lèvres.

Frances Cunningham n'avait jamais été belle. En fait, même ses proches s'accordaient à dire qu'elle avait un physique banal. Mais ça n'avait pas empêché Bill Farley de l'aimer.

Comme toujours, Grace dut ravaler des larmes d'amertume. Comme la vie était injuste. Ce soir, au théâtre, les candidates s'attrouperaient de nouveau, débordant de jeunesse et de vitalité, insouciantes…

— Ça te dirait que je mette un peu de musique, maman ?

proposa-t-elle doucement. Un des nouveaux albums de Doris Day que je t'ai offerts pour ton anniversaire ?

Après avoir placé le vinyle sur le tourne-disque, Grace s'approcha de la fenêtre et fixa la ville sans la voir.

C'était tellement injuste…

Caroline Tomworthy disposait d'une belle vue sur la ville depuis la fenêtre de son bureau, mais en cet instant, les clochers rêveurs d'Oxford ne l'intéressaient pas le moins du monde.

Elle était l'assistante (elle ne laissait personne la traiter de secrétaire) de M. Thomas Osborne, vendeur de charbon à grande échelle. Il la payait bien – il n'avait pas vraiment le choix – et elle s'acquittait des tâches administratives sans difficulté. Compétente, froide et dure, elle savait que les autres employés ne l'aimaient pas et elle s'en fichait comme d'une guigne.

L'heure était venue de revoir ses ambitions à la hausse.

Elle n'avait jamais eu une vie facile, mais à l'école, elle avait eu l'intelligence de passer un diplôme de secrétaire, son filet de sécurité. Cependant, son premier amour avait toujours été la danse, et son cran et sa détermination lui avaient valu une place dans un petit corps de ballet de Brighton.

Cette époque merveilleuse avait été gâchée par ses problèmes d'argent persistants et la jalousie des autres danseuses. Tout cela avait conduit à son renvoi de la compagnie à vingt-deux ans à peine.

Mais il en fallait plus pour la décourager.

Elle allait avoir une belle vie, coûte que coûte. Elle ne rêvait pas seulement d'argent, mais aussi de culture, de paillettes, et d'une existence moins ordinaire que celle de sa pauvre mère.

Au début, elle avait cru qu'elle pourrait y parvenir par ses propres moyens en travaillant comme ballerine, avant de décider qu'elle devrait suivre les traces d'innombrables femmes avant elle – en épousant un beau parti.

Ses illusions avaient été brisées bien des années plus tôt, et elle savait qu'il ne serait pas facile d'attirer l'attention d'un homme très riche et de le convaincre de l'épouser.

Dans son confortable bureau d'assistante de direction, Caroline Tomworthy eut un petit sourire cynique.

Quand on veut, on peut.

Depuis la nuit des temps, des hommes riches épousaient des femmes qui leur étaient inférieures socialement – à condition qu'ils y gagnent quelque chose en retour, qui suscite la jalousie ou la curiosité de leur milieu. Ce qui expliquait que même à l'époque victorienne, des pairs du royaume aient épousé des actrices !

Elle était au bord du désespoir, à force d'exécuter des tâches horriblement ennuyeuses dans ce bureau qu'elle détestait, quand elle avait vu l'affiche de Miss Miel, et s'était jetée sur l'occasion.

Un titre de reine de beauté ferait parfaitement l'affaire.

Il ne lui restait qu'à gagner pour participer à Miss Oxford. Une scène assez importante pour attirer un gros poisson.

En regardant la ville par la fenêtre, Caroline Tomworthy esquissa un sourire. Elle ne doutait pas qu'elle gagnerait le titre. La plupart des autres filles étaient de petites têtes de linotte.

Et sa principale rivale – Abigail Trent – n'était plus une menace.

Cependant, elle ne laisserait rien au hasard. Si on voulait réussir, il fallait s'en donner les moyens ! Il fallait être lucide, implacable et ne laisser aucun obstacle vous barrer le chemin.

Heureusement, elle avait plus d'un tour dans son sac.

Elle avait déjà commencé à chuchoter à la bonne oreille. Et même si cette oreille faisait pour l'instant mine de ne rien entendre, ça ne durerait pas.

15

Vicky Munnings rentra du bureau à l'heure habituelle et se dirigea tout droit vers « son appartement ». Ce terme lui remontait toujours le moral. Alors que la plupart de ses amies vivaient chez leurs parents jusqu'à leur mariage, Abigail avait toujours rêvé d'« avoir son propre appartement ».

Abby s'était moquée de sa couardise, mais en son for intérieur, Vicky s'était toujours vue comme plus courageuse, plus moderne et plus indépendante que les autres.

L'une comme l'autre avaient adoré les films où Doris Day menait la grande vie dans son bel appartement new-yorkais et passait du bon temps avec des acteurs séduisants comme Rock Hudson. Mais il n'était pas facile d'être une femme du monde à Oxford quand votre salaire suffisait à peine à acheter un collant par semaine !

Vicky avait pourtant à peu près réussi.

En réalité, son « appartement » correspondait à la petite annexe qui avait été ajoutée à l'arrière de la maison parentale quand Mamie Carruthers était venue vivre chez eux. Après sa mort, la famille avait vite récupéré les deux pièces – une grande chambre/salon et la salle de bains attenante. Son père avait aménagé un bureau dans la première pièce (jusqu'à sa propre mort trois ans plus tôt), tandis que tout le monde utilisait la seconde quand la salle de bains familiale était occupée.

Il lui avait fallu du temps et beaucoup d'efforts pour

convaincre sa mère de la laisser y emménager à dix-huit ans. Mais elle avait fini par céder, en grande partie par crainte que sa fille ne quitte la maison – Vicky en avait bien conscience.

La jeune femme s'était empressée de redécorer son lieu de vie à son goût et avait dépensé la majeure partie de ses économies en meubles à la mode. Au grand dépit d'Abigail ! Aujourd'hui encore, Vicky savourait ce sentiment de supériorité inédit. Ce n'était pas tous les jours qu'elle avait réussi à attiser la jalousie d'Abby.

D'accord, l'appartement était accessible depuis le bâtiment principal, *via* une porte ouvrant sur la buanderie. Mais il avait aussi sa propre entrée, par une double porte vitrée. Une courte allée de jardin envahie par les mauvaises herbes menait de cette porte au jardin de derrière, qui était dissimulé aux regards par de vieilles haies, ce qui convenait parfaitement à Vicky. Elle pouvait aller et venir discrètement, à toute heure, sans déranger sa famille ni susciter les commérages des voisins.

Mais quand elle rentra du travail ce jour-là, elle prit la porte principale, celle de la maison, lança un vague salut à sa mère qui était généralement dans le salon, et fila tout droit dans sa chambre.

Elle jeta un coup d'œil à la grande horloge de bois en forme de soleil qui trônait sur le mur, puis alluma le transistor en Bakélite dernier cri – réglant le volume beaucoup moins fort qu'elle ne l'aurait voulu. Elle trouva une station passant un morceau de rock'n'roll américain et enleva ses chaussures.

Son lit double occupait la plus grande partie de la pièce, mais elle avait quand même réussi à caser un coin salon et économisait pour s'acheter son propre poste de télévision. Un luxe inimaginable ! Elle pourrait regarder ses émissions préférées seule, sans devoir subir la surveillance ou la censure de sa mère.

Vicky posa son manteau sur le dossier de l'unique

fauteuil, mit le radiateur à fond pour lutter contre le froid glacial et passa dans la salle de bains. Elle était équipée d'une douche, puisque sa grand-mère avait été incapable d'enjamber le rebord d'une baignoire. C'était agaçant – Vicky aimait paresser dans le bain – mais on ne pouvait pas tout avoir.

Après sa douche, elle enfila la longue robe de chambre en soie qu'elle s'était offerte après la mort d'Abby. Elle avait eu besoin de réconfort et avait toujours voulu se faire un cadeau extravagant. Quelque chose qui aurait attisé la jalousie de son amie morte…

Elle avait une heure devant elle avant de devoir se rendre au théâtre. Ce soir-là, ils répétaient en costume la partie du spectacle en robe de soirée, et elle avait hâte de porter la tenue qu'elle avait sélectionnée.

Malheureusement, la robe n'était qu'un prêt, elle faisait partie des collections du théâtre, mais Vicky aurait aimé qu'elle lui appartienne. Il n'y avait que cette snob de Caroline Tomworthy, avec son travail très bien payé, pour pouvoir s'offrir ses propres robes. À moins que Caroline ait un vieil amant qui lui achetait ses vêtements ? C'était tout à fait possible. Caroline avait quelque chose de fourbe.

La vie était injuste. Même si elle aurait bien aimé avoir le cran de se trouver son propre bienfaiteur !

Vicky s'assit devant sa coiffeuse minuscule coincée près de la porte-fenêtre et se mit à brosser ses longs cheveux blonds.

C'était l'unique avantage qu'elle avait toujours eu sur Abby – son épaisse crinière naturellement blonde, lisse et douce comme la soie. Elle était aussi un peu plus mince qu'Abby et s'en était toujours réjouie en secret, bien qu'Abby ait répété que les hommes préféraient les femmes avec des formes.

Évidemment, maintenant qu'Abby n'était plus là, Vicky

était consciente de faire partie des favorites du concours. Avec Caroline – et peut-être deux autres filles.

Elle se surprit à se mordre la lèvre en pensant à la rude concurrence à laquelle elle faisait face, et arrêta immédiatement. Il n'était pas question d'avoir les lèvres gercées ce soir-là : la répétition en costume attirerait certainement quelques juges.

Tous les membres du jury n'assistaient pas aux répétitions, bien sûr, mais la plupart se déplaçaient. « Une bande de vieux pervers », avait commenté Abby avec son habituel sourire méprisant. Mais ça ne l'avait pas empêchée de tenter de les séduire, si ?

Vicky continua à se brosser pensivement les cheveux en songeant à son amie morte. Le cours de ses pensées la mettait mal à l'aise.

Ce n'était qu'après la mort d'Abby que Vicky avait vraiment compris à quel point celle-ci l'avait dominée. Depuis qu'elles se connaissaient, c'était toujours Vicky qui avait suivi les ordres – Vicky l'acolyte, Vicky le sous-fifre, Vicky le larbin.

À présent, elle avait honte de penser à la facilité avec laquelle Abby l'avait manipulée, à la façon dont elle l'avait entraînée dans ses machinations. À l'école, si quelqu'un lui manquait de respect, Abby se débrouillait pour que Vicky l'aide à se venger. Si Abby détestait un professeur, Vicky devait suivre le mouvement. Si Abby essayait une nouvelle coiffure, Vicky devait l'imiter – que ça lui aille ou non.

Naturellement, ce genre de comportement était compréhensible quand on avait dix ou onze ans. Voire quatorze. Mais même après avoir quitté l'école et trouvé un travail, Vicky avait continué à graviter autour d'Abby, sans trop savoir pourquoi.

Le concours de beauté en était un parfait exemple. Vicky n'aurait jamais imaginé participer. Mais Abby en avait envie et, comme d'habitude, elle voulait que son acolyte l'accompagne pour gonfler son ego et lui tenir compagnie.

Distraitement, Vicky arrêta de brosser ses beaux cheveux et esquissa un sourire. Au moins, sur ce plan, les choses n'avaient pas tourné comme Abby l'avait espéré, n'est-ce pas ?

Au début, après la mort de son amie, elle avait été hébétée, déconcertée. Elle se sentait amputée, gauche, comme si elle avait perdu une partie d'elle-même. Elle ne savait pas quoi faire ni comment s'occuper. Mais après un délai étonnamment court, Vicky s'était sentie mieux – et libre.

Pour la première fois de sa vie, elle avait eu l'impression d'être maîtresse de sa vie – de ne plus appartenir à Abigail Trent. C'était merveilleux.

Et pourtant… Vicky avait peur.

Furieuse contre elle-même, elle se leva et s'habilla en hâte.

16

Christine Dunbar écoutait les bavardages enthousiastes venus des vestiaires, irritée. À les entendre, on aurait cru que ces filles n'avaient encore jamais porté de robe !

Tout chez elles l'agaçait : leur égocentrisme, leur façon de considérer leur jeunesse comme un dû, et surtout, leur beauté et leur minceur naturelles. Elle-même avait toujours été trop trapue et dodue. Cependant, elle avait eu une silhouette en sablier, bien des années plus tôt. Mais elle n'avait plus vingt ans, et avec l'âge, on grossissait.

Elle croisa son reflet dans le miroir d'une cabine ouverte et fut rassurée de constater que son corset donnait toujours l'illusion d'une taille marquée. Au moins, ses beaux cheveux blonds étaient encore fournis ! Elle tapota les boucles cuivrées (arrangées le matin même par sa coiffeuse habituelle) avec satisfaction avant de s'ébrouer.

Elle avait perdu Robert de vue, et ça ne lui plaisait pas du tout.

Assise dans le public, Patricia Merriweather regardait Robert Dunbar bavarder avec une fille qui n'avait pas encore enfilé son costume. C'était Betty Darville, une gentille petite, l'une des préférées de la vieille dame.

En voyant Christine Dunbar traverser la scène d'un pas conquérant, sans quitter son mari des yeux, Patricia eut un sourire en coin. Un instant plus tard, quelqu'un s'assit juste à côté d'elle – ou plutôt, à un siège d'elle à sa gauche. Les codes sociaux britanniques interdisaient de s'approcher davantage.

Surprise et ravie, elle constata que c'était un bel homme d'un certain âge, mais pas de sa génération. Il eut la politesse de lui adresser un signe de tête et un sourire.

— Docteur Ryder, se présenta-t-il. Faites-vous aussi partie du jury ?

— J'en ai peur, répondit Patricia. Je fais partie des « Amis de l'Old Swan Theatre », c'est ce qui a causé ma perte.

Elle énonça le nom de l'association d'un ton pompeux plein d'autodérision.

— Et vous, comment diable vous ont-ils attiré dans leurs filets ?

Clement, qui appréciait l'éclat malicieux des yeux de la vieille dame, décida d'entrer dans son jeu.

— Malheureusement, je n'ai pas été assez vif pour éviter Robert Dunbar.

— Nous en sommes tous là, commenta Patricia d'un air sagace.

— C'est ce que j'ai cru comprendre.

— Patricia Merriweather, se présenta-t-elle en lui tendant une main un peu noueuse. Veuve, issue d'une vieille famille désespérément respectable, bienfaitrice d'œuvres de charité diverses et adepte de l'architecture moderne de la ville.

— Enchanté, répondit Clement, en toute sincérité.

Il commençait à croire qu'il était le plus vieux du théâtre !

— Clement Ryder, coroner et rabat-joie de première.

Trudy venait d'arriver, encore en tenue de ville près du rideau. Elle vit le Dr Ryder bavarder en riant dans les premiers rangs avec la vieille dame qui s'occupait de la préservation du théâtre.

Elle remarqua aussi qu'une Betty irritée s'éloignait

des Dunbar, qui avaient une discussion très animée. Son visage s'éclaira quand elle aperçut Trudy.

— Salut, dit celle-ci avec un sourire. La soirée promet d'être sympa. Mlle Farley ne m'a pas dit quelle robe je porterai, mais j'espère qu'elle sera chic, avoua-t-elle.

Ça lui faisait bizarre de devoir appeler son amie Grace « Mlle Farley ».

— D'après elle, la robe est très belle.

— J'en suis sûre, répondit Betty d'un ton encourageant.

Elle suivit le regard de Trudy et désigna les premiers rangs en ajoutant :

— On dirait que les juges sont venus nombreux ce soir. Je me demande avec qui la vieille dame flirte.

Trudy cilla, abasourdie. D'accord, elle avait constaté que Clement était particulièrement détendu, allant jusqu'à rire de temps en temps et se pencher vers sa compagne pour mieux entendre ce qu'elle disait, mais elle n'avait jamais imaginé qu'on essayait de le séduire ! Surtout à son âge !

— Vraiment ? Mme Merriweather ne m'a pas fait cette impression. Il paraît qu'elle est issue d'une des plus vieilles familles de la ville, non ?

Betty éclata de rire.

— Ça oui. Une des plus anciennes et des plus respectables. Avec la fortune qui va avec, que les Merriweather ont réussi à garder, malgré les deux guerres mondiales. La plupart de la vieille garde a décliné, mais pas eux. Attention, tout n'a pas été rose pour autant.

— Ah ?

— Des problèmes familiaux, expliqua Betty d'un air sombre. Les Merriweather ont toujours eu la réputation d'avoir la poisse. Ma mère m'a dit qu'une bonne partie de la famille est morte pendant l'horrible épidémie de grippe qui a suivi la Première Guerre mondiale. D'après elle, perdre autant d'enfants a rendu zinzins certains des vieux.

— J'imagine que beaucoup de gens avaient de quoi devenir fous à cette époque, remarqua tristement Trudy.

— Oui. Mais la vieille dame est sympa. En plus, c'est une Merriweather par alliance, donc elle n'a pas pu hériter de leurs tares. Ceci dit, j'ai entendu que son fils, Christopher, est devenu un peu bizarre pendant la dernière guerre. Il a dû être traumatisé. Peut-être qu'il était prisonnier de guerre.

Trudy frissonna. Bien sûr, elle ne se souvenait pas vraiment de la guerre ; à l'époque, elle était trop jeune pour comprendre la gravité de la situation. Elle se rappelait surtout le rationnement et la pénurie de bonbons dignes de ce nom qui avaient suivi ! Mais son enfance avait été marquée par les histoires racontées par ses parents sur la perte de certains de leurs proches, et sur l'ampleur de la souffrance physique et psychologique causée par la guerre.

— Il va mieux, j'espère ? Le fils de Mme Merriweather ?

— Je ne sais pas, répondit Betty, qui s'était déjà désintéressée de la question. J'imagine, parce qu'il s'est marié et a eu un enfant – une fille, je crois, Mme M parle souvent de sa petite-fille, Millie. Elle est complètement gaga, comme toutes les mamies. Je crois qu'il voyage beaucoup et qu'il a laissé sa vieille mère élever la gamine. Je suppose que ça lui a évité de se sentir seule.

— Tant mieux, approuva Trudy, qui aimait les histoires qui finissent bien. Je crois que je n'ai parlé à Mme Merriweather qu'une fois, mais elle a l'air gentille.

— Oui, c'est une vieille dame formidable, confirma Betty avec un sourire. Il paraît qu'elle a bien fait la noce, en son temps. Elle a dansé le charleston, bu du champagne dans une chaussure, et j'en passe ! Elle est veuve depuis un moment, alors maintenant qu'elle a mis le grappin sur un homme, je ne suis pas sûre qu'il lui échappe facilement.

Trudy réprima un sourire. Elle ne doutait pas que le type en question sache se défendre !

— Qui ne peut pas s'échapper ? intervint Sylvia Blane.

Betty sursauta et Trudy fit volte-face. Elle ne l'avait pas entendu approcher.

— Tu nous as fait peur ! protesta Betty, qui avait les nerfs en pelote.

De toute évidence, l'auteur des menaces affectait le moral de tout le monde, ce qui énervait Trudy. De quel droit les rendait-il tous malheureux ?

— Désolée, marmonna Sylvia. Mais quand tu as parlé de s'échapper… j'ai eu la frousse. Il n'y a pas eu d'autre… problème, si ? chuchota-t-elle.

Betty rit, soulagée.

— Mais non ! Je parlais à la nouvelle de Pat ! Je lui racontais que c'était une fêtarde, dans sa jeunesse, et qu'elle avait probablement jeté son dévolu sur le nouveau juge, là-bas.

— Ah bon, c'est tout ! répondit Sylvia, l'air rassurée. Il faut reconnaître qu'elle a du cran. Je crois que c'est ma juge préférée. Au moins, on sait qu'elle sera juste.

— Je vois ce que tu veux dire, approuva Betty d'un air sombre.

L'alarme mentale de Trudy se déclencha aussitôt.

— Quoi ? Comment ça ? Les autres juges ne sont pas impartiaux ? demanda-t-elle d'un ton aussi innocent et naïf que possible.

Les deux amies échangèrent un regard.

— Eh bien, disons simplement que certaines d'entre nous essayent d'être avantagées, commenta Betty. Pas vrai, Sylv ?

Celle-ci ouvrit de grands yeux.

— Je ne vois pas ce que tu veux dire.

— C'est ça. Et quand tu flirtes avec le beau Rupert, alors ? la taquina Betty.

— Bah, les juges s'attendent à ce qu'on leur lèche les bottes, se défendit Sylvia avec un sourire en coin.

Trudy soupira. Cette discussion ne l'avançait pas.

— Et Vicky ? s'enquit-elle d'un air dégagé. Elle aussi, elle lèche les bottes des juges ?

— Pas que j'aie remarqué, répondit Betty, qui semblait décidée à se montrer honnête.

— J'imagine que la mort de sa meilleure amie l'a déprimée, suggéra Trudy.

— Oui, je suppose, acquiesça Sylvia. Mais j'ai l'impression qu'elle s'en est vite remise.

Avant que Trudy puisse l'encourager dans cette voie prometteuse, Sylvia reprit la parole :

— Oh ! bonjour – les juges se dirigent vers nous, ajouta-t-elle à mi-voix.

En effet, Clement et Patricia traversaient la scène.

— Bonjour, les filles. Vous nous préparez un défilé de mode, ce soir, alors ? demanda Patricia avec un sourire. Avez-vous rencontré votre nouveau juge, le Dr Ryder ?

Clement serra poliment la main aux trois jeunes filles, y compris Trudy qui se tortillait, gênée.

— Je crois vous avoir toutes aperçues la dernière fois, déclara-t-il habilement. Mais je suis heureux de faire votre connaissance officiellement.

Trudy, qui avait peur de se trahir si elle bavardait trop avec son ami, marmonna qu'elle devait chercher sa robe et battit en retraite.

Grace l'attendait dans sa cabine avec une tenue qui lui fit écarquiller les yeux.

C'était une robe bordeaux en soie véritable, à la taille empire et aux bretelles ornées de perles brillant de mille feux. Elle laisserait ses épaules nues, créant sans doute un contraste avec sa peau pâle qui, espérait-elle, attirerait l'attention des juges.

Elle se reprit aussitôt. Quelle importance qu'elle

attire leur attention ? Elle ne participait pas vraiment au concours !

— Je me suis dit qu'elle t'irait bien, expliqua Grace d'un air nonchalant en la lui tendant. Elle date d'une pièce qu'ils ont montée l'an dernier – une sorte d'enquête sur un meurtre. Tu sais, le genre qui se passe dans le salon d'un manoir de campagne. Je crois qu'elle appartenait à l'actrice qui s'est révélée être l'assassin, ajouta Grace avec un sourire en coin.

Un peu surprise par la finesse de la soie, Trudy contempla le tissu chatoyant, bouche bée. La robe était si belle, si élégante, qu'elle avait peur de l'abîmer en la touchant.

— Eh bien vas-y, mets-la, lui intima Grace un peu sèchement. La coiffeuse va bientôt arriver. Elle a presque fini avec Connie Beardsley, et tu as intérêt à te faire coiffer avant que Judith Calver lui mette le grappin dessus. Elle prend un temps fou et exige qu'on fasse toutes sortes de trucs à ses fichues boucles.

— Ah, d'accord, répondit Trudy en se retirant derrière un paravent pour enlever ses vêtements.

Elle se sentait très intimidée et se demandait anxieusement si elle rendrait justice à cette robe magnifique. Jusque-là, la tenue la plus chic qu'elle ait portée était la robe blanche à froufrous cousue par une voisine quand elle avait été élue *May Queen* de son école primaire à dix ans !

Grace referma la porte de la cabine avec précautions avant de s'approcher du paravent.

— Tu as appris quelque chose ? demanda-t-elle à voix basse.

— Pas vraiment, dut admettre Trudy. Mais j'ai entendu quelques trucs intéressants.

Elle s'abstint de détailler l'incident avec le papillon et les ragots qui couraient.

— Les filles viennent de me parler de Patricia

Merriweather, expliqua-t-elle. C'est vrai qu'il y a des fous dans sa famille ?

Si le mauvais plaisantin du théâtre était bien l'assassin d'Abby, elle devait chercher un déséquilibré, n'est-ce pas ? Après tout, sa joie mauvaise, voyeuriste, devant les catastrophes qui s'étaient succédé trahissait un esprit malade.

Même si la vieille dame semblait parfaitement normale à première vue, ça ne voulait rien dire. Trudy s'était déjà promis d'en parler au coroner à la première occasion. Étant donné qu'il s'entendait bien avec elle, il serait idéalement placé pour faire plus ample connaissance, et son expérience de médecin lui permettrait peut-être de reconnaître d'éventuels symptômes.

— Qui ça, Mme Merriweather ? releva Grace, étonnée. Non, ne sois pas bête, ajouta-t-elle d'un ton impatient.

Puis, se rappelant qu'elle ne devait pas avoir l'air trop sûre d'elle si elle ne voulait pas que Trudy se pose des questions, elle fit mine d'hésiter.

— Enfin, je sais que sa petite-fille a été malade récemment et qu'elle est hospitalisée. Donc elle n'est probablement pas très en forme. On en a parlé quand elle a appris que maman est malade. Elle a été très gentille, compréhensive et serviable. En lisant entre les lignes, j'ai eu l'impression que les médecins n'étaient pas optimistes sur les chances de guérison de sa petite-fille. La pauvre ! Mais bon, la vieille dame n'est pas du genre à se résigner, et elle mène les médecins à la baguette pour qu'ils fassent tout leur possible.

Derrière le paravent, Trudy ne put s'empêcher de sourire.

— Ça ne m'étonne pas d'elle, commenta-t-elle.

— Non, tu te trompes de piste, Trudy. Et puis, elle ne ferait rien qui nuirait à la réputation du théâtre. Elle est bien décidée à empêcher qu'il soit rasé et remplacé par un parking ou je ne sais quoi.

Trudy émergea de derrière le paravent et se dirigea

d'un pas hésitant vers le miroir. La robe tombait en plis brillants jusqu'à ses pieds et faisait un bruit de froufrou délicieux à chacun de ses gestes. Un jupon pudique lui donnait une forme en cloche particulièrement saillante. Trudy osait à peine se regarder dans la glace. Quand elle s'y décida, ses grands yeux sombres s'écarquillèrent.

— Oh ! Grace, elle est magnifique !

Les perles sur les bretelles et au niveau de la taille étincelaient à la lumière des lampes, et la couleur bordeaux intense mettait en valeur ses boucles brunes et ses yeux foncés. Quand elle se serait fait coiffer – elle envisageait un chignon lâche – et qu'elle aurait eu le temps de bien se maquiller, elle...

À nouveau, elle dut doucher son enthousiasme. Elle était là pour travailler, pas pour jouer à la poupée.

Grace, qui avait dû voir son compte de robes de princesse depuis qu'elle supervisait le concours de beauté, lui jeta à peine un coup d'œil.

— Oui, tu es très jolie, acquiesça-t-elle d'un air absent avant de revenir au sujet qui les intéressait. Alors, tu ne sais vraiment pas qui est derrière cette affaire horrible ?

Elle n'avait pas conscience que sa voix trahissait quelque chose de bien plus sombre, bien plus menaçant que de l'impatience. Ni que Trudy l'avait remarqué.

Dans la glace, Trudy examina le reflet de son amie, troublée. Grace était juste derrière elle et son visage paraissait petit, pâle et tendu dans la pièce sans fenêtre.

Trudy était certaine d'avoir détecté du désespoir dans sa voix.

— Grace, on ne t'a rien envoyé, si ? demanda-t-elle soudain en se retournant, prenant son amie par surprise. Personne ne t'a causé d'ennuis ? Sinon, il faut me le dire – n'essaie pas d'être courageuse et de le garder pour toi.

Mais Grace semblait sincèrement étonnée.

— Qui ça, moi ? Oh non. Tu veux dire, est-ce que j'ai reçu une lettre de menace ou je ne sais quoi ?

Trudy hocha la tête.

— Non, rien de tel. En plus, je ne suis que la boniche qui gère quelques aspects administratifs du concours. Je ne suis pas une candidate ni personne d'important.

Trudy se demanda pourquoi Grace était aussi certaine que seules les candidates étaient en danger. Si Abigail avait bien été assassinée (et elle ne devait pas oublier que pour l'instant, rien n'avait été prouvé), peut-être l'assassin avait-il une dent contre le concours de beauté dans son ensemble. Dans ce cas, n'importe laquelle des personnes impliquées courait un risque, non ? Les juges, Dennis Quayle-Jones, les Dunbar – tout le monde.

Trudy prit peu à peu conscience qu'elle avait l'estomac noué et jeta un regard incertain à son amie.

— Grace… est-ce que tu sais quelque chose que tu ne me dis pas ? sonda-t-elle tout bas.

À son grand désarroi, son amie eut une expression coupable.

En son for intérieur, Grace exultait, tout en prenant garde à ne pas le montrer. C'était la percée qu'elle attendait !

— Quoi ?

Elle ouvrit de grands yeux en espérant avoir l'air innocente.

— Non, bien sûr que non. Si j'avais une *preuve* que quelqu'un avait fait quelque chose, je te l'aurais dit tout de suite ! Tu le sais !

Elle espérait que son amie avait remarqué son insistance sur le mot « preuve ». Sinon, cela compliquerait les choses.

Trudy sourit, soulagée.

— Oh ! je comprends. Tu soupçonnes quelqu'un, mais comme tu n'es sûre de rien, tu hésites à en parler ?

Grace détourna les yeux, comme pour cacher ses scrupules.

Trudy sourit de nouveau. Cette brave Gracie ! Ça lui

ressemblait bien, ce souci d'équité. Elle lui prit doucement le bras.

— Ne t'en fais pas, Grace. Tu peux tout me raconter. Je n'en parlerai qu'au Dr Ryder et il saura se montrer discret. Mais tu dois me dire qui tu soupçonnes et pourquoi.

Grace poussa un petit soupir. Enfin ! À présent, il fallait la jouer fine. Sans en faire des tonnes, elle devait convaincre son amie de sa bonne foi.

— Mais Trudy, je n'ai aucune preuve. Je ne peux pas te dire « Alors voilà, c'est untel qui a fait le coup ». C'est juste que… j'ai l'impression… je sens que cette personne est… mauvaise. Qu'elle a quelque chose de… tordu, de… malveillant. Je n'arrive pas à exprimer ce que je ressens. Trudy, ça a été affreux, conclut-elle, en toute sincérité.

Ces derniers temps, elle avait vécu un enfer.

— Tu sens que quelque chose cloche sans pouvoir l'expliquer ? suggéra Trudy. Ce n'est pas grave. Pendant ma formation, mes instructeurs m'ont raconté que la plupart des policiers développent un instinct professionnel. Quand il y a un problème, ils le sentent.

Grace eut un sourire mélancolique.

— Mais la plupart des gens se moquent de l'intuition féminine, tu sais.

— Eh bien, pas moi, promit Trudy en posant la main sur l'épaule de son amie. Allez, raconte-moi. Qui te met dans cet état ?

Grace jeta un coup d'œil craintif autour d'elle, mais la porte de la cabine était toujours fermée. Elle n'avait pas vraiment besoin de feindre sa frayeur : si une certaine personnc avait vent de ce qu'elle faisait… Elle fut prise de tremblements.

Sous sa main, Trudy sentit le mouvement et réprima à son tour un frisson.

— Gracie ! Qu'est-ce qu'il y a ? demanda-t-elle, de plus en plus troublée.

Elle avait appris pendant ses études que la peur

pouvait être aussi contagieuse qu'un rhume, et elle se força à se calmer.

— Il faut me le dire ! Je ne dirai à personne ce que tu me raconteras. Promis. Je ne l'écrirai même pas dans mon rapport officiel.

Malgré ses encouragements, Grace sembla hésiter, et Trudy, qui se retenait de hurler d'impatience, s'apprêtait à lui reposer la question quand son amie prit enfin la parole.

— D'accord. C'est… c'est Mme Dunbar ! Je crois qu'elle pourrait bien être derrière tout ça. Je crois qu'elle a délibérément tué Abby. Je sais qu'elle…

17

— Bonsoir… est-ce que quelqu'un veut que je la coiffe ?

La voix, d'une légèreté choquante, fit sursauter les deux amies, qui s'écartèrent d'un air coupable.

La porte s'ouvrit, révélant une femme d'âge mûr potelée qui traînait un gros sac débordant de bigoudis, fers à friser, diverses brosses et peignes, et autres laques.

— Oui, je vous présente Trudy. À mon avis, un chignon lui irait bien, peut-être avec quelques boucles de chaque côté du visage, qu'en pensez-vous ? bredouilla Grace en jetant un regard paniqué à son amie. Je vais vous laisser tranquilles.

Extrêmement frustrée d'avoir été interrompue à un moment aussi crucial, Trudy la regarda s'éclipser. De toute évidence, Grace était terrifiée à l'idée que la coiffeuse ait surpris leur conversation.

Avait-elle si peur que ça de Christine Dunbar ?

Si seulement elle avait eu le temps de finir sa phrase ! Si les Dunbar étaient impliqués dans les incidents, c'était Grace, qui travaillait pour eux depuis un moment, qui était la mieux placée pour avoir remarqué des détails incriminants.

Mais de quoi pouvait-il s'agir ?

Trudy avait elle-même remarqué que Mme Dunbar semblait jalouse des candidates et possessive avec son mari. En fait, elles en plaisantaient souvent entre elles.

Mais maintenant qu'elle y réfléchissait, était-ce

vraiment si drôle que ça ? Ou Mme Dunbar faisait-elle juste preuve de bon sens ? Trudy avait entendu les ragots et les sous-entendus sur la façon dont les candidates flirtaient avec les juges pour augmenter leurs chances de gagner. Comment savoir si quelqu'un – Abigail, par exemple – n'avait pas fait des avances à Robert Dunbar ?

Même dans ce cas, est-ce que ça aurait vraiment conduit à son assassinat ? Pas si Mme Dunbar était saine d'esprit. Mais l'était-elle ? N'était-ce pas ce que Grace avait essayé de lui dire – que la dame était folle ?

Trudy poussa un soupir, s'apercevant qu'elle risquait elle-même de tourner chèvre si elle continuait à échafauder des hypothèses fondées sur du vent. Elle s'abandonna aux bons soins de la coiffeuse, qui suivit les conseils de Grace et commença à relever ses cheveux en un chignon haut, tout en laissant deux mèches savamment ondulées encadrer son visage.

Trudy était trop absorbée par ses pensées pour apprécier cette œuvre d'art. Pour commencer, elle devait coincer Grace après le spectacle pour que son amie puisse lui expliquer pourquoi elle soupçonnait Mme Dunbar.

Ensuite, elle n'avait toujours pas parlé à Vicky Munnings, qui lui glissait sans cesse entre les doigts ! Était-ce simplement de la malchance, ou l'amie de la morte l'évitait-elle ? Mais dans ce cas, est-ce que cela voulait dire qu'elle avait deviné que Trudy cachait quelque chose ?

Par ailleurs, il fallait qu'elle…

— Voilà, jeune fille, j'ai fini, annonça gaiement la coiffeuse.

Trudy était si distraite qu'elle eut à peine le temps de la remercier avant qu'elle s'éclipse pour aller aider sa prochaine cliente.

Pensivement, Trudy sortit sa trousse à maquillage. La répétition commençait dans vingt minutes et elle devait être à l'heure. Que devait-elle faire d'autre, déjà… ? Ah oui, découvrir si certaines candidates avaient essayé de séduire Robert Dunbar, et si oui, si Abigail avait été la plus entreprenante…

L'assassin aussi attendait avec impatience le début des répétitions – ou du moins, la petite fête qui suivrait. Ça allait être amusant de voir comment ces petites chéries réagiraient à leur « cadeau ».

Mais il était agaçant qu'elles n'aient pas encore eu vent de sa principale surprise. Ç'aurait dû être le sujet de conversation dominant !

De toute évidence, la nouvelle n'avait pas circulé. Et il était pénible de ne pas savoir pourquoi.

Mais peut-être que ce délai inattendu était une bonne chose.

Des chocs successifs auraient plus d'impact qu'une avalanche de mauvaises nouvelles.

L'assassin sourit. Patience…

18

Clement Ryder s'assit à la table des juges, qui était en fait composée d'une série de petites tables pliantes en bois alignées devant la scène et couvertes d'un grand tissu blanc. Il espérait simplement que les chaises, elles aussi pliantes, ne s'effondreraient pas à la première occasion. Heureusement, ce ne fut pas le cas, et même si sa chaise grinça un peu lorsqu'il s'assit, il échappa à la honte de tomber sur son derrière.

À sa droite, Rupert Cowper lui fit un sourire accueillant, et il fut ravi quand Patricia Merriweather s'installa à sa gauche. Si quelqu'un pouvait lui apprendre les ficelles de ce ridicule métier de juge, c'était elle.

Il remarqua que les Dunbar ne s'assirent pas côte à côte, mais chacun à un bout de la longue rangée de tables – comme deux serre-livres désapprobateurs.

Entre eux, il reconnut vaguement quelques membres du jury, qui dirigeaient divers magasins et entreprises locales. Il fut amusé de constater que Patricia Merriweather et Christine Dunbar étaient les seules femmes du jury.

Puis Dennis Quayle-Jones apparut sur scène, les mains tendues dans un geste accueillant, savourant clairement son rôle de présentateur.

— Bonjour à tous, et bienvenue au premier concours de beauté Miss Miel.

Il s'interrompit, jeta un coup d'œil derrière lui et ajouta en aparté :

— Le soir du spectacle, les rideaux s'ouvriront pour révéler un décor qui sera à coup sûr superbe !

Tout le monde sourit, bien que tout cela soit devenu banal au fil des répétitions. L'effervescence était vite retombée et Clement remarqua que la plupart de ses collègues semblaient surtout résignés à prendre leur mal en patience.

Cependant, quand l'acteur et gérant passa un enregistrement sur le gramophone (une mélodie entraînante jouée par un grand orchestre) et que la première candidate s'avança sur un tapis rouge imaginaire, tous les juges se réveillèrent.

Candace Usherwood ouvrit le défilé, vêtue d'une robe longue couleur café qui mettait en valeur ses boucles brunes et sa silhouette pulpeuse.

Elle se dirigea vers la table d'un pas dansant, se tourna, longea la table des juges avec assurance et fit demi-tour, révélant une petite découpe en forme de losange au dos de sa robe qui laissait entrevoir quelques centimètres de peau pâle et délicate. Un peu trop petite et potelée pour être vraiment élégante, elle s'éloigna cependant avec une légèreté impressionnante.

Voyant qu'on lui avait fourni un petit bloc-notes et un stylo et que les autres juges griffonnaient, Clement écrivit après un instant de réflexion : « jolie fille, un peu dodue, beau sourire ». Était-il censé lui mettre une note ? Sur dix, sur cent ?

Il dut réprimer un éclat de rire. C'était tellement absurde ! Il n'arrivait pas à croire qu'il faisait quelque chose d'aussi extravagant. Il aurait de loin préféré être chez lui avec un bon livre.

Puis sa main droite se mit à trembler violemment et il se figea.

Lentement, il la fit glisser sous la table.

Un coup d'œil à sa droite lui apprit que Rupert Cowper examinait la candidate suivante – une grande rousse maigrichonne au nez grec qui dégageait une étonnante sensualité.

À sa droite, en revanche… Il frissonna en croisant le regard inquiet de Patricia Merriweather et s'empressa de baisser les yeux. Elle l'imita immédiatement. Bien sûr, les femmes bien élevées faisaient mine de ne jamais rien remarquer de gênant.

Clement sentit une goutte de sueur se former sur son cuir chevelu et lutta contre la panique qui menaçait de l'envahir.

Elle l'avait vu. Il était sûr qu'elle avait remarqué ses tremblements.

Il dramatisait. D'accord, elle l'avait vu. Et alors ? Elle penserait qu'il avait bu, ou bien qu'il avait eu un spasme, une crampe. Il n'y avait aucune raison d'imaginer qu'elle comprendrait l'importance de ce qu'elle avait observé. Après tout, elle n'était pas médecin.

Clement fit semblant de regarder la jeune rousse filiforme rouler des hanches sur scène, vêtue d'une robe en panne de velours vert menthe qui mettait parfaitement en valeur sa peau pâle et ses cheveux flamboyants. Mais il n'écrivit rien sur son bloc-notes.

Il se contenta de plier et déplier les doigts sous la table, avant de les poser sur ses cuisses.

À son grand soulagement, ils obéirent docilement.

Trudy prit une grande inspiration et sortit de derrière le rideau. Elle était satisfaite de son apparence. Après avoir été distraite par les révélations de Grace, elle avait peu à peu remarqué que la coiffeuse avait superbement arrangé ses longs cheveux bruns, ce qui l'avait poussée à se maquiller de façon plus audacieuse. Si bien qu'elle avait appliqué un rouge à lèvres bordeaux de la même teinte que sa robe, et un fard à paupières cuivré.

Ses chaussures (empruntées à la collection du théâtre)

n'avaient qu'un petit talon : elle n'était pas sûre de pouvoir porter les talons aiguilles sur lesquels Betty ou Sylvia se pavanaient. Mais puisqu'on ne les voyait pas sous la longue robe en soie, peu importait. De toute façon, elle était plutôt grande.

Quand elle pénétra sur la scène, la mer de sièges vides derrière la table du jury la rassura un peu. Au moins, elle ne se donnerait pas en spectacle devant la foule moins de deux semaines plus tard – ce qui n'était probablement pas plus mal, pensa-t-elle avec dérision en tentant de marcher d'un pas dansant.

Elle l'ignorait, mais sa retenue la faisait sortir du lot et sa fraîcheur plut à de nombreux juges.

En voyant Trudy apparaître sur scène, Clement fut déconcerté. Il n'avait encore jamais vu sa protégée ainsi. Non seulement la robe attirait l'attention, mais avec sa coiffure soignée et son maquillage sophistiqué, elle était si différente qu'il la reconnut à peine. L'uniforme peu flatteur dont la mission était de réprimer tout ce qui était féminin ou distinctif chez elle avait disparu, laissant la place à une belle jeune femme.

Il remarqua avec un sourire en coin qu'elle faisait bien attention à ne pas croiser son regard et comprit que, si lui était déstabilisé, elle-même devait avoir l'impression d'être sur une autre planète, à marcher avec ce gros bracelet portant le numéro « 18 ».

À ses côtés, Clement entendit Rupert Cowper marmonner d'un air approbateur. Par curiosité, il jeta un coup d'œil à la feuille de son voisin. Il avait mis 95 sur 100 à Trudy.

Quel compliment. Trudy serait flattée !

De nouveau, Clement dut réprimer un éclat de rire.

Enfin, le défilé se termina, Dennis Quayle-Jones fit un petit discours ironique et les employés entreprirent d'installer le buffet.

Ce fut Caroline Tomworthy qui remarqua la magnifique boîte de chocolats en premier. Elle était toujours vêtue de son élégante robe longue turquoise et argentée qui évoquait vaguement un kimono japonais, et contrairement à la plupart des autres, qui avaient choisi une coiffure élaborée, ses longs cheveux noirs et raides pendaient jusqu'à sa taille.

Elle remarqua les chocolats parce qu'ils n'avaient rien à voir avec les sandwichs au concombre sans croûte et les petits gâteaux raffinés mais insipides qui avaient les faveurs des Dunbar. Et aussi parce qu'ils étaient d'une célèbre marque suisse qu'on ne trouvait que dans les magasins les plus chics de Londres, dans le West End.

Connaissant le prix de ce genre de luxes, elle fut intriguée par la grande et lourde boîte (à deux étages, de toute évidence). Ils avaient dû coûter une petite fortune ! La boîte elle-même était en carton doré rigide qui chatoyait discrètement à la lumière des projecteurs, et ornée d'un large ruban or et argent.

Elle savait que l'un des juges avait accepté d'offrir un an de confiseries à la gagnante de l'épreuve d'« entretien ». Mais pour être souvent passée devant le magasin de ce juge, elle était certaine qu'il ne vendait pas cette marque de chocolats. Et c'était tout à fait compréhensible. Il aurait fallu les faire venir de Londres et elle doutait que beaucoup d'habitants d'Oxford achètent un article aussi luxueux sur un coup de tête.

Qui donc avait acheté et posé sur le buffet cette boîte ?

Caroline la contemplait toujours d'un air pensif quand Sylvia Blane vint se poster à côté d'elle.

— Ils ont l'air délicieux, remarqua celle-ci d'un ton peu enthousiaste.

— En effet, confirma Caroline. Et beaucoup trop chers pour cette petite production.

Sylvia, qui lui aurait bien répondu quelque chose de vache (puisque Caroline aimait donner l'impression qu'elle était elle-même trop bien pour « ce petit spectacle »), sentit sa gorge se nouer. Elle fixa la boîte étincelante et terriblement tentante avec un malaise grandissant.

Bientôt, d'autres candidates, qui sentaient peut-être que quelque chose clochait, les rejoignirent, formant un petit groupe resserré au bout de la table. Leur silence tendu alerta Trudy, qui s'approcha en se demandant ce qu'elles regardaient.

Quand elle vit la boîte de chocolats, son sang ne fit qu'un tour.

— Alors, qui prend le premier ?

Comme on pouvait s'y attendre, Caroline avait pris la parole la première, d'une voix légère et amusée mais non moins tranchante.

— Pas moi, répondit immédiatement Betty Darville en frissonnant. Je n'imagine pas ces vieux radins de Dunbar avoir acheté ça.

Mais qui donc, alors ? La question implicite était lourde de menaces.

— Ça pourrait être un admirateur, je suppose, suggéra une Candace nerveuse.

Les filles y réfléchirent en silence jusqu'à ce que Betty Darville rassemble le courage de dire ce qu'elles pensaient toutes.

— Oui, et peut-être que notre « admirateur » a mis du jus d'if dans la ganache.

Clement, qui s'était posté près du buffet à l'autre extrémité, prit une gorgée d'un Liebfraumilch quelconque tout en bavardant avec Rupert Cowper. Puis il remarqua que Trudy semblait chercher quelqu'un des yeux. Quand elle croisa son regard et fit un minuscule signe de tête, il s'excusa auprès de Rupert et les rejoignit.

— Bonsoir, dit-il d'un air distrait.

Les jeunes femmes lui firent de la place et se mirent à sourire, comme toujours en présence d'un juge.

— Bonsoir, docteur Ryder, répondit Trudy sans laisser le temps aux autres de faire quelque chose de gênant

– comme de flirter avec le vieux vautour ! Nous nous demandions qui a envoyé ces magnifiques chocolats. Savez-vous par hasard si c'est un juge ?

Comprenant immédiatement, Clement examina la boîte somptueuse avec son ruban ornementé et son contenu hors de prix. Un frisson lui parcourut l'échine.

— Je ne sais pas. Voulez-vous que je me renseigne ?

Bien sûr, c'était une question rhétorique, et il faisait déjà demi-tour. Il ne lui fallut pas longtemps pour découvrir que ni les organisateurs, ni le juge propriétaire du magasin de confiseries n'étaient responsables.

Il interrogea ensuite le vieil homme qui gardait la porte, mais celui-ci lui affirma qu'aucune « livraison officielle » n'avait été effectuée ce jour-là.

Enfin, il questionna les machinistes et les employés qui avaient mis la table. Mais tous affirmèrent ne pas y avoir posé les chocolats.

Pendant ce temps, Grace s'était mêlée au petit groupe de filles, et quand le coroner revint bredouille, elle ajouta qu'elle-même, qui était chargée de commander et de superviser la nourriture, n'avait sûrement pas dilapidé son budget serré en achetant un produit aussi extravagant.

Il semblait que les chocolats étaient apparus comme par magie sur la table du buffet au cours de la soirée.

Ils n'étaient pas ouverts, mais personne ne proposa d'y remédier. Enfin, même si elle rechignait à attirer l'attention, Trudy se sentit obligée de faire quelque chose et s'éclaircit la gorge.

— Docteur Ryder, vous êtes médecin, n'est-ce pas ? demanda-t-elle d'un ton hésitant.

Les autres filles le dévisagèrent et Clement, réprimant un nouveau sourire, acquiesça.

— En effet.

— Pourriez-vous s'il vous plaît… enfin…

Trudy regarda leur petit groupe, puis le reste de

l'assemblée – la plupart des autres convives semblaient ignorer leur dilemme.

— Pourriez-vous nous faire l'immense faveur d'emporter ces chocolats pour les faire analyser dans un laboratoire ?

Les candidates s'agitèrent, l'air réticent. Trudy était certaine qu'elles approuvaient toutes sa requête, mais l'entendre à voix haute leur rappelait à quel point la situation était grave.

Pour l'instant, elles étaient forcées d'affronter la possibilité terrifiante que quelqu'un ait tenté de les empoisonner.

Clement hésita. Il savait que pour rester dans son rôle, il devait exiger une explication à cette étrange requête. Et si les jeunes filles avouaient leurs craintes, il lui faudrait peut-être même les tourner en ridicule, assurant que toute cette histoire n'avait aucun sens.

Mais il sentait qu'il n'était plus temps de se soucier de jouer son rôle.

— Bien sûr, répondit-il simplement.

Si une des filles se demandait ensuite pourquoi il s'était montré conciliant et serviable aussi vite, Trudy et lui s'en soucieraient à ce moment-là.

— Je les emporterai en partant et demanderai à un collègue de les tester immédiatement, ajouta-t-il. Voulez-vous que je vous tienne au courant, vos collègues et vous, mademoiselle… euh…

Il regarda Trudy, un sourcil levé.

— Trudy. Oui, si vous pouviez m'informer des résultats dès que vous les recevez, je les transmettrai aux autres.

Clement hocha la tête avant de s'éloigner d'un pas nonchalant. Il se promit de garder un œil sur la table. Si un juge ou un employé s'intéressait à la boîte, il faudrait les intercepter. Toutefois, les participants semblaient plus intéressés par l'alcool gratuit que par le chocolat.

*

Mais il se trompait – du moins, sur le compte d'une personne.

Quelqu'un dans le théâtre avait noté le rassemblement silencieux de candidates et remarqué en jubilant leur réaction consternée à son « cadeau ».

Bien sûr, l'individu du cimetière n'avait jamais espéré que quiconque ouvrirait et mangerait les chocolats. À présent, même des coquettes aussi cruches ne seraient pas aussi bêtes.

Non.

L'assassin s'était attendu à ce que sa ruse soit immédiatement repérée. Mais l'une d'entre elles aurait-elle l'intelligence de faire analyser le contenu de la boîte ? L'assassin l'espérait. Elles découvriraient alors qu'aucun de ces délicieux chocolats n'était empoisonné.

Oh ! il était fort possible qu'ils contiennent un puissant laxatif ! Cela n'aurait pas manqué de mettre dans l'embarras celles qui y auraient goûté.

Malgré tout, apprendre qu'une humiliante mésaventure les avait attendues sur la table – camouflée dans un joli emballage, comme elles – ne manquerait pas de les terrifier et de les démoraliser encore davantage.

Mais ça n'avait jamais été qu'une petite diversion, un avant-goût de châtiments bien pires.

Car l'assassin avait déjà frappé une deuxième fois. Bientôt, elles découvriraient qu'une camarade de plus avait été fauchée. Et elles sauraient ce que signifie la terreur.

19

Sylvia se força à oublier les chocolats et entreprit de conduire Rupert dans un recoin sombre de la scène où elle pourrait ensorceler le beau veuf. Comme d'habitude, il réagit à ses avances comme un cheval rétif, mais, toujours comme d'habitude, il se laissa finalement dompter.

Vêtue d'une robe en taffetas terre de sienne qui laissait ses épaules découvertes, Sylvia n'eut pas de mal à l'éblouir. L'idée d'être couronnée reine de beauté lui plaisait, mais pas autant que la perspective de devenir la nouvelle Mme Cowper.

Elle était prête à lutter bec et ongles pour avoir une vie confortable, voire luxueuse, avec en bonus un mari séduisant et un peu plus âgé qu'elle à ses côtés.

Un verre de vin à la main, auquel elle n'avait pas touché, Caroline Tomworthy rêvait aussi d'un avenir glorieux. Dans cette perspective, elle couvait Dennis Quayle-Jones d'un regard pensif.

Était-il temps de passer à l'action ?

Probablement pas. Pas tout à fait, du moins – ce genre d'opérations nécessitait de la délicatesse, et il était crucial de frapper au bon moment.

Il ne lui avait pas fallu longtemps pour trouver un élément qu'elle pourrait utiliser contre lui. Comme la plupart des hommes de ce genre, il menait nécessairement une existence scabreuse. Et elle avait engagé le meilleur détective du marché, qui avait pris d'excellentes photographies.

Ce qui voulait dire que son objectif initial – gagner ce concours de pacotille – était presque assuré. Contrairement à Sylvia, qui se contenterait volontiers d'un riche entrepreneur local, Caroline comptait bien gagner la compétition et se trouver un mari bien plus fortuné et cosmopolite.

Que cela lui plaise ou non, Dennis Quayle-Jones allait faire en sorte qu'elle soit couronnée Miss Miel. Elle lui avait déjà clairement exposé ses exigences, mais pour l'instant, il s'était surtout montré amusé – et un brin alarmé.

Bientôt, il allait comprendre qu'elle ne reculerait devant rien pour atteindre son but.

Grace Farley suivit la petite fête par un interstice entre les rideaux. Elle était certaine que Trudy la retrouverait plus tard et exigerait qu'elle lui dise ce qu'elle « savait ».

Grace était prête. Bientôt, Mme Dunbar serait étroitement surveillée par la police. Ce qui, Grace l'espérait, occuperait la femme de son employeur.

Elle se força à respirer profondément. Elle entrevoyait la lumière au bout du tunnel. Malgré tout, elle avait la nausée. Si cela tournait mal…

Ce ne fut que vers la fin du cocktail suivant la répétition que Trudy comprit enfin quelque chose. Quelque chose qu'elle aurait dû remarquer bien plus tôt, mais qui lui avait échappé dans le tourbillon chaotique et pailleté de cette soirée riche en rebondissements.

Vicky Munnings n'était pas venue au théâtre ce soir-là.

20

Comme tous les matins, Rosemary Munnings se réveilla juste avant que son réveil sonne et repoussa ses couvertures. Après avoir éteint le réveil en tournant la clé chromée sur le dessus, elle bâilla, se leva, prit une douche rapide, se lava les dents et s'habilla.

C'était une petite femme replète qui arrivait généralement à profiter de la vie. Elle était veuve depuis trois ans, mais son mari, Douglas, s'était débrouillé pour que son épouse et sa fille unique soient à l'abri du besoin. Rosemary aimait sa maison ainsi que sa ville d'adoption. Elle était née à Leicester, mais elle préférait l'élégance de son adresse oxonienne.

Chaussée de ses pantoufles préférées, elle descendit dans la cuisine et réfléchit à sa journée. Bien sûr, elle passerait du temps dans son jardin adoré, et ensuite, elle se rendrait à la bibliothèque pour échanger ses livres – c'était toujours un plaisir ! Elle dévorait les romans sentimentaux, qui lui permettaient d'explorer le globe et de rencontrer toutes sortes d'hommes passionnants ! De plus, elle retrouvait souvent des amies à la bibliothèque, et elle déjeunerait probablement avec l'une ou l'autre dans un café quelconque pour passer le temps.

Il fallait qu'elle s'occupe des fleurs de l'église cet après-midi-là, et elle espérait simplement que la vieille Mme Crowther n'insisterait pas pour incorporer une fois de plus des asters de son jardin. Ils étaient généralement infestés de perce-oreilles, et parfois flétris, mais le pasteur rechignait à intervenir. C'était un homme gentil, et ses paroissiens en profitaient pour lui marcher dessus.

Elle soupira en attendant que l'eau bouille pour le thé du matin, un œil sur l'heure.

Que fabriquait sa fille ?

D'habitude, Vicky était levée à cette heure-là et passait en coup de vent dans la cuisine pour embrasser sa mère avant de l'aider à préparer le petit déjeuner. Elle commençait à travailler à 9 heures pile, et si elle ne pointait pas bientôt le bout de son nez, elle risquait de rater son bus.

Elle était de repos la veille, et Rosemary ne l'avait pas vue de la journée. Ce n'était pas étonnant : ces temps-ci, Vicky semblait avoir de moins en moins de temps pour sa vieille mère. Se sentant très seule par moments, elle regrettait parfois que sa fille unique ait insisté pour s'installer dans l'annexe. Mais elle comprenait que les jeunes femmes d'aujourd'hui tiennent à être indépendantes.

Elle s'approcha de la porte dans la cuisine qui menait à l'annexe et s'immobilisa devant, indécise.

La règle voulait qu'elle n'entre jamais dans ce que Vicky appelait « son appartement » sans invitation. Même pas pour y faire le ménage. Mais un coup d'œil à l'horloge de la cuisine lui confirma que Vicky serait en retard si elle ne prenait pas son petit déjeuner immédiatement.

Malgré tout, elle n'avait pas envie d'ouvrir la porte, et elle se contenta de frapper.

— Vicky, ma chérie, tu as vu l'heure ? cria-t-elle.

Elle tendit l'oreille. Pas de réponse.

Peut-être s'était-elle levée tôt et était-elle déjà sortie ? Rosemary hésita devant la porte, les sourcils froncés. Vicky aurait sûrement pris le temps de la prévenir si elle avait dû aller travailler plus tôt ce jour-là, non ? En général, Vicky aimait faire la grasse matinée, et elle se serait plainte de devoir se lever de bonne heure.

— Vicky, si tu veux manger, tu devrais te dépêcher, ma chérie.

Cette fois, elle colla l'oreille à la porte, mais elle n'entendit aucun mouvement.

Avec un soupir – et s'attendant à ce que sa fille capricieuse la gronde – Rosemary ouvrit la porte et jeta un coup d'œil à l'intérieur.

La première chose qu'elle remarqua fut que la pièce qui servait de chambre et de salon était plongée dans la pénombre, ce qui signifiait que les rideaux étaient toujours tirés. Étant donné que Vicky avait l'habitude de les ouvrir dès son réveil, cela voulait dire qu'elle était toujours au lit.

Ensuite, elle releva une odeur de renfermé très légère mais inhabituelle, qu'elle n'arrivait pas à identifier.

Rosemary passa la porte et se dirigea vers les rideaux, soulagée. Tout allait bien – sa fille s'était juste rendormie. Elle n'aurait aucune raison d'en vouloir à sa mère ni de la mettre à la porte parce qu'elle était entrée dans son appartement sans invitation.

Elle ouvrit bruyamment les rideaux (crème, ornés de grandes roses fuchsia) et cria :

— Allez, Vicky, tu vas être en retard.

Tout en parlant, elle sentit que sa gorge était irritée et toussa quelques instants. Elle avait un vague goût métallique dans la bouche.

Ce n'est que quand elle se retourna et regarda le lit qu'elle vit que sa fille n'avait pas bougé.

Ce qui était curieux. Vicky n'avait jamais eu le sommeil paisible – même quand elle était enfant, elle gigotait dans son sommeil.

— Vicky ?

Rosemary Munnings se dirigea vers le lit et fut prise de vertiges. Elle espérait qu'elle n'avait rien attrapé. Il était un peu tôt dans la saison pour avoir un rhume, non ?

— Vicky, ma chérie, réveille-toi, la sermonna-t-elle un peu impatiemment.

Sa fille était allongée sur le côté, dos à la pièce, face au mur contre lequel était collé le lit.

Rosemary la secoua par l'épaule. Et elle remarqua deux choses. D'abord, son geste la fit se tourner un peu sur le dos, mais par ailleurs, Vicky ne bougeait pas. Et ensuite, elle avait le visage empourpré – voire rougeaud.

— Tu as de la fièvre, mon amour ?

Pendant un instant, elle se demanda si sa fille se sentait mal depuis la veille et avait passé la journée au lit et non dehors à s'amuser comme sa mère l'avait cru.

— Si tu es malade, tu aurais dû me le dire, petite bécasse, ajouta Rosemary, plus sèchement que d'habitude.

Parce qu'elle commençait à avoir peur. Très peur, même. Pourquoi Vicky ne se réveillait-elle pas ? Pourquoi n'exigeait-elle pas des explications ?

Pourquoi sa fille était-elle aussi immobile ? On aurait presque cru qu'elle ne respirait pas…

Et puis Rosemary s'aperçut qu'elle-même avait un peu de mal à respirer. Brusquement, l'horrible vérité s'abattit sur elle et elle se mit à hurler. Puis ses plaintes terrifiées se muèrent en violente quinte de toux, et elle tomba à genoux, prise de haut-le-cœur.

21

Grace Farley se réveilla bien à l'heure ce matin-là et prépara le petit déjeuner de son père, comme à son habitude. Il était toujours le premier à partir travailler, et pendant des années, il avait quitté la maison le sourire aux lèvres, en sifflotant un air joyeux tout en traversant le jardin. Mais ces derniers temps, comme on pouvait s'y attendre, il était devenu pâle et silencieux.

Vêtue d'une jupe et d'un pull-over élégants, prête à rejoindre les bureaux Dunbar, Grace monta le plateau de sa mère. Comme toujours, celle-ci était réveillée et lui sourit depuis le lit.

De toute évidence, le père de Grace s'était occupé de son bain : elle avait toujours les cheveux humides et ses joues d'ordinaire blêmes étaient un peu rosies.

— Tiens, maman, dit Grace en posant le plateau sur sa table de nuit avant de l'aider à se redresser. J'ai préparé le *porridge* avec beaucoup de lait, un peu de crème et de la cassonade, comme tu l'aimes.

Elle lui tendit une cuillère et, pleine d'espoir, regarda sa mère commencer à manger. En général, elle avait plus d'énergie au réveil, mais après une ou deux cuillères, Grace vit que les bras de sa mère tremblaient.

Se forçant à sourire gaiement, Grace s'assit à côté d'elle sur le lit et prit le relais. Sa mère mangea à peine la moitié de son bol avant d'annoncer qu'elle n'avait plus faim.

— Et maintenant, les petites pilules magiques ! déclara Grace d'un ton joyeux.

Elle sortit du long tiroir étroit de la table de nuit une bouteille de médicaments et en compta deux, sans rien laisser paraître du mal qu'elle avait eu à les obtenir.

Ses parents pensaient tous les deux qu'on les lui avait prescrits gratuitement à l'hôpital public, parce que c'était ce que Grace leur avait dit.

En fait, ils n'étaient pas remboursés et elle les avait achetés dans une clinique privée huppée de High Wycombe. C'était un traitement expérimental qu'il fallait faire venir des États-Unis. Là-bas, même si les recherches n'en étaient encore qu'à leur début, il avait la réputation d'aider les patients atteints de la maladie plutôt rare dont souffrait sa mère.

Mme Merriweather avait découvert l'existence de ce traitement en se renseignant pour son compte quand Grace lui avait parlé de la maladie de sa mère.

Bien sûr, pour Patricia Merriweather et ses pairs, payer ces médicaments n'aurait pas été un problème – à leurs yeux, il s'agissait sûrement de petites sommes. Mais pour Grace, le coût exorbitant de ces médicaments représentait une dette écrasante – dont elle ne s'était toujours pas acquittée.

Mais elle ne se plaignait pas de ce fardeau. En son for intérieur, elle savait que si sa mère était encore en vie, c'était uniquement grâce à ces pilules merveilleuses. Et elle ferait n'importe quoi – et paierait n'importe quel prix – pour continuer à les lui fournir, tant qu'elle serait encore là. Non seulement elles soulageaient sa douleur, mais elles lui redonnaient un semblant d'énergie.

Grace remplit un verre de sirop d'orgeat et regarda sa mère les prendre, le cœur débordant d'amour et de désespoir.

Après avoir tapoté les oreillers pour s'assurer que sa

mère était bien installée, Grace quitta la maison d'un pas pressé.

Elle savait que la voisine, Mme Crawfield, passerait toutes les heures pour vérifier que tout allait bien. Les Crawfield et les Farley étaient voisins et amis depuis toujours.

Tout en courant sur le trottoir pour ne pas rater son bus, elle essaya de ne pas se laisser submerger par la situation.

Mais ce n'était pas facile.

Pour payer les médicaments de sa mère, elle avait dû faire quelque chose dont elle ne se serait jamais crue capable. Quelque chose qui ferait honte à sa famille, s'ils découvraient le pot aux roses – qui briserait le cœur de sa mère.

Eh bien, elle en payait le prix à présent, n'est-ce pas ? se dit Grace, opiniâtre. Elle était dans une situation calamiteuse dont elle n'était pas sûre de pouvoir sortir, même maintenant. Trudy Loveday ne répondrait peut-être pas à ses attentes, mais au moins, elle représentait un espoir.

La veille au soir, comme elle l'avait prévu, son amie était venue la voir et avait exigé qu'elle lui expose ses soupçons. Grace avait fait bien attention à ne lui dire que ce qu'elle avait besoin d'entendre – et pas davantage.

Elle lui avait raconté qu'Abigail avait flirté ouvertement avec Robert Dunbar et n'avait pas caché son mépris pour la femme de ce dernier. Qu'elle avait vu la jalousie et la haine, que Christine Dunbar vouait à sa rivale, grandir. Qu'elle en était venue à penser, quand elle avait entendu qu'Abigail était morte empoisonnée par des baies d'if, que Christine était responsable. Qu'elle avait vu Mme Dunbar sourire d'un air satisfait en apprenant la mort de la jeune fille.

Bien sûr, Trudy avait été fascinée.

Mais cela suffirait-il ?

Elle savait que Trudy n'était qu'une humble stagiaire et n'avait pas le pouvoir d'arrêter qui que ce soit. Mais son amie ferait sûrement son rapport à ses supérieurs, non ? Et ensuite, ils agiraient forcément !

Dans le bus qui la conduisait au bureau – un environnement devenu presque insupportable pour elle – Grace se demanda ce qu'elle ferait si Christine Dunbar n'était pas bientôt arrêtée. Si elle continuait sa campagne…

Mais les conséquences étaient insoutenables, et Grace se força à penser à des choses plus gaies.

Elle achèterait de beaux oignons rouges pour la soupe qu'elle cuisinerait pour redonner un semblant d'appétit à sa mère. Peut-être trouverait-elle aussi de bonnes herbes fraîches…

22

Trudy passa la majeure partie de la matinée à patrouiller : il y avait eu une vague de vols à l'étalage au marché couvert. Il était presque midi quand elle retourna au commissariat. Elle avait à peine eu le temps de s'asseoir et de commencer à taper son rapport quand la porte du capitaine Jennings s'ouvrit et qu'il la convoqua d'un ton péremptoire.

— Asseyez-vous, mademoiselle Loveday, aboya-t-il.

Trudy obéit et enleva sa casquette de policière, qu'elle posa soigneusement sur ses genoux comme on le lui avait appris. Mais son regard fut tout de suite attiré par le sergent Mike O'Grady, qui était déjà assis près d'elle devant le bureau du capitaine.

À quarante et un ans, c'était un homme un peu enveloppé, aux cheveux blonds coiffés en toupet et aux yeux bleu pâle.

— Sergent, le salua respectueusement Trudy.

Il sourit et lui adressa un signe de tête. Contrairement au capitaine, il n'était pas hostile à sa présence, mais lui aussi pensait que les policières n'étaient bonnes qu'à fouiller les suspectes et à tenir la main des familles des victimes.

Il l'observait avec curiosité. De toute évidence, le capitaine lui avait parlé de sa dernière enquête en date avec le vieux vautour, et elle doutait que le sergent approuve.

Harry Jennings prit la parole, la tirant de ses réflexions moroses.

— Bien, mademoiselle. Si j'ai bien compris, vous étiez au théâtre hier soir, à surveiller le concours de beauté ?

— Oui, monsieur, répondit-elle, en se demandant ce qu'il lui voulait.

En général, le capitaine attendait la fin de la journée pour demander son rapport, et elle ne comprenait pas pourquoi le sergent était présent.

— Dites-moi s'il s'est passé quelque chose, lui ordonna brusquement son supérieur.

Mais que se passait-il ? Il y avait anguille sous roche. Jusque-là, le capitaine ne s'était pas vraiment intéressé à ce qu'elle avait à dire sur l'affaire Abigail Trent, se contentant de s'assurer que le Dr Ryder ne faisait pas de remous qui risquaient de lui nuire.

— Eh bien, monsieur, il y a eu un incident lié à des chocolats.

En restant concise mais sans rien omettre, elle lui raconta la découverte du « cadeau » onéreux, et lui expliqua que le coroner et elle n'avaient pas réussi à déterminer comment il était apparu sur le buffet.

— Mais monsieur, c'était forcément quelqu'un du théâtre. Aucun inconnu n'aurait pu s'introduire dans les locaux et les déposer sans attirer l'attention, conclut-elle.

Naturellement, Trudy voulait démontrer à son capitaine que son travail d'investigation au théâtre se révélait pleinement justifié et donnait des résultats.

— J'espère que vous avez gardé cette boîte comme preuve ? aboya le capitaine Jennings quand elle eut terminé.

— Oui, monsieur.

Avant qu'il puisse demander à la voir, Trudy reprit :

— Le Dr Ryder l'a prise, monsieur. En tant que médecin, s'empressa-t-elle d'ajouter en voyant que Jennings avait déjà ouvert la bouche pour l'enguirlander, il était idéalement placé pour l'apporter à un laboratoire et faire tester les chocolats. Comme vous le savez, monsieur, parfois, nos propres laboratoires peuvent être un peu… eh bien, lents. Le Dr Ryder a promis qu'il mettrait un bon coup de pied au… euh, postérieur de quelqu'un et qu'il aurait les résultats préliminaires aujourd'hui. Il a dit qu'une de ses connaissances lui devait une faveur. Monsieur.

Près d'elle, le sergent O'Grady dissimulait un sourire derrière sa main.

Peut-être parce qu'il comprenait que ce qu'elle disait était sensé, Jennings se calma un peu. Même s'il était encore écarlate, il devait admettre que c'était agréable que le vieux vautour casse les pieds de quelqu'un d'autre que lui, pour une fois. Pour être honnête, le coroner était probablement un allié de taille quand on voulait que les choses avancent.

— Très bien, acquiesça-t-il d'un ton bourru. Ce sera intéressant de voir s'ils sont trafiqués.

— Capitaine ? Avez-vous des raisons de penser qu'ils le sont ? se hasarda-t-elle à demander. C'est simplement qu'avant, vous aviez l'air de dire qu'il y avait peu de chances qu'une vraie menace pèse sur le concours de beauté.

Jennings fronça les sourcils, sentant qu'une critique se cachait sous son ton poli, et s'agita, l'air mal à l'aise.

— C'était avant qu'une deuxième candidate meure, admit-il.

Trudy sentit son cœur se serrer en pensant à ses nouvelles amies. Qui était-ce ? Candace, qui avait été si contente de son numéro comique ? Betty Darville, leur grande sœur à toutes ? Ou la flamboyante Sylvia Blane, toujours pleine de vie ?

— Qui… commença-t-elle d'une voix étranglée.

Elle s'éclaircit la gorge.

— Qui est mort, monsieur ? Et comment, si je peux me permettre ?

— La mère de Vicky Munnings a découvert son

cadavre ce matin, répondit Jennings. L'enquête préliminaire de notre légiste et de la scientifique indique qu'elle est morte la nuit précédente. Apparemment, elle était de repos hier et sa mère ne l'a pas vue. Elle avait son propre appartement à l'intérieur de la maison ou je ne sais quelle bêtise. Tant que l'autopsie n'aura pas été faite, les médecins ne peuvent pas en être certains, mais ils pensent qu'elle est morte d'une intoxication au monoxyde de carbone. Il y avait une chaudière dans sa chambre, une de celles avec une grosse bonbonne de gaz. Ils soupçonnent une valve défectueuse.

Trudy se pencha en avant, très concentrée, les yeux fixés sur le capitaine, les lèvres entrouvertes sans qu'elle s'en aperçoive. Le sergent, qui l'observait, dut admettre que la jeune femme ne manquait ni d'intelligence, ni de zèle et encore moins d'enthousiasme.

— Ils pensent qu'elle est probablement morte il y a deux nuits, dans son sommeil, poursuivit Harry Jennings. C'est déjà ça. La pauvre fille ne s'est rendu compte de rien et n'a pas souffert. La bonbonne de gaz était vide quand les techniciens l'ont testée, donc ils pensent qu'elle n'était qu'à moitié pleine quand la panne est apparue. La fuite de gaz a continué toute la nuit et le lendemain. La mère croyait que sa fille était sortie profiter de son jour de congé. Heureusement, la majeure partie du gaz avait eu le temps de se dissiper en vingt-quatre heures, si bien que quand la mère est entrée dans la pièce, il n'en restait qu'une quantité infime.

Jennings poussa un soupir avant de continuer :

— Malgré tout, elle en a inhalé ce matin, quand elle a trouvé sa fille morte dans son lit. Mais pas assez pour lui nuire. Elle a eu une quinte de toux, mais elle a réussi tant bien que mal à sortir et à appeler sa voisine à l'aide. Son médecin l'a examinée et pour l'instant, elle reste chez la voisine pendant que nous inspectons la maison.

— Oh ! la pauvre, commenta Trudy. C'était donc pour

ça que Vicky n'était pas à la répétition en costume ? Elle était déjà morte ?

— Oui. Naturellement, ce second décès change les choses, admit le capitaine. Mais attention, rien ne prouve que ce n'est pas aussi un accident.

— Mais monsieur, la coïncidence…

— Les gens meurent bel et bien de fuites de gaz, mademoiselle Loveday, lui rappela-t-il sévèrement. Et rien n'indique que ce n'est pas le cas là. Cependant… poursuivit-il en lui faisant signe de se taire, étant donné qu'une autre candidate du même concours de beauté est morte dans des circonstances… ambiguës, j'en viens à être d'accord avec le Dr Ryder et vous et à penser que cette affaire mérite de plus amples investigations. Une vraie enquête, plus rigoureuse et plus standard.

Trudy hésitait entre le soulagement et la déception. Au moins, le capitaine prenait l'affaire plus au sérieux. Mais il semblait que sa mission d'infiltration risquait de prendre fin. Pire encore, elle soupçonnait qu'il allait la réaffecter. Quand il s'agissait de mener une « vraie » enquête, elle était certaine que le capitaine ne pensait pas à y faire contribuer la stagiaire.

Elle avait envie de hurler de frustration, mais bien sûr, elle n'en fit rien. Elle réfléchit plutôt aux moyens de continuer à participer à l'investigation.

— J'ai donc demandé au sergent de reprendre la direction de l'enquête, déclara le capitaine.

— Oui, monsieur, répondit Trudy. Monsieur, j'aimerais votre permission pour continuer à jouer mon rôle au théâtre. Les filles ont plus de chance de se confier à une autre candidate. Elles me diront peut-être des choses qu'elles ne raconteraient pas au sergent ou à un policier en uniforme.

Jennings soupira de nouveau et jeta un coup d'œil à O'Grady.

— Eh bien, sergent, avez-vous des objections ?

Au grand soulagement de Trudy, le quadragénaire secouait déjà la tête.

— Non, monsieur. Je pense que Mlle Loveday a raison. Comme vous le savez, les témoins prennent souvent peur quand ils voient un uniforme de police. Il est rare qu'ils se confient quand chaque mot qu'ils prononcent est noté dans un carnet. Si une vraie menace pèse sur ce concours de beauté… eh bien, les victimes potentielles sont un groupe de jeunes femmes. Ça me paraît donc logique que notre stagiaire reste infiltrée. Elle a bien plus de chances que nous d'apprendre quelque chose.

Trudy aurait voulu l'embrasser. (Mais encore une fois, elle n'en fit rien !)

— Mais si un assassin rôde, ou même simplement un mauvais farceur, je crois que nous devrions prendre des mesures pour nous assurer que rien n'arrivera à notre collègue, ajouta le sergent, tempérant un peu l'enthousiasme de Trudy.

Pourquoi avait-elle l'impression qu'elle n'allait pas aimer ce qui suivrait ?

Jennings acquiesça. Il voyait déjà les articles désastreux – sans parler du courroux de ses supérieurs – si une jeune policière trouvait la mort.

— Mais monsieur, je sais me défendre, commença Trudy.

Furieuse, elle s'aperçut qu'aucun des deux hommes ne l'écoutait.

— Oui, oui, disait Jennings à O'Grady. Qu'aviez-vous en tête ?

— Eh bien, monsieur, je pense que nous devrions maintenir une présence officielle au théâtre pendant les répétitions. Un homme fort et musclé en uniforme – quelqu'un que Mlle Loveday puisse appeler à la rescousse si elle est en difficulté.

À ces mots, Trudy sentit son cœur se serrer. Elle devinait de qui il s'agissait.

— Oui, Broadstairs devrait faire l'affaire, conclut O'Grady d'un air satisfait.

Trudy ravala un grognement.

Rodney Broadstairs était le petit chéri du commissariat. Un crétin au physique avantageux, un crâneur, qui se prenait pour le prince charmant. Il serait heureux comme un gamin dans un magasin de confiseries, entouré de femmes en maillot de bain ! Et dire qu'il allait la voir *elle* en maillot !

Il se ficherait d'elle jusqu'à la fin des temps.

Trudy se retint d'éclater en sanglots.

— Évidemment, il faudra ouvrir une autre enquête sur cette Munnings, rumina le capitaine avant de jeter un regard sévère à Trudy. Et cette fois, je crois qu'il va falloir s'assurer qu'un autre coroner préside l'audience.

Trudy ouvrit la bouche pour protester, sachant que Clement serait furieux quand il apprendrait qu'on le tiendrait délibérément à l'écart, mais encore une fois, son supérieur balaya ses objections sans lui laisser le temps de les formuler.

— Après tout, c'est le Dr Ryder qui a insisté pour mener sa propre enquête, compromettant son objectivité. Non, il aura nécessairement des idées préconçues sur ce second décès, et il est hors de question qu'un tribunal soit présidé par un coroner non impartial. Je suis sûr que personne ne dira le contraire, conclut-il d'un ton lourd de sens.

Trudy rougit mais tint sa langue. Elle devait admettre à contrecœur qu'il n'avait pas complètement tort et que leurs responsables seraient d'accord avec lui.

Mais elle ne doutait pas que le Dr Clement Ryder proteste vigoureusement quand il apprendrait qu'il ne superviserait pas l'audience sur le décès de Vicky Munnings. Elle aurait donné cher pour assister à la scène !

23

Comme on pouvait s'y attendre, ce soir-là, le théâtre bruissait de rumeurs sur la mort de Vicky.

Quand Trudy arriva, les Dunbar, Dennis Quayle-Jones ainsi que la plupart des filles étaient agglutinés au milieu de la scène, en plein débat. Il ne lui fallut pas longtemps pour en comprendre l'objet.

Fallait-il annuler le concours de beauté ?

Étrangement, le principal partisan de l'annulation était le propriétaire du théâtre. Pourtant, si le spectacle n'avait pas lieu, ne subirait-il pas des pertes considérables ?

— Je ne suis pas certain qu'il soit de bon goût de continuer, disait l'acteur et gérant de sa voix entraînée qui noyait les bavardages des autres. Après tout, deux de nos jeunes filles sont hors de combat, pour ainsi dire. Ne pensez-vous pas qu'il est un peu indélicat de continuer ?

Cette remarque provoqua une courte pause dans le brouhaha. Personne ne voulait avoir l'air de manquer de compassion envers Vicky et sa famille, et une certaine gêne s'installa dans l'assemblée.

Robert Dunbar poussa un profond soupir.

— Eh bien, naturellement, je ne veux pas que nos clients nous trouvent sans cœur, commença-t-il d'un ton hésitant.

Il fallut un moment à Trudy pour comprendre qu'il parlait des gens qui achetaient son miel et ses confitures.

— Je suis d'accord, s'empressa d'appuyer Christine.

L'objectif de ce concours était de faire connaître nos produits à un public plus large. Mais ça ne servira à rien s'ils associent notre miel à quelque chose de… tragique. À mon avis, nous devrions oublier tout ça.

Certaines des candidates échangèrent des regards sceptiques. Apparemment, elles pensaient toutes que ses raisons d'annuler le concours n'avaient rien à voir avec l'opinion publique, et que Mme Dunbar sautait simplement sur le premier prétexte venu pour éloigner son mari de jolies jeunes femmes.

Trudy se demanda si Grace avait vu juste en accusant Christine d'être à l'origine des mauvais tours.

Elle avait discuté des craintes de Grace, entre autres choses, avec Clement Ryder cet après-midi-là. Elle avait aussi passé sa pause déjeuner dans le bureau du coroner pour le prévenir qu'on tentait de l'empêcher de présider l'audience sur la mort de Vicky Munnings, et pour le tenir au courant de tout ce qu'elle avait appris durant la matinée.

Comme elle l'avait prédit, Clement avait été furieux à l'idée que l'affaire Munnings soit confiée à l'un de ses collègues, mais après avoir passé quelques coups de téléphone – en vain, pour une fois – il s'était calmé étonnamment vite.

Il lui avait dit qu'il était inutile de mener une bataille perdue d'avance et qu'il valait bien mieux choisir ses combats. En guise de consolation, Trudy lui avait fait remarquer qu'ils avaient largement de quoi s'occuper.

Étrangement, il n'avait pas semblé très convaincu par les révélations de Grace, et il avait souligné que son amie n'avait pas fourni de preuves de l'implication de Christine Dunbar.

Trudy chercha Clement des yeux dans le théâtre, sans succès. Peut-être qu'aucun des juges n'avait été invité ce soir-là.

— Eh bien moi, je pense que nous devrions continuer, déclara Caroline Tomworthy d'une voix claire.

Elle fut vite soutenue par la plupart des candidates.

— Moi aussi ! s'écria Sylvia Blane. Je veux avoir une chance de devenir Miss Oxford. Et à mon avis, ça ne dérangerait pas Abby ni Vicky ! Elles voudraient qu'on continue.

Trudy n'était pas certaine que ce soit vrai, et Sylvia n'était probablement pas très honnête dans son estimation de la générosité de leurs anciennes rivales. Ou Trudy se montrait-elle simplement cynique ? Peut-être que les deux mortes n'auraient pas voulu priver les autres candidates de leur chance de devenir « célèbres » et, dans une relative mesure, riches.

Les autres filles appuyèrent avec enthousiasme cette hypothèse douteuse.

— Oui, ça paraît dommage d'arrêter maintenant, commenta Betty Darville d'un ton un peu moins convaincu.

Et Trudy remarqua que Candace et une ou deux autres ne disaient rien du tout. Envisageaient-elles de se retirer de la compétition ? De toute évidence, certaines filles étaient plus effrayées que d'autres, et le débat continua un moment.

Soudain, Trudy fut distraite par l'apparition de Rodney Broadstairs, qui descendit l'allée centrale d'un pas conquérant et s'arrêta devant la scène. Il enleva son casque, révélant des cheveux blonds fournis, et lui fit un grand sourire du haut de son mètre quatre-vingts – enfin, presque.

Avec sa mâchoire carrée, ses traits à la beauté classique et ses grands yeux bleus, il ne fallut pas longtemps pour que les autres filles le remarquent.

La conversation s'interrompit.

— Bonjour, mesdemoiselles. Je suis Rodney Broadstairs. On m'a chargé de vous tenir compagnie pendant les répétitions, déclara-t-il d'un ton assuré en contemplant un joli visage après l'autre.

Trudy se retint de lui donner un bon coup de pied dans les tibias. Il se demandait sûrement quelle chanceuse il essayerait de séduire en premier. Elle espérait simplement que les candidates étaient trop malignes pour succomber à son charme. Au commissariat, il avait la réputation d'être un don Juan.

Évidemment, c'est Caroline qui revint à la charge.

— Vous voyez, maintenant, nous avons une présence policière. Il ne peut plus rien se passer. La personne qui a joué ces tours idiots va devoir arrêter ou risquer d'être prise la main dans le sac.

Il y eut un vague murmure soulagé qui fit gonfler encore plus les chevilles de Rodney. Il eut un grand sourire et alla jusqu'à s'incliner tandis qu'une douzaine de femmes reconnaissantes le contemplaient.

Trudy avait la nausée.

Puis elle s'interrogea. Pourquoi Caroline Tomworthy était-elle aussi déterminée à continuer ? Plus que les autres, elle semblait tenir coûte que coûte à ce que le concours ait lieu. Était-elle si certaine que les mauvais tours n'avaient aucun lien avec la mort des deux filles ? Dans ce cas, que savait-elle de plus que tout le monde ? À moins qu'elle s'en fiche, tout simplement ? Mais dans ce cas, pourquoi se montrait-elle aussi téméraire ? Pensait-elle n'avoir aucun risque de devenir la troisième victime ?

— Peut-être que nous devrions tous nous calmer et réfléchir, déclara Robert Dunbar, tentant de reprendre le contrôle de la situation.

Mais plus personne ne semblait disposé à écouter.

Pour être honnête, Robert n'était pas certain qu'annuler l'événement soit la meilleure solution. Ça ne ferait qu'attirer davantage l'attention sur l'échec du concours, non ? S'il y mettait fin maintenant, la presse l'interpréterait-elle comme un aveu qu'il pensait bel et bien que la mort des deux filles avait un lien avec Miss Miel ?

Après tout, le décès de cette Vicky Munnings semblait être dû à un accident certes bien triste, mais somme toute banal. Chaque année, on pouvait lire dans les journaux plusieurs articles relatant des accidents mortels liés à une chaudière endommagée. Dans ces cas-là, personne ne soupçonnait de crime, n'est-ce pas ?

Et à l'audience Abigail Trent, aucun lien sérieux n'avait été établi avec le concours de beauté. D'accord, quelques journalistes avaient lancé des piques, rappelant que si elle n'avait pas participé, elle n'aurait pas cherché de remèdes à base de plantes pour l'aider à gagner la compétition. Mais il était certain que la plupart des gens raisonnables ne blâmeraient pas l'organisation du concours !

Ceci dit, la situation risquait de mal tourner avec ce second décès. La presse était capable de tout, comme d'inventer des histoires à dormir debout pour vendre plus de journaux. Il n'y avait qu'à voir la légende de la « malédiction du pharaon » échafaudée par les journalistes quand Howard Carter avait découvert la momie de Toutânkhamon !

La dernière chose dont il avait besoin, c'était que le miel Dunbar soit aussi associé à une malédiction dans l'esprit du public.

D'un autre côté… s'il s'y prenait bien, cette affaire pouvait-elle devenir une mine d'or pour lui ? Si seulement…

Trudy remarqua que la grande majorité des juges, Clement compris, étaient arrivés. La discussion se poursuivait âprement autour d'elle, mais elle alla le retrouver.

— Je vois que les débats sont vifs, remarqua Clement d'un ton narquois.

— Je sais. J'ai peur qu'ils annulent tout. Dans ce cas, on risque de ne jamais avoir le fin mot de cette affaire, commenta Trudy, inquiète.

— Ne vous en faites pas. J'ai des nouvelles qui aideront

peut-être à calmer tout le monde, affirma Clement d'un air énigmatique.

Il monta sur scène.

— Mesdames et messieurs, votre attention, s'il vous plaît, dit-il d'une voix égale.

Il avait une telle aura que tout le monde se tut.

— Comme vous le savez, on m'a demandé d'analyser le contenu d'une boîte de chocolats envoyée au théâtre hier soir.

Les Dunbar, qui n'avaient pas été informés de la présence de ces mystérieux chocolats, ni de la promesse du coroner de les faire analyser, échangèrent un regard surpris, à l'instar de plusieurs juges qui ignoraient également de quoi il retournait.

La plupart des candidates, quant à elles, parurent ragaillardies et tendirent l'oreille – y compris Trudy, qui était un peu vexée que le coroner ne lui ait rien dit avant !

— Je peux vous dire qu'aucune substance mortelle n'a été retrouvée dans les chocolats, annonça Clement.

Comme tous les autres, Trudy sentit ses épaules se relâcher. Jusque-là, elle ne s'était pas rendu compte de sa crispation.

Un murmure de soulagement parcourut la scène et plusieurs filles se mirent à sourire et même à rire.

— Cependant… poursuivit Clement, rétablissant un silence absolu. Nous avons trouvé des traces de laxatif dans tous les chocolats. De toute évidence, quelqu'un vous a joué un tour.

Dans le silence qui suivit, ce fut de nouveau Caroline Tomworthy qui prit la parole.

— Mais justement, ce n'était qu'un mauvais tour ! Une petite plaisanterie idiote. Moi, je ne laisserai pas un tordu gâcher notre concours avec ses blagues d'écolier. De quel droit ? N'est-ce pas, les filles ? On veut continuer, hein ?

Trudy ne fut pas étonnée qu'elles acquiescent toutes – quoiqu'avec plus ou moins d'enthousiasme.

C'était comme si apprendre que les chocolats ne contenaient qu'un laxatif et non du poison de baies d'if leur donnait la permission de continuer. Trudy n'était pas psychologue et ne comprenait donc pas vraiment les forces en jeu, mais même elle répugnait à laisser un inconnu malveillant lui dicter son comportement.

Quel que soit le phénomène, il affectait aussi Robert Dunbar, car après s'être fait harceler par les candidates pendant quelques minutes pour qu'il n'annule pas le concours, il finit par convenir que Miss Miel serait maintenu.

— De toute façon, le spectacle doit avoir lieu samedi en huit, c'est bientôt, conclut-il. Et avec une protection policière, je crois que nous pourrons poursuivre.

Dennis Quayle-Jones haussa les épaules et se détourna, se lavant clairement les mains de toute cette affaire.

Et l'assassin, qui les regardait et les écoutait, eut un sourire cynique.

Oh oui. Ça allait être un beau spectacle.

24

Comme on pouvait s'y attendre, Clement fut au centre de l'attention pendant un certain temps après son annonce inattendue et théâtrale. Les autres juges et quelques employés du théâtre se rassemblèrent autour de lui pour tenter de comprendre ce qu'il se passait.

De toute évidence, ils n'étaient pas tous au courant que le concours de beauté avait rencontré des difficultés, et Clement s'intéressa à leurs réactions quand ils apprirent qu'un farceur tentait de saboter Miss Miel.

Un juge décida sur le champ de se retirer du jury, mais Robert Dunbar, charmant et compréhensif, lui promit qu'il ne lui en voulait pas et qu'il était certain de pouvoir trouver quelqu'un pour le remplacer au pied levé.

La plupart des employés du théâtre semblaient mal à l'aise, comme s'ils craignaient qu'on ne les accuse des mauvais tours en question, et de façon générale, l'ambiance devint morose.

La journée avait été longue et Clement fut soulagé quand Robert frappa enfin dans ses mains et rappela tout le monde à l'ordre.

— Bien, bien, dit-il avec une gaieté forcée. Puisque nous maintenons le concours… et que la représentation publique a lieu samedi en huit…

Il y eut un brouhaha tandis que chacun prenait conscience de la proximité du spectacle final.

— … je suggère que nous continuions les répétitions.

Ce soir, ce sera un défilé en maillot de bain. Allez vous changer, mesdemoiselles. Mesdames et messieurs les juges, si vous voulez bien vous asseoir. Grace… Où est Grace ? Ah, la voilà. Grace, si vous voulez bien trouver un album approprié pour le tourne-disque… merci. Bien, allons-y…

Trudy n'écouta que d'une oreille le reste du discours d'encouragement, comprenant soudain à quel point sa situation était catastrophique. Elle allait devoir parader en maillot de bain et talons aiguilles là, tout de suite, devant Rodney Broadstairs !

Son cœur se serra. Comme s'il n'était pas déjà assez compliqué de convaincre ses collègues qu'elle était leur égale et un agent de police à part entière. Habillée comme pour la plage, à parader avec ce numéro humiliant accroché à son poignet…

Trudy aurait voulu hurler. Ou pleurer. Ou les deux !

Clement se dirigea vers la table pour dire un mot à Rupert Cowper. Il voulait savoir si d'autres candidates que Sylvia avaient tenté de lui mettre le grappin dessus. Et si oui, Abigail et Vicky en avaient-elles fait partie, et s'était-il senti acculé et gêné ?

Mais en approchant de l'extrémité de la série de tables pliantes, il sentit son pied gauche buter contre le plancher en bois de la scène, le faisant trébucher.

Il eut le réflexe de tendre la main et de se rattraper à la table. Heureusement, elle avait beau ne pas être solide, elle lui évita une chute embarrassante. Il parcourut du regard les tables où la plupart des juges étaient déjà assis, mais une seule personne semblait avoir remarqué l'incident.

Patricia Merriweather lui fit un sourire compréhensif.

— Docteur Ryder, vous semblez avoir été très occupé, commenta-t-elle, tentant à l'évidence de le mettre à l'aise.

Je ne savais pas que nous avions un farceur parmi nous ! Du laxatif dans des chocolats, non mais franchement !

Clement s'assit avec précautions, mais son cœur tambourinait dans sa poitrine. C'était la deuxième fois que Patricia l'avait vu en difficulté. Et elle n'était pas bête. Elle était plus que capable de faire le rapprochement entre les deux incidents et d'en arriver à la bonne conclusion.

Des collègues médecins lui avaient confié au cours de déjeuners et de parties de golf qu'en raison d'une maladie dans sa famille, Patricia Merriweather avait entrepris de s'intéresser aux questions médicales. C'était une femme perspicace et avisée, qui n'était pas née de la dernière pluie. Quelles étaient les chances qu'elle ait connu quelqu'un d'autre souffrant de la maladie de Parkinson et identifié les premiers symptômes ?

En se forçant à ne pas paniquer – après tout, même si elle se doutait de quelque chose, il aurait parié n'importe quoi qu'elle n'était pas du genre à crier les ennuis des autres sur les toits –, il lui rendit son sourire.

— Je sais, quelqu'un a un sens de l'humour déplorable ! répondit-il.

La vieille dame lui jeta un regard pénétrant.

— En effet, affirma-t-elle d'un ton neutre. Et quelle chance que nous ayons eu un homme aussi expérimenté que vous pour s'en occuper, ajouta-t-elle d'un air malicieux.

— Oh ! j'aime me rendre utile, réagit-il, les yeux pétillants.

Elle lui fit un grand sourire entendu avant de se détourner pour admirer la première candidate faire son apparition.

Trudy savait qu'elle était rouge de honte quand elle pénétra sur la scène, en prenant garde à suivre les lignes tracées à la craie qui indiquaient l'emplacement du tapis rouge le soir du spectacle.

Elle était contente de devoir se concentrer pour marcher en talons hauts : ça la distrayait du fait qu'elle portait un une-pièce qui soulignait chaque parcelle de son anatomie.

Elle refusa obstinément de regarder le premier rang, d'où Rodney Broadstairs devait l'observer en souriant comme un benêt.

Elle s'en sortit tant bien que mal et fut soulagée de disparaître derrière le rideau. Puis elle fonça dans sa cabine, enfila un long peignoir blanc et le serra à la taille d'un geste furieux. En se forçant à se concentrer sur sa mission, elle tenta d'oublier sa situation et de décider d'un plan.

Naturellement, elle avait été aussi soulagée que les autres candidates d'apprendre que les chocolats n'avaient pas contenu de substance mortelle. Mais cela soulevait une question évidente : le farceur et l'assassin – Trudy ne croyait plus à la thèse du double accident tragique – étaient-ils bel et bien une seule et même personne ? Ou était-il possible qu'ils aient affaire à deux personnes distinctes ? L'une aurait eu une revanche à prendre sur les deux filles et les aurait assassinées sans connaître l'existence du concours de beauté ou s'en soucier. Et l'autre aimait tourmenter les candidates et profitait des deux décès pour enquiquiner encore davantage l'équipe de Miss Miel.

À moins que ce soit le contraire, que l'assassin n'utilise le concours de beauté comme une couverture, un écran de fumée ? Après tout, se dit Trudy, de plus en plus enthousiaste, pour vouloir tuer quelqu'un, il fallait avoir un mobile. Et si la police le découvrait, vous étiez cuit. Mais en lançant les enquêteurs sur une fausse piste, vous détourniez leur attention. Pendant que tout le monde cherchait un fou obsédé par le concours de beauté, personne ne soupçonnerait la vraie raison des meurtres.

Trudy sentit un frisson d'excitation la parcourir. Tenait-elle enfin quelque chose ? Elle avait hâte de discuter de cette théorie avec le Dr Ryder… Mais rien que d'y penser, elle sentit son assurance vaciller. L'expérience lui avait appris que le coroner – à raison – avait tendance à la modérer quand elle élaborait des théories sans preuves.

Il fallait qu'elle essaie de tester son hypothèse.

Pour commencer, elle pourrait reparler à Grace, pour voir si elle en savait davantage sur les faits et gestes de Mme Dunbar le jour où Vicky Munnings avait succombé à la fuite de gaz. Si elle pouvait innocenter les gens liés à Miss Miel, cela lui permettrait de prouver sa nouvelle théorie. Bien sûr, même si elle avait vu juste, l'assassin des deux filles devait bien avoir un lien quelconque avec le concours, pour l'utiliser comme couverture. Mais si elle éliminait ceux qui n'avaient pas de véritable mobile, elle aurait déjà avancé.

Grâce au sergent O'Grady qui l'avait tenue au courant, elle savait désormais que le tuyau en caoutchouc qui charriait le gaz de la bonbonne jusqu'à la valve dans la chaudière de la chambre de Vicky s'était rompu, laissant le monoxyde de carbone, ainsi que diverses autres substances chimiques, s'échapper directement dans la pièce.

Même s'il n'y avait pas trace d'une coupure nette dans le tuyau – qui aurait levé toute ambiguïté –, la police faisait encore des tests pour déterminer si les frottements qui avaient aminci, puis rompu le tuyau pouvaient avoir été causés délibérément. À première vue, il semblait improbable que l'usure normale due au changement de bonbonne ait pu causer des dégâts pareils. Mais il était toujours possible que le tuyau ait été grignoté par des souris, ou qu'il se soit dégradé avec le temps. Les deux hypothèses étaient défendables – et le sergent était remonté contre les soi-disant experts qui n'étaient pas capables de trancher.

De toute évidence, l'assassin était très prudent et intelligent, et se débrouillait pour ne pas laisser de traces. En fait, pour l'instant, ils n'avaient aucune preuve qu'Abigail ou Vicky aient été assassinées.

Seule Grace semblait être certaine qu'il s'agissait de meurtres et que Mme Christine Dunbar en était l'autrice. Trudy espérait simplement que son amie avait essayé de surveiller autant que possible les mouvements de sa patronne.

Même si elle ferait bien attention à ne pas dire à Grace qu'elle cherchait des preuves de l'innocence de Mme Dunbar, finalement !

Trudy se dirigea donc vers l'un des petits bureaux à l'arrière, où elle savait que Grace gérait les démarches administratives et la paperasse des Dunbar. En approchant de la porte fermée, elle prit soudain conscience que cette partie du théâtre était très silencieuse, à vous rendre claustrophobe. Les lumières éclatantes et la gaieté de la scène semblaient bien loin à présent. Tandis qu'elle parcourait les couloirs sans fenêtres faiblement éclairés par quelques rares ampoules, Trudy sentit les cheveux sur sa nuque se dresser – elle avait l'impression d'être suivie.

Mais chaque fois qu'elle tournait la tête, il n'y avait personne. Peut-être qu'elle se trouvait particulièrement vulnérable parce qu'elle était si peu vêtue ! Elle avait même les pieds nus, puisqu'elle avait envoyé valser ses chaussures avec soulagement dès qu'elle était entrée dans la cabine pour se changer. Même si elle s'entraînait à marcher avec depuis presque une semaine, elle les détestait toujours autant. C'étaient des instruments de torture qui lui comprimaient les orteils et basculaient son poids vers l'avant – une position peu confortable et contre nature.

Rien ne valait ses bonnes vieilles chaussures d'uniforme. Contrairement à ses escarpins, elles étaient solides, noires et surtout, elles n'avaient pas de talon !

En approchant de la porte du bureau, elle remarqua

qu'elle était un peu entrouverte. Tant mieux. Cela voulait dire que Grace était là.

Sans se rendre compte qu'elle ne faisait aucun bruit pieds nus, elle poussa la porte et jeta un œil à l'intérieur.

25

L'individu du cimetière passait un bon moment. Le débat hystérique pour déterminer si le concours devait être annulé avait été très amusant, et le consensus trouvé guère surprenant.

Quand l'appât du gain entre en jeu, les bons sentiments sont vite jetés aux oubliettes. Ajoutez à ça la vanité de jeunes filles désirant être admirées, et il n'y avait aucune chance qu'ils prennent la bonne décision.

Près du buffet où ils s'étaient rassemblés pour déguster les amuse-gueules habituels après la répétition, l'assassin prit un verre de vin blanc médiocre et réfléchit à la complication que représentait le Dr Clement Ryder.

Bien sûr, sa désignation comme juge était suspecte depuis le début, et maintenant qu'il avait révélé son vrai visage, il faudrait faire preuve de prudence. Cet homme avait des yeux d'aigle qui ne rataient rien. Il ne s'agissait pas de sous-estimer un adversaire aussi intelligent et chevronné.

L'assassin sirota son vin en contemplant une tomate fourrée d'un air songeur.

Caroline Tomworthy avait troqué son bikini noir et or contre un paréo assorti dont la longue fente sur le côté révélait son élégante jambe gauche à chaque pas.

Contrairement à Trudy, elle n'avait pas enlevé ses

talons aiguilles vertigineux, savourant les centimètres en plus qu'ils lui donnaient. Un grand sac en cuir noir pendait à son bras aussi fin et délicat qu'un roseau. Elle observait sa proie en attendant une occasion d'agir qui ne tarda pas à se présenter.

Dennis Quayle-Jones ne prit conscience de la présence de la jeune femme qu'au moment où un subtil effluve de jasmin lui chatouilla les narines. Il se tourna vers elle et examina la beauté aux cheveux aile-de-corbeau avec le regard détaché d'un connaisseur et le manque d'intérêt d'un homme qui avait d'autres préférences.

Bien entendu, Caroline avait deviné ses penchants dès qu'elle l'avait rencontré. Ça n'avait pas été bien difficile. Ces hommes avaient la particularité de ne pas se mêler des affaires des autres et étaient bien plus courtois et tolérants que leurs semblables.

Elle avait vite compris qu'il s'agissait d'une occasion en or pour elle, et elle en avait profité.

— Dennis, ronronna-t-elle tout bas, en lui accordant un bref sourire. Justement, je te cherchais.

— Oh ? Pas pour essayer de nouveau de me forcer la main, j'espère ? répondit l'acteur et gérant en lui rendant son sourire hypocrite. Pourquoi est-ce que je te soupçonne de ne pas me courir après pour le simple plaisir de ma compagnie, ma chère Caroline ?

— Rentre tes griffes ! rétorqua Caroline en riant.

— Pardon, chérie, j'oubliais que c'était ta prérogative. Tu sais que la plupart de tes rivales t'ont donné un surnom félin, non ?

Il ne pouvait pas s'empêcher de la provoquer. En fait, les femmes trop belles et trop assurées l'avaient toujours agacé.

— Ça se peut, répondit Caroline avec indifférence. Quelle importance ? Mais je t'en prie, ne les appelle pas mes rivales. Comme si elles m'arrivaient à la cheville !

Cette fois-ci, son sourire semblait sincère.

— Oh ! je ne sais pas, ma chère, répliqua Dennis. D'après les autres juges, une ou deux te talonnent de près.

Caroline lui lança un regard haineux.

— Ah oui, tu fais bien d'aborder le sujet, Dennis. Justement, je voulais t'en parler.

— Oh ?

Bien sûr, cette petite friponne faisait pression sur lui pour qu'il truque le concours en sa faveur depuis un moment. Il avait fait semblant d'être outré par sa demande et avait décidé de laisser passer cet incident, mais à présent, il soupçonnait cette pimbêche obstinée de s'apprêter à enclencher la vitesse supérieure.

— En tant que propriétaire et gérant de ce charmant petit théâtre, c'est toi qui as le plus d'influence sur les événements, Dennis. J'espère que tu as bien réfléchi à ma requête ?

Amusée, elle regarda l'homme perdre un peu de son assurance affectée.

— Je ne vois pas bien où tu veux en venir, ma chérie, temporisa-t-il.

— Oh ! ne sois pas aussi modeste ! Je suis sûre que tu comprends vite ! Il se trouve que je sais de source sûre que tu as fait un très bon prix au vieux Dunbar pour la location du théâtre. Il doit t'être très reconnaissant, n'est-ce pas ?

Dennis haussa les épaules en imitant du mieux qu'il pouvait Noel Coward et répondit d'une voix traînante :

— Ma chère, ça m'étonnerait que ce type sache ce que ce mot veut dire. Tant qu'il écoule son miel infect, il se fiche du reste !

— Ah, mais tu pourrais faire en sorte qu'il ne s'en fiche pas, mon cher Dennis, n'est-ce pas ? En réalité, ce serait même très facile pour toi de le persuader, insinua Caroline.

Ils étaient tout près l'un de l'autre à l'extrémité de la scène, d'où ils regardaient les « vautours » (comme les appelait Dennis en son for intérieur) rassemblés autour du buffet. Personnellement, il trouvait la nourriture trop insipide, voire franchement mauvaise, pour grignoter ne serait-ce qu'une flûte au fromage.

À présent, il regrettait qu'ils soient aussi isolés et à l'écart. Il sentait que cette femme cupide mijotait un coup bas et son instinct lui soufflait que ça n'allait pas lui plaire. Il tenta discrètement de se rapprocher des lumières et de la foule.

— Pourquoi est-ce que je ferais une chose pareille ? Crois-moi, je dois peut-être vendre l'âme de mon théâtre au diable de temps en temps pour ne pas mettre la clé sous la porte, mais ça ne veut pas dire que j'ai la moindre influence sur Robert Dunbar et son petit concours vulgaire.

— Allons, Dennis, la fausse modestie ne te va pas, rétorqua Caroline. Et arrête de t'éloigner – il faudra que je hausse le ton sinon, et tu n'as pas envie que les autres entendent ce que j'ai à dire. Voilà qui est mieux.

Elle sourit à sa proie qui s'était figée.

— Bien, si tu devais, par exemple, annuler la location de ton théâtre samedi soir prochain, je crois que notre Robert serait très contrarié. Et prêt à faire tout ce que tu veux pour te convaincre de changer d'avis et que le spectacle ait lieu !

Dennis la regarda, bouche bée, sincèrement choqué.

— Je ne peux pas faire ça, chérie. Il a signé un contrat, tu sais, dit-il d'un ton brusque. Bien, si tu…

Il tenta de nouveau de s'échapper, mais il n'avait fait qu'un pas quand une longue main aux doigts fins et élégants le rattrapa par le bras.

— Oh ! mais je suis sûre qu'il peut être contourné, ronronna-t-elle. C'est toujours le cas, n'est-ce pas ? Si, par exemple, tu remarquais une infraction aux règles de sécurité incendie – ou un problème d'électricité à régler avant qu'un spectacle puisse avoir lieu. Tu dois connaître des moyens d'échapper à un contrat quand ça t'arrange, Dennis.

Son compagnon se dandina, mal à l'aise, et lui jeta un regard suspicieux. Où cette horrible bonne femme voulait-elle en venir ?

— Et pourquoi je ferais ça ? Même si c'était possible, s'empressa-t-il d'ajouter, ce serait du suicide professionnel. Après tout, une fois qu'un théâtre acquiert la réputation de ne pas tenir ses engagements, il s'expose au pire.

— Oh ! je ne suggère pas que tu le fasses, répliqua-t-elle avec un sourire si mauvais que Dennis retint une grimace. Je dis juste que c'est une possibilité. Et que tu devrais le dire à Robert.

Dennis prit une longue inspiration. Échanger des coups de griffe avec un autre chat était une chose. Mais plus ça allait, plus il devenait douloureusement conscient que Caroline Tomworthy appartenait à une tout autre espèce – c'était plutôt un cobra qu'un chat, en fait. Et il ne tenait pas particulièrement à recevoir une dose de son venin.

— Et pourquoi voudrais-je acculer Robert, exactement ? demanda-t-il d'un ton faussement amusé.

— Oh ! détends-toi, Dennis ! Ce n'est pas grand-chose.

Sentant sa panique grandissante, Caroline l'appâta avec précautions. Maintenant qu'elle l'avait bien ébranlé, le moment était venu de lui donner de l'espoir.

— C'est juste pour qu'il te doive une petite faveur en échange. Donnant-donnant.

— Oh ? Et quelle faveur pourrait m'intéresser ? demanda Dennis avec condescendance.

— À ton avis, chéri ? se moqua-t-elle gentiment. Je veux qu'il parle à tous les autres juges et qu'il leur explique qu'ils peuvent donner quelques points à leurs candidates préférées – tant que c'est moi qui gagne, bien sûr.

Dennis éclata de rire.

— Bien sûr.

Caroline le laissa rire quelques instants avant de sortir de son sac à main une grande enveloppe beige.

— Et qu'est-ce qui te fait croire que Robert Dunbar pourrait influencer les juges de cette façon ?

— Oh ! grandis un peu, Dennis, lâcha Caroline, qui n'était plus du tout amusée. Ce sont des hommes du monde. Ils savent que Dunbar leur a fait une énorme faveur en les laissant profiter de sa petite opération de communication, et ils s'attendent probablement à devoir lui renvoyer l'ascenseur tôt ou tard. Tout le monde sait que ces concours sont truqués, de toute façon.

— Ah bon ? releva Dennis, sincèrement curieux.

Caroline lui jeta un regard noir.

— Évidemment. Et dans ce cas précis, ajouta-t-elle en ouvrant soigneusement l'enveloppe, il sera truqué en ma faveur.

— Ah, vraiment ? rétorqua Dennis, que l'attitude de la jeune femme commençait vraiment à agacer. Comment peux-tu en être sûre ? Et pourquoi t'imagines-tu que je vais te faire une faveur ?

— Pour cette raison, mon cher Dennis, répondit Caroline en lui tendant une liasse de photographies d'un geste théâtral qu'il aurait apprécié dans d'autres circonstances. Après tout, tes activités avec tes… amis… sont tout à fait illégales, chéri. N'est-ce pas ? Je ne crois pas qu'un uniforme de prisonnier te mettrait en valeur, Dennis.

Candace s'inquiétait pour son ventre. Est-ce qu'on le voyait trop dans ce maillot ? Sans être très replet, il n'était clairement pas aussi plat que celui de Caroline.

Était-ce une « imperfection » de plus ? Est-ce que cela signifiait qu'elle serait la prochaine cible du sadique ?

Et la mort de Vicky était-elle vraiment accidentelle, comme tout le monde le disait ?

*

Rodney Broadstairs s'amusait comme un petit fou en bavardant avec de jolies filles en maillot de bain. À tel point qu'il avait complètement oublié qu'il était censé veiller sur Trudy Loveday, qui avait quitté la scène depuis longtemps.

Trudy fixait son amie Grace, bouche bée, sous le choc.

Quand elle avait poussé la porte du bureau, la première chose qu'elle avait vue avait été Grace en train de fouiller un grand sac en cuir noir que Trudy reconnut immédiatement comme appartenant à Mme Christine Dunbar.

— Grace ! souffla-t-elle.

Son amie poussa un petit cri, porta une main à sa poitrine et fit volte-face. En voyant que ce n'était que Trudy, elle s'avachit sur sa chaise.

— Oh ! tu m'as fait tellement peur. J'ai cru que c'était…

Elle s'interrompit d'un air coupable.

— La femme de ton employeur ? compléta Trudy en entrant et en fermant la porte derrière elle. Qu'est-ce que tu fabriques, à fouiller ses affaires ?

Grace pâlit.

— Elle est aux toilettes.

— Je me fiche d'où elle est, rétorqua Trudy. Pourquoi est-ce que tu fouilles son sac ? Et ne me mens pas, ajouta-t-elle en criant presque.

Elle commençait à se sentir blessée et trahie, comprenant brusquement que son amie s'était fichue d'elle. Une partie d'elle-même aurait voulu croire que Grace était tellement convaincue que Christine Dunbar était coupable qu'elle avait cherché des preuves dans son sac, mais le bon sens et son instinct lui soufflaient qu'il ne s'agissait pas de cela.

En voyant les soupçons de son amie, Grace craqua soudain. Des mois d'insomnie et de stress la rattrapèrent et elle sentit toute son énergie s'évaporer. Elle se laissa aller contre le bureau, comme une marionnette dont on aurait coupé les fils, et se mit à pleurer. Et elle ne se contenta pas de quelques larmes délicates ; elle fut secouée par d'interminables sanglots désespérés à vous briser le cœur, venus de ses tripes.

Trudy se précipita auprès d'elle. Consciente que Mme Dunbar pouvait revenir chercher son sac à main d'un instant à l'autre, elle entraîna son amie bouleversée dans le couloir désert puis dans ce qui ressemblait à un cagibi où étaient stockés des décors et des accessoires de productions précédentes. Elle conduisit doucement Grace vers une banquette qui avait dû être utilisée pour une bluette du XVIIe siècle et la fit s'asseoir avant de fouiller dans les poches de son peignoir, où elle trouva heureusement des mouchoirs.

Enfin, Grace, l'air épuisée et vaincue, arrêta de pleurer. Elle était pâle, les yeux et le nez rougis par les larmes, et le visage curieusement éteint, comme si elle était incapable de penser à quoi que ce soit. Trudy n'était pas psychiatre, mais elle devina facilement que son amie refoulait ses émotions depuis beaucoup trop longtemps et que tout était sorti d'un coup, la laissant vidée.

Quand Trudy se dit que son amie arriverait peut-être à parler, elle s'agenouilla en face d'elle, prit sa main froide et molle et lui demanda :

— Qu'est-ce qui se passe, Gracie ? Quel est le problème entre toi et Mme Dunbar, en réalité ? Tu penses vraiment qu'elle a tué Abigail et Vicky ?

Son amie secoua la tête d'un air apathique. Elle finit par admettre d'une voix engourdie :

— Je n'en sais rien. Peut-être. Mais probablement pas.

— Alors pourquoi m'as-tu dit le contraire ? reprit gentiment Trudy. Pourquoi es-tu venue me chercher ? Qu'espérais-tu obtenir en me mêlant à tout ça ?

Grace poussa un profond soupir.

— J'espérais que tu trouverais quelque chose de

compromettant sur elle. Ou que tu lui ferais peur. Que ce serait elle qui s'inquiéterait, pour une fois.

Trudy fronça les sourcils.

— Grace, je ne comprends pas. Pourquoi voudrais-tu une chose pareille ?

— Pour qu'elle me fiche la paix, répondit Grace, trop épuisée pour avoir l'air rancunière ou effrayée, sans parler de furieuse.

— Je ne comprends toujours pas, Gracie. Raconte-moi tout, depuis le début. Ce sera plus facile quand tu te seras confiée, promis. En tout cas, je ferai de mon mieux pour t'aider. Tu as fait une bêtise, n'est-ce pas ? suggéra-t-elle.

Grace acquiesça sans un mot.

— Et Mme Dunbar est au courant ?

Grace hocha de nouveau la tête.

— Très bien. Qu'est-ce que c'était ? Qu'est-ce que tu as fait ?

— J'ai em… em… emprunté de l'argent dans la caisse des dépenses courantes, avoua Grace en se remettant à pleurer. Oh ! Trudy, ne me regarde pas comme ça. J'étais obligée de le faire ! Pour maman ! Je ne suis pas une voleuse. Je comptais tout rembourser. Je te le jure.

— D'accord, d'accord, Gracie, répondit Trudy d'un ton apaisant. Mais pourquoi avais-tu autant besoin d'argent ?

— C'est pour le nouveau traitement de maman. Tout le monde pense qu'il est fourni gratuitement par l'hôpital, mais non. J'ai dû l'acheter dans une clinique privée, et mon salaire ne suffisait pas à couvrir les frais. Je comptais rendre l'argent plus tard, une fois que maman… quand je pourrai de nouveau économiser une partie de mon salaire… Mais Mme Dunbar s'est doutée de quelque chose et a vérifié les comptes.

— Oh ! Gracie.

Trudy ne pouvait pas en vouloir à son amie. N'aurait-elle pas fait pareil si sa propre mère avait été gravement malade ?

— Pourquoi ne t'a-t-elle pas dénoncée à la police ? demanda Trudy, étonnée.

— Oh ! c'est probablement ce qu'elle aurait fait, répondit Grace d'une voix éteinte. Sauf qu'elle a eu une meilleure idée.

— Quelle idée ? releva Trudy.

Mais elle se doutait déjà de la réponse.

— Elle voulait que j'espionne son mari, confirma Grace.

— Et M. Dunbar avait-il une liaison avec une des candidates ? Abigail ou Vicky ?

Grace secouait déjà la tête.

— Non, je ne crois pas. C'est un coureur de jupons, mais je pense qu'il est trop intelligent pour faire quelque chose d'aussi évident.

Trudy acquiesça.

— Je pensais qu'une fois qu'elle serait convaincue que son mari ne la trompait pas, je ne lui servirais plus à rien, et qu'elle me dénoncerait à la police. Et puis, quand Abby est morte et qu'il a commencé à se passer de drôles de choses au théâtre, j'ai entrevu une issue possible. J'ai pensé que si je pouvais convaincre la police de la soupçonner d'un crime, elle verrait peut-être les choses sous un autre angle.

Trudy eut un sourire en coin.

— En d'autres termes, tu t'es dit qu'elle aurait trop de soucis pour s'occuper de ton cas ?

— Exactement. Après tout, quand on sait qu'on est peut-être suspecté de meurtre, on ne veut pas attirer l'attention, si ? Pas même en accusant quelqu'un d'autre.

— Ce qui l'aurait en plus obligée à admettre qu'elle t'avait fait du chantage, ajouta Trudy d'un ton cynique.

Le visage de Grace s'éclaira.

— Oui, et c'est un crime, hein ? demanda-t-elle.

— En effet, répondit Trudy en se levant. Si j'étais toi, Grace, je le ferais remarquer à Mme Dunbar et je conclurais un accord avec elle. Dis-lui que si elle ne te laisse pas tranquille, tu l'accuseras de chantage. Elle devinera peut-être que tu bluffes, mais elle aura autant à perdre que toi. D'après mon expérience, les gens de cette classe sociale feraient n'importe quoi pour éviter un scandale, sans parler de la prison ! Si vous pouviez éviter de parler de votre… arrangement à la police, ça vaudrait mieux pour vous deux.

Trudy imagina l'expression du capitaine Jennings s'il l'entendait. Elle était censée arrêter les voleurs et les maîtres-chanteurs – pas leur conseiller de s'arranger entre eux !

Mais elle ne pouvait pas arrêter Grace, qui n'avait fait que tenter de prolonger la vie de sa mère. Elle avait beau être policière, elle devait avant tout se montrer humaine, non ? Ou essayait-elle simplement de se justifier ?

Trudy sentait qu'elle s'aventurait en terrain glissant.

Mais que pouvait-elle faire d'autre ?

26

En sortant par la porte latérale qui donnait sur la ruelle près de Walton Street, Trudy ne fut pas très étonnée de voir l'« Auntie Rover » du coroner qui l'attendait, garée le long du trottoir.

Après avoir jeté un rapide coup d'œil aux environs pour s'assurer qu'aucune connaissance ne la voyait, elle se glissa sur le siège passager. Clement embraya tout en souplesse et s'éloigna.

— J'ai une foule de choses à vous raconter, commenta Trudy, tout excitée.

Elle entreprit de tout lui raconter, de la situation de Grace à ses propres théories. Le temps qu'elle finisse, ils arrivaient dans sa rue. Le coroner se gara près de sa porte et éteignit le moteur.

— Vous savez, je crois que je déteste les concours de beauté, finalement, déclara Trudy.

— Ah bon, pourquoi ? demanda Clement, curieux.

Trudy, qui n'avait pas envie d'avouer qu'elle s'était sentie humiliée de parader en maillot de bain devant Rodney, se contenta de hausser les épaules.

— Ça paraît tellement idiot. Je veux dire, qu'est-ce que vous ressentiriez, vous les hommes, si les femmes vous demandaient de parader en caleçon pour juger votre physique ?

Clement Ryder éclata de rire.

— Si je paradais en caleçon, on m'arrêterait pour

outrage à la décence. Personne ne voudrait voir mes genoux noueux !

Trudy gloussa.

— Ce n'est pas la question !

Mais elle riait trop pour rester fâchée. Enfin, sa gaieté l'abandonna, la laissant un peu vidée.

— Donc, reprit Clement en cherchant une position plus confortable, qu'avons-nous appris ? Grace pique dans la caisse, Mme Dunbar lui fait du chantage, M. Dunbar n'a probablement pas eu de liaison avec nos deux mortes, et le farceur ne comptait tuer personne avec les chocolats. Si nous additionnons tout cela, quel est le résultat ?

Trudy soupira.

— Vous n'avez pas dit ce que vous pensiez de mon idée que l'assassin utilise le concours de beauté pour nous envoyer sur une mauvaise piste, fit-elle remarquer, un peu vexée.

— Oh ! c'est malin – d'ailleurs, j'y ai pensé aussi, avoua-t-il, lui remontant le moral. Le problème de ce dossier a toujours été qu'il regorge d'incertitudes. Abigail s'est-elle empoisonnée par erreur, ou s'agit-il d'un meurtre ? La mort de Vicky est-elle accidentelle et, dans ce cas, ne s'agit-il alors que d'une coïncidence troublante ? S'il y a bien eu meurtre, le mauvais plaisantin du théâtre est-il l'assassin, ou n'y a-t-il aucun lien entre les deux individus ? Je crois qu'il est grand temps que nous tranchions toutes ces questions, en nous appuyant sur ce que nous avons appris, le bon sens et notre instinct.

— Très bien, répondit Trudy, toujours contente de prendre des initiatives. Premièrement, je suis certaine qu'il s'agit de meurtres – dans les deux cas.

— Je suis d'accord.

— Deuxièmement, je pense que le farceur et l'assassin sont une seule et même personne.

— Moi aussi.

— Troisièmement, je continue à croire que nous n'avons

même pas commencé à entrevoir le véritable mobile. Si nous partons du principe que le farceur est l'assassin, à votre avis, pourquoi il ou elle joue ces mauvais tours ? demanda Trudy.

Clement contempla la rue plongée dans l'obscurité d'un air pensif.

— Eh bien, à première vue, soit l'assassin est un déséquilibré qui aime faire souffrir les gens, auquel cas il s'agit d'un fou, soit, comme vous l'avez suggéré, il s'en prend au concours pour dissimuler son véritable mobile – ce qui n'a rien d'insensé.

— À votre avis, laquelle de ces hypothèses est la bonne ?

Clement eut un sourire un peu mélancolique.

— Je suis loin d'être un spécialiste en matière de psychologie, Trudy, lui fit-il aimablement remarquer. Quand j'étais chirurgien, mon univers, c'était la chair et le sang. Les maladies mentales, je les ai toujours laissées à mes collègues psychiatres.

— Mais vous avez dû rencontrer votre lot de tordus depuis que vous êtes coroner, insista Trudy. Et puis, vous n'êtes pas né de la dernière pluie, et vous avez travaillé avec tout un tas de personnes durant votre carrière. Maintenant que vous connaissez les gens du théâtre, que vous souffle votre instinct ?

— Vous me demandez de deviner l'identité du coupable ?

— J'imagine, oui, admit Trudy. Oh ! je sais que vous préférez la science, les faits et tout ça. Mais ce n'est pas comme ça que nous résoudrons cette affaire, si ? Nous n'avons aucun indice à analyser scientifiquement. Donc pour avancer, nous devons nous mettre dans la tête de l'assassin.

Clement soupira.

— D'accord, hasardons des suppositions. Je ne pense pas avoir rencontré un vrai fou au cours de cette enquête.

— Alors l'assassin fait juste semblant d'être déséquilibré ? Les lettres de menace, le papillon mort, les chocolats trafiqués… c'est un écran de fumée pour nous faire croire que nous avons affaire à un certain type de suspect ? Et ce n'est pas l'œuvre d'un esprit malade ? Oh ! je sais que pour commettre un meurtre, il faut être un peu fou, mais… vous voyez ce que je veux dire ! En réalité, le coupable est quelqu'un de mauvais, mais il est aussi sain d'esprit que vous et moi. Oui, je crois aussi que c'est de ça qu'il s'agit. Alors, si nous écartons l'hypothèse d'un tordu avec une dent contre les jolies filles, qu'est-ce qu'il reste ?

— Un assassin classique, répondit obligeamment Clement.

— D'accord. Et pourquoi tue-t-on ?

— Les mobiles habituels sont l'amour, l'argent, la vengeance et l'autodéfense.

— Très bien. Bon, nous pouvons exclure l'autodéfense, n'est-ce pas ? Et aucune de ces filles n'est issue d'une famille vraiment riche. Oh ! elles vivaient dans un beau quartier, mais… Je ne vois pas comment ça pourrait être une histoire d'argent. Ce qui nous laisse l'amour et la vengeance.

— Et l'amour serait l'hypothèse la plus évidente ? suggéra Clement. Après tout, il s'agit de belles jeunes femmes. Je sais d'expérience, et parce que je me souviens de ma propre jeunesse turbulente, qu'elles sont capables de semer le chaos ! Qui plus est, nous savons que bon nombre de ces filles ont flirté avec les juges. Il est possible qu'elles aient brisé quelques cœurs ou que certains se soient sentis trahis. Surtout que, d'après ce que j'ai vu, plusieurs candidates sont décidées à se trouver un riche mari.

— Comme Rupert Cowper, vous voulez dire ? lança Trudy avec un grand sourire. Oui, je sais que Sylvia tient beaucoup à l'attirer dans ses filets. C'est vrai qu'il est plutôt beau garçon.

— Mais réticent à se laisser séduire, ajouta Clement, pensif.

Il lui résuma brièvement ses discussions avec le fleuriste. Trudy garda le silence quelques instants.

— Alors… quoi ? Vous pensez qu'il a peur des femmes ? demanda-t-elle prudemment.

— Je n'irais pas jusque-là. Mais je sens effectivement qu'il est ambivalent. Je crois qu'il aurait mieux valu qu'il ne soit pas aussi séduisant pour l'autre sexe. Qui sait, peut-être qu'il a été élevé par une mère pour qui c'était déjà un sujet sensible et que cela l'a affecté. Mais je ne veux pas m'aventurer plus loin dans les suppositions, conclut Clement.

— Donc il pourrait avoir une sorte de complexe ? Est-ce qu'il aurait pu perdre les pédales et tuer Abby et Vicky parce qu'elles lui couraient après ? demanda impatiemment Trudy.

Parfois, l'approche prudente et réfléchie du vieux vautour l'irritait considérablement.

— Mais est-ce qu'elles lui couraient bien après ? contra Clement.

Trudy y réfléchit avant de soupirer et de secouer la tête.

— Non, je ne crois pas. J'ai entendu dire qu'elles étaient parfois un peu effrontées, mais je pense que c'est surtout Sylvia qui cherche à le séduire. Elle est possessive et a pu décourager les autres filles de l'approcher.

— Et il est probable qu'elle lui mette le grappin dessus et le rende très heureux malgré lui, commenta Clement, pince-sans-rire. Et puis, je croyais que nous avions décidé de partir du principe – du moins, pour l'instant – que le meurtrier n'avait pas de trouble psychologique ? Ce qui exclut Cowper.

— Vous avez raison, admit Trudy. Je crois que c'est une question de mobile. Et franchement, étant donné tout ce que nous avons appris sur ces filles, qui pouvait bien avoir une raison valable de souhaiter leur mort ? demanda-t-elle sans dissimuler sa frustration.

— La préférée de Grace, Mme Dunbar ? Une femme jalouse, prête à tout pour garder son mari, aurait pu en arriver à tuer ses rivales plus jeunes et plus jolies. Ce ne serait pas nouveau.

— Mais elle a obligé Grace à l'espionner depuis le début, et Grace lui a rapporté que M. Dunbar ne la trompait pas. En tout cas, pas avec les candidates du concours. Et puis, j'ai l'impression que Mme Dunbar est du genre à accepter d'avoir un mari volage plutôt que de risquer le scandale et l'humiliation. Prendrait-elle le risque de commettre un meurtre ?

— Très bien – pour l'instant, rayons les Dunbar de la liste, acquiesça Clement. Qui d'autre pouvons-nous écarter ?

— Je ne vois pas quel mobile M. Quayle-Jones pourrait avoir, répondit Trudy après un instant de réflexion. Si Miss Miel part en fumée, son cher théâtre sera traîné dans la boue par association.

— Parfait. Laissons de côté le gérant du théâtre. Et Rupert ? Sommes-nous sûrs qu'il n'est pas un suspect ?

— S'il n'est pas fou ni obsédé par l'idée de prendre sa vengeance sur les femmes, il n'a pas non plus de mobile, lui fit remarquer Trudy.

— Nous allons bientôt manquer de suspects, commenta Clement avec humour. J'imagine que vous n'incluez pas Grace sur votre liste ?

Trudy lui jeta un regard consterné.

— Quel mobile pourrait-elle bien avoir ? rétorqua-t-elle, sur la défensive.

Trudy, qui pressentait que le coroner s'était moins laissé berner par Grace qu'elle, avait toujours un peu honte de la naïveté dont elle avait fait preuve. Elle ne voulait surtout pas qu'il découvre les conseils peu orthodoxes qu'elle venait de donner à son amie. Le vieux vautour la taquinerait impitoyablement jusqu'à la fin des temps.

— Et la vieille dame, Patricia Merriweather ? suggéra-t-elle.

Clement haussa les épaules.

— Pourquoi elle ? C'est une vieille dame riche issue d'une des grandes familles d'Oxford, qui a intégré le conseil d'administration du théâtre pour empêcher sa fermeture. Je ne vois pas ce qu'elle aurait à gagner. À moins que vous pensiez qu'elle en veut aux filles parce qu'elles sont jeunes et jolies, tandis qu'elle est vieille et quelconque ? Dans ce cas, nous en revenons à l'idée d'un problème psychiatrique.

Trudy poussa un profond soupir.

— Nous tournons en rond, n'est-ce pas ?

Clement haussa les épaules. Contrairement à sa jeune amie, il avait appris l'importance de la patience.

— Nous avons convenu que notre assassin est sain d'esprit et très intelligent, n'est-ce pas ? Jusque-là, il ou elle a réussi à tuer deux filles sans que nous soyons même certains qu'il s'agit de meurtres. Et pour l'instant, j'imagine qu'aucune preuve tangible d'un acte criminel n'a été retrouvée sur les scènes des crimes ?

— Non, confirma Trudy.

Elle lui résuma ce que le sergent O'Grady lui avait rapporté à propos des conclusions des experts concernant la chaudière dans la chambre de Vicky.

— Ils n'ont trouvé d'empreintes digitales inconnues sur aucune des deux scènes de crime, pas plus qu'un signe d'entrée par effraction ni quoi que ce soit de suspect. Mais ils pensent que la porte-fenêtre de la chambre de Vicky n'était probablement pas fermée à clé. Après tout, qui verrouille sa porte ?

Clement acquiesça. Il était peut-être cynique, mais il imaginait facilement qu'à l'avenir, tout le monde s'y mettrait. Il espérait simplement que ça n'arriverait pas de son vivant.

— Vous savez, il faut vraiment que nous retournions parler à la mère de Vicky, maintenant qu'elle a eu le temps de se remettre un peu du choc, poursuivit Trudy. Et que nous voyions la pièce où le meurtre a eu lieu, puisque les gens du laboratoire ont fini de l'examiner. Je peux y aller en uniforme, histoire que ce soit officiel.

— C'est une excellente idée, répondit Clement. D'autant que pour l'instant, nous n'avançons pas.

Trudy en convint sombrement, lui souhaita une bonne nuit et sortit de la voiture.

27

Le lendemain matin, l'aube était claire et lumineuse, annonçant une de ces belles journées d'automne, un peu fraîches, où le ciel est d'un bleu éclatant et où le soleil baigne le monde d'un jaune tendre mais aussi puissant qu'un projecteur.

Après avoir fait son rapport au capitaine Jennings, Trudy se rendit à vélo à Floyds Row, où elle attendit une demi-heure que le coroner termine de la paperasse avant de monter dans sa voiture pour une excursion à Parklands.

Ce n'est qu'en arrivant sur la longue avenue jonchée de feuilles mortes que Clement, qui avait gardé le silence durant le trajet, parut ragaillardi.

— Vous savez, c'est un quartier très agréable, lui dit-il. J'ai envisagé d'acheter une maison ici quand je suis revenu vivre en ville, avant de décider que je voulais être plus près du centre.

— Summertown était trop en banlieue pour vous ? le taquina Trudy.

Mais en observant l'avenue, avec ses rangées de tilleuls qui perdaient leurs feuilles, elle comprit ce qu'il voulait dire. Un grand espace vert, l'ancien terrain communal du village, s'étendait à droite, tandis qu'un mélange de bâtiments georgiens, victoriens et édouardiens à l'élégance distinguée s'élevait à gauche. De vastes jardins bien entretenus menaient à des demeures majoritairement construites en pierres des Cotswolds, avec de grandes fenêtres à guillotine. C'était un quartier respectable, aisé sans être tapageur.

Un homme qui se dirigeait vers le parc les salua d'un signe de tête en passant devant leur voiture, tandis que son Yorkshire terrier leur aboyait dessus avec la férocité propre aux petits chiens.

— Donc c'est là qu'habitait Vicky, commenta Trudy en vérifiant dans son carnet qu'ils avaient la bonne adresse.

La maison faisait partie des plus récentes. Un peu à l'écart de ses voisines, elle était entourée d'un jardin envahi par les arbustes.

— Abigail ne vivait pas loin, précisa-t-elle. Quand on continue un peu sur l'avenue, il suffit de tourner à droite puis à gauche et on arrive chez elle. Bien sûr, elles vivaient forcément à côté pour fréquenter la même école. St Bart, je crois.

— Et si je ne me trompe pas, c'est le vieux manoir Merriweather, remarqua Clement.

Il désigna, de l'autre côté du parc, une grande demeure georgienne, carrée et imposante, qui étincelait comme de l'or vieilli sous le soleil d'automne.

— Je suppose que dans le temps, la famille possédait les terres et les maisons à des kilomètres alentour, ajouta-t-il.

Trudy hocha la tête, pensive.

— J'imagine qu'ils avaient même un titre de noblesse quelconque, et que cela faisait d'eux de vrais lords, présuma-t-elle.

Clement soupira.

— Bon, Mme Munnings nous attend. Je l'ai appelée pour m'assurer qu'elle serait chez elle.

Trudy acquiesça et sortit de la voiture. Parler aux familles endeuillées était l'un des pires aspects de son travail.

*

Rosemary Munnings était pâle mais stoïque tandis qu'elle leur servait le thé dans un salon qui donnait sur le petit jardin de devant et le parc au-delà. Elle avait ouvert à Trudy et à Clement sans poser de questions quand ils s'étaient présentés à la porte, sans paraître remarquer que le Dr Ryder ne jouait aucun rôle clair dans l'enquête.

— Tout le monde a été si gentil, disait la dame, l'air vulnérable, sans toucher à sa propre tasse fumante. Ma voisine a été un ange et le Dr Ranking est venu me voir tous les jours.

Son air rêveur et sa voix atone poussèrent Clement à se demander si elle était sous traitement. L'impression de déjà-vu était douloureuse : la mère d'Abigail Trent avait exactement la même allure. De quel droit quelqu'un infligeait-il autant de souffrance ?

Furieux, il se perdit dans la contemplation de la pièce pendant que Trudy commençait l'interrogatoire avec douceur.

— Je connaissais un peu Vicky, déclara-t-elle, arrachant un sourire à Mme Munnings.

— Oh ! vraiment ? Ma Vicky avait beaucoup d'amies, répondit-elle fièrement. Elle était très populaire à l'école.

— Ça ne m'étonne pas. Abigail Trent était sa meilleure amie, n'est-ce pas ?

Trudy fut surprise de voir une expression hésitante et chagrine assombrir le visage de son interlocutrice.

Le coroner avait dû la remarquer aussi, car il arrêta d'examiner la pièce pour fixer la femme.

— Vous n'aimiez pas Abigail ? demanda Trudy d'un ton aussi nonchalant que possible.

Rosemary Munnings soupira.

— J'aurais préféré que Victoria ne soit pas aussi proche d'elle, avoua-t-elle d'une voix éteinte. Comme vous le savez, sa famille venait de… Cowley, je crois.

Oh ! je ne suis pas snob ! Simplement, je n'ai jamais eu l'impression que les Trent s'étaient bien intégrés au quartier, et ça peut causer beaucoup de problèmes, n'est-ce pas ? Je sais qu'Abigail, en particulier, y était sensible. Comme tous les enfants, j'imagine.

— Ah bon ? Était-elle ostracisée ? demanda Trudy. Les enfants peuvent être très cruels.

À sa grande surprise, Mme Munnings rougit, l'air furieux.

— Que voulez-vous dire ? À qui avez-vous parlé ?

Elle regarda par la fenêtre, soudain mélancolique.

— Je voulais juste dire que changer d'école et être la nouvelle peut être intimidant, madame Munnings, c'est tout, répondit Trudy, un peu perplexe.

De toute évidence, elle avait touché un point sensible sans s'en rendre compte, mais elle ne savait pas de quoi il s'agissait exactement.

— J'ai l'impression que votre fille s'est montrée très gentille en se liant d'amitié avec la petite nouvelle et en l'aidant à s'intégrer.

— Oh. Oh oui, vous avez raison, confirma Mme Munnings en se détendant. C'était tout à fait Vicky. Elle avait un bon fond – ne laissez personne vous dire le contraire, ajouta-t-elle d'un ton féroce.

Mais on aurait dit que les émotions fortes l'épuisaient rapidement : elle s'affaissa, l'air infiniment lasse.

— Bien sûr, Abigail lui en était très reconnaissante. J'imagine que c'est pour ça qu'elles sont devenues si proches. Je regrette juste que… Enfin, elles ont toutes les deux disparu, alors quelle importance à présent ?

Trudy acquiesça mais échangea un regard avec Clement. D'après ce qu'ils avaient appris sur les deux filles, il semblait clair qu'Abigail avait été la meneuse et que Vicky ne faisait que suivre ses ordres. La mère de la jeune fille l'ignorait-elle vraiment ?

— J'ai eu l'impression que Vicky ne s'était inscrite

au concours de beauté que parce qu'Abby le lui avait demandé, commença-t-elle prudemment.

Encore une fois, elle semblait avoir dit ce qu'il ne fallait pas.

— Oh ! ce concours ridicule ! J'ai supplié Vicky de ne pas s'inscrire. C'est tellement vulgaire ! C'était bien le genre d'Abigail de vouloir y participer. Et comme d'habitude, elle a demandé à Victoria de l'accompagner. Il faut dire qu'elle entraînait toujours Vicky dans ses bêtises...

Elle s'interrompit brusquement et une fois de plus, son regard dériva vers la fenêtre.

Clement, qui se demandait ce qui attirait son attention, se leva et alla à la fenêtre en faisant semblant d'admirer un grand saintpaulia qui poussait sur le rebord. Il essaya de comprendre ce que Mme Munnings trouvait si fascinant, mais ne vit que le parc, où l'homme qu'ils avaient croisé promenait son Yorkshire terrier. Et derrière, le vieux manoir des Merriweather.

Pensif, il retourna s'asseoir.

Trudy resta concentrée sur la mère de Vicky.

— Tous les enfants sont comme ça, madame Munnings, répondit-elle avec un sourire. Quand j'étais à l'école, j'ai dû me retrouver entraînée dans des bêtises une ou deux fois aussi.

Rosemary se força à sourire.

— J'ai du mal à y croire. C'est tellement inhabituel qu'une jeune fille entre dans la police. Vos parents doivent être très fiers de vous.

Mais Rosemary n'avait pas l'air très convaincue de ce qu'elle disait. Trudy imaginait bien comment cette femme aurait réagi si sa fille avait déclaré vouloir faire carrière dans la police !

— Si j'ai bien compris, Vicky avait son propre appartement ? reprit Trudy pour changer de sujet. Est-ce que cela vous dérangerait de nous le montrer ?

— Oh non, bien sûr. Suivez-moi.

Elle se leva et les conduisit dans la cuisine, qui comprenait un coin buanderie avec une porte devant laquelle elle s'arrêta.

— Si ça ne vous fait rien, je préfère ne pas entrer.

— Aucun problème, madame Munnings, s'empressa de la rassurer Trudy.

Elle poussa la porte et pénétra avec Clement dans l'« appartement » qui faisait la fierté de Vicky.

En fait, il se résumait à une grande pièce servant de chambre et de salon, avec une salle de bains attenante. La pièce donnait sur le jardin qui longeait la maison, et de gros buissons coupaient la lumière naturelle qui pénétrait par la double porte vitrée et l'unique fenêtre, créant une atmosphère un peu sinistre.

Malgré tout, ç'avait été son espace à elle, et Trudy comprenait qu'elle l'ait chéri. Bien sûr, la chaudière défectueuse avait été emportée pour être examinée, et de la poudre à empreintes digitales couvrait toutes les surfaces. De toute évidence, la mère n'avait pas pu se résoudre à nettoyer la pièce. Une bouteille de parfum à moitié pleine trônait sur la petite commode et une paire de bas attendait sur le dossier d'une chaise, comme si sa propriétaire allait revenir d'un instant à l'autre.

Trudy sentit des larmes lui monter aux yeux, mais s'empressa de les refouler.

— Quand elle est allée se coucher ce soir-là, elle ne se doutait pas qu'elle ne se réveillerait jamais, commenta-t-elle tristement.

Clement ne répondit pas. Il se dirigea vers la porte-fenêtre, l'ouvrit et sortit jeter un coup d'œil aux alentours. C'était bien ce qu'il pensait : n'importe qui aurait pu traverser le jardin sans être vu, surtout à partir de 19 heures, quand la nuit tombait.

— Je ne pense pas que nous trouverons quoi que ce soit d'utile ici, dit-il à voix basse.

Mme Munnings les attendait dans la cuisine, apathique.

Quand ils réapparurent, elle les regarda avec indifférence et les ramena dans le salon, où leurs tasses de thé refroidissaient.

Puis ce fut au tour de Clement de prendre la parole.

— J'ai cru comprendre que vous vivez ici depuis un bon moment, madame Munnings, commença-t-il aimablement.

— Oui. Mon mari était un vrai Oxonien de souche.

— Ah. Il devait connaître les Merriweather, alors. Vos voisins de l'autre côté du parc, précisa-t-il en désignant la fenêtre.

Rosemary se raidit de nouveau et fronça les sourcils.

— En effet, répondit-elle d'une voix toujours polie mais tendue. C'est une vieille famille merveilleuse.

— Mais ils ont eu des soucis, d'après ce que j'ai entendu, reprit Clement. Si je me souviens bien, l'une d'entre eux, la petite-fille de la vieille dame, a eu de graves problèmes de santé.

Trudy acquiesça, se rappelant sa conversation avec Grace.

— Oui, Millie. La fille de son fils Christopher, expliqua Rosemary.

Pour la première fois, elle semblait un peu apeurée.

Trudy jeta au coroner un regard surpris.

— C'est toujours angoissant quand un enfant tombe malade, commenta prudemment Clement. Quel âge a la petite fille ?

— Oh ! ce n'est pas exactement une petite fille. Elle a l'âge de Vicky.

— Ah. Donc c'était une camarade de classe de votre fille et d'Abigail ? À moins qu'elle ait pas habité le quartier à l'époque ? demanda Clement en prenant une gorgée de thé froid.

— Si. Elle vivait avec sa grand-mère – enfin, tous les Merriweather partageaient la vieille maison. Elle est immense, et…

Comme hors d'haleine, Rosemary s'interrompit.

— Sa pauvre grand-mère doit être inquiète pour elle, suggéra Clement. Est-elle très malade ?

— Elle est hospitalisée, je crois, répondit vaguement Rosemary. Dans une clinique quelque part vers… Je ne me souviens plus. Toute cette histoire… avec Vicky… Ma mémoire n'est plus… Je suis désolée.

— Non, c'est nous qui sommes désolés, s'excusa Clement. Nous n'allons pas vous déranger plus longtemps, ajouta-t-il en se levant. Merci de nous avoir parlé.

Un peu déconcertée que l'entretien prenne fin aussi brutalement, Trudy l'imita.

Une fois sortie, elle suivit le coroner vers sa voiture, mais au lieu de prendre le volant, celui-ci contempla la vieille demeure imposante de l'autre côté du parc.

— Que s'est-il passé ? demanda Trudy quand elle comprit qu'il n'allait pas briser le silence. J'ai rêvé ou elle cachait quelque chose ?

— Non, je ne crois pas que vous ayez rêvé, répondit lentement Clement. Venez, retournons à mon bureau. J'ai plusieurs collègues à appeler.

Une demi-heure plus tard, Clement raccrochait après avoir appelé le dernier de ses contacts, il s'appuya au dossier de sa chaise, pensif.

Trudy n'avait pu entendre qu'un côté de la conversation, mais elle avait suffisamment entrevu son raisonnement pour deviner ce qu'il allait dire.

— Millie Merriweather est hospitalisée en psychiatrie, n'est-ce pas ? demanda-t-elle.

— Oui. Dans une clinique privée à Littlemore, expliqua Clement. D'après mes sources, elle a toujours été très nerveuse, mais rien d'alarmant. Sa scolarité à l'école primaire locale s'est plutôt bien passée, même si elle avait la réputation d'être solitaire. Ses parents ont pensé que c'était parce qu'elle était dans la lune, et toujours plongée dans un livre. En fait, à onze ans, elle vivait probablement déjà dans son monde, une bulle imaginaire qu'elle s'était construite.

— C'est le cas de beaucoup d'enfants, fit remarquer Trudy.

— Oui, mais dans son cas, son monde imaginaire s'est mis à prendre de plus en plus de place. Malgré tout, pendant à peu près un an, les choses ont semblé plutôt bien se passer à St Bart – le collège local. Et puis brusquement, son état s'est dégradé. Elle a été retirée de l'école et on lui a donné des cours particuliers. Mais l'année dernière, il a fallu l'interner car elle représentait un danger pour elle-même. Elle se scarifiait et a fini par faire une tentative de suicide.

— La pauvre, commenta Trudy. Grace m'a raconté que Mme Merriweather et elle sont devenues amies quand la vieille dame a appris que la mère de Grace était très malade. Du coup, j'ai pensé que sa petite-fille aussi avait un problème physique. Peut-être un cancer, étant donné que c'est un sujet dont personne n'aime parler. Mais les maladies mentales sont aussi taboues…

Trudy jeta un regard pensif au coroner avant de reprendre :

— Croyez-vous qu'il s'agit d'un aliéné, finalement ? Pensez-vous que la vieille Mme Merriweather…

Elle s'interrompit, un sourcil levé.

— Quoi ? A aussi des problèmes psychiatriques ? rétorqua Clement. Ça m'étonnerait.

Mais quelque chose dans sa voix mit la puce à l'oreille de Trudy.

— Quoi ? demanda-t-elle.

— Avez-vous eu l'impression, en parlant d'Abby à divers témoins, que c'était la terreur de son école ? Moi oui, surtout quand nous avons interrogé son petit ami. Il a quasiment dit qu'elle pouvait être très cruelle avec les filles au physique ordinaire. Sur le moment, je me suis demandé si vous aviez remarqué.

— Oui, en effet, acquiesça Trudy. Un ou deux autres témoins l'ont aussi mentionné. Et Vicky a toujours été son bras droit. Pensez-vous à la même chose que moi ? Qu'elles ont pu harceler Millie Merriweather ?

— Eh bien, ce serait logique. En tant que nouvelle, issue qui plus est d'un milieu social un peu différent, Abigail a dû être peu sûre d'elle, et ressentir le besoin d'établir rapidement sa domination. Elle a commencé par recruter une acolyte docile en la personne de Vicky. Et quelle meilleure cible pour elles qu'une fille un peu bizarre et pas très jolie ? D'autant que la pauvre Millie était issue d'une grande famille locale. Rien n'aurait permis à Vicky d'asseoir son autorité aussi vite que de rassembler une bande pour s'en prendre à une drôle de fille.

Trudy cilla.

— Se faire harceler a dû empirer l'état mental déjà précaire de Millie… et si c'est la goutte d'eau qui a fait déborder le vase et conduit sa famille à devoir finalement l'interner en institution…

Trudy s'interrompit, l'air un peu choquée.

— Sommes-nous vraiment en train de dire que cette charmante vieille dame aurait délibérément entrepris de tuer les filles qui ont aggravé la maladie de sa petite-fille ?

Clement se frotta le visage.

— Pour commencer, il faut vérifier si nos hypothèses de départ sont justes. Nous allons devoir nous rendre au collège pour interroger les professeurs.

— Ce qui ne sera pas facile, prédit Trudy, un peu lasse. Personne là-bas ne voudra admettre qu'il s'est passé ce genre de choses – ils essayeront instinctivement de nier et de couvrir les coupables. Surtout si l'une des filles impliquées venait d'une grande et puissante famille.

— Hmm. Dans ce cas, pendant que je m'occuperai des professeurs, il faudra que vous trouviez les noms d'autres élèves qui ont fréquenté ce collège à la même époque et que vous leur parliez. Ils seront peut-être beaucoup plus disposés à nous dire la vérité sur ce qui s'est passé.

— D'accord, acquiesça Trudy en se levant d'un bond.

Voilà qui était beaucoup mieux. Ils tenaient peut-être enfin une piste !

28

Le grand jour arriva enfin. Ce samedi soir, après un mois de répétitions, le concours allait avoir lieu. Le théâtre commençait à se remplir de spectateurs, et Dennis Quayle-Jones était gagné par l'excitation grandissante qui accompagnait toujours une salle comble. Il n'avait jamais été aussi affable et professionnel, et il frétillait d'impatience.

Les représentations devant un public étaient sa raison de vivre, même s'il ne s'agissait que d'un modeste concours de beauté organisé par des amateurs. Au moins, il savait que son théâtre était à son avantage. Le décor qu'il avait généreusement prêté pour l'occasion était issu de plusieurs anciennes pièces – une toile de fond glamour de Venise pour le défilé en robe du soir, une plage pour la partie en maillot de bain. Les fleurs avaient été livrées et elles décoreraient la scène pendant les entretiens avec les candidates, tandis qu'un petit orchestre s'occuperait de la musique d'ambiance.

Bien sûr, la plupart des filles étaient terriblement nerveuses, ct Dennis les considérait avec une bienveillance teintée d'impatience. Après tout, ce n'était que des amatrices, et non de vraies professionnelles du théâtre.

Les Dunbar jouaient leur rôle d'hôtes et accueillaient en personne les membres du public qui faisaient partie de leur « cercle » et avaient été invités à assister au spectacle, tandis que le commun des mortels arrivait, billet en main, par l'entrée principale.

Mais rien de tout cela n'intéressait Trudy, qui avait remis son uniforme.

Durant la semaine précédente, le Dr Ryder et elle avaient méticuleusement rassemblé des preuves. Comme souvent dans la vie, une fois qu'on savait où chercher, on trouvait des indices un peu partout.

Pour commencer, ils avaient recueilli des témoignages écrits d'anciens élèves de St Bart, qui s'accordaient tous à dire qu'Abigail Trent et, dans une moindre mesure, Vicky Munnings avaient bel et bien harcelé régulièrement Millie Merriweather pendant ses deux dernières années d'école. Malheureusement, Millie avait un physique quelconque et elles s'étaient beaucoup moquées du « vilain petit canard », comme elles la surnommaient.

Trudy et Clement avaient aussi fait confirmer par diverses bibliothèques de la ville que Mme Patricia Merriweather avait emprunté plusieurs livres sur la flore vénéneuse native des îles Britanniques, ainsi que des ouvrages grâce auxquels elle aurait pu apprendre à distiller des poisons. Ces emprunts avaient tous été faits dans les trois semaines précédant la mort d'Abigail Trent par empoisonnement aux baies d'if. De plus, une semaine avant la mort de Vicky Munnings, elle avait emprunté plusieurs manuels techniques qui lui auraient fourni les informations nécessaires pour saboter la chaudière dans la chambre de la seconde victime.

Une promenade à pied entre le manoir Merriweather et la chambre de Vicky au rez-de-chaussée confirma que la vieille dame aurait facilement pu parcourir la courte distance de nuit sans être vue.

Mais rien de tout cela n'avait semblé impressionner son capitaine, songeait une Trudy morose en cet instant. Bien que le sergent O'Grady ait paru convaincu qu'ils tenaient une piste solide et un suspect sérieux, il avait dû leur faire remarquer à quel point les preuves dont ils disposaient étaient minces.

Le mobile tenait la route, mais comme O'Grady l'avait souligné, n'importe qui aurait pu profiter de l'obscurité et de la végétation dans le jardin des Munnings pour saboter la chaudière. Le fait que la vieille dame ait emprunté des livres expliquant comment créer le poison d'if qui avait tué Abigail ne prouvait pas qu'elle l'avait fait. Malgré sa frustration, Trudy comprenait ses arguments.

De plus, elle était bien consciente que si la vieille dame était interrogée, il lui suffirait de répondre qu'elle avait craint que son jardin ne contienne des plantes vénéneuses, et qu'elle avait envisagé d'acheter une chaudière et voulait apprendre à s'en servir. Qui l'accuserait de mentir ?

Après tout, il s'agissait de Mme Patricia Merriweather, matriarche d'une vieille famille très respectée. Elle avait de l'argent, des amis puissants et de l'influence. De plus, qui croirait qu'une vieille dame aussi gentille et affable serait capable de tuer de jolies jeunes filles ?

Même Trudy avait parfois du mal à y croire.

Elle attendait Clement dans un couloir des coulisses, l'estomac noué. Non seulement elle s'inquiétait pour ses amies, qui devraient se produire pour la première fois devant une salle bondée, mais elle était encore plus angoissée par la scène qui allait se jouer en privé.

Quand elle avait rapporté à Clement que son capitaine refusait de convoquer Patricia Merriweather pour un interrogatoire, sans parler de l'inculper officiellement de deux meurtres, il n'avait pas du tout été surpris. En fait, *a posteriori*, Trudy était certaine qu'il avait toujours su comment son supérieur réagirait.

Et même si elle admettait que le capitaine n'avait pas complètement tort, leur impuissance la frustrait considérablement. Il ne servait à rien d'avoir découvert le mobile et l'identité du meurtrier des deux jeunes filles si on ne pouvait pas l'incriminer.

C'est pourquoi elle espérait que le projet de Clement porterait ses fruits : il avait proposé d'aborder la vieille dame au théâtre. Mais elle n'était pas particulièrement optimiste.

— À quelle heure commence le spectacle ?

Trudy poussa un glapissement et sursauta. Elle était tellement perdue dans ses pensées qu'elle n'avait pas entendu le coroner s'approcher dans son dos. Elle se tourna vers lui, remarquant au passage que son élégant smoking lui allait à ravir.

— Désolée, je ne m'étais pas rendu compte que vous étiez arrivé, répondit-elle en regardant sa montre. Il reste une demi-heure avant la cérémonie d'ouverture et le défilé initial, en tenue « normale ». C'est censé être une présentation des filles au public. Chacune échangera quelques mots avec le présentateur.

— Et les juges ?

— Ils sont confortablement installés dans le foyer des artistes, pour autant que je sache.

Trudy le conduisit vers une petite pièce dans les coulisses où quelques rafraîchissements et amuse-gueules étaient servis, et où des fauteuils moelleux avaient été mis à la disposition de ceux qui auraient voulu se détendre.

— Vous voulez que j'aille voir si elle est là ? chuchota-t-elle à Clement devant la porte. C'est juste que là, je suis en uniforme, et ils risquent d'être un peu déconcertés – surtout s'ils me reconnaissent.

— Non, je vais aller la chercher. Y a-t-il un endroit où nous pourrons parler en privé ?

— Pas vraiment, répondit Trudy en soupirant et en regardant autour d'eux. Nous allons devoir le faire ici, et bientôt les filles sortiront de leurs cabines. Il va falloir se dépêcher.

— Je préférerais avoir plus de temps, mais…

— Vous pensez vraiment pouvoir la faire avouer ? demanda nerveusement Trudy.

La veille, quand ils avaient discuté de leurs options, ils avaient eu une idée qui, au premier abord, lui avait paru tirée par les cheveux, mais elle avait fini par admettre que c'était mieux que rien.

Clement haussa les épaules.

— Ça dépend de l'importance qu'a la réputation de sa famille pour elle. De la profondeur de son amour pour sa petite-fille. De sa vanité. De sa conscience morale – si elle en a une. Il y a trop de variables, il va falloir y aller à l'instinct. Elle risque de nous rire au nez.

— Et dans ce cas, elle s'en tire ? rétorqua Trudy, furieuse.

Clement la regarda, se sentant impuissant. Sa candeur lui brisait le cœur.

— Certains assassins s'en tirent, Trudy, déclara-t-il d'une voix plus sévère qu'il ne l'aurait voulu.

Il poursuivit d'un ton moins brusque :

— N'importe quel policier avec quelques années d'expérience vous le dira. Ce n'est pas comme dans les films ou les polars où tout est bien ficelé à la fin. La vraie vie est bien plus chaotique. Si vous leur posiez la question, je suis sûr que tous vos collègues pourraient vous raconter des histoires sur des gens qu'ils savaient coupables de toutes sortes de crimes, mais sans pouvoir le prouver. Cela fait partie des désagréments avec lesquels vous allez devoir composer si vous voulez faire carrière dans la police.

— Oui, je sais, répondit Trudy, tout en renâclant à écouter ses conseils. Mais… deux meurtres ? Deux jeunes filles, avec la vie devant elles…

Elle s'interrompit. Il valait mieux ne pas commencer à penser à la douleur des familles et à ce qu'elles traversaient. Sinon, elle risquait de se mettre à pleurer, et elle devait se concentrer sur la tâche qui les attendait.

— Bon, allons-y, marmonna-t-elle d'un ton fataliste.

Clement acquiesça, prit une grande inspiration et

poussa la porte. Trudy entendit les autres juges le saluer dans un murmure, puis elle dut attendre ce qui lui sembla être une éternité – mais ne dura probablement qu'une minute – avant que la porte se rouvre et que Clement, suivi de près par Patricia Merriweather, émerge.

La vieille dame était resplendissante dans une robe du soir en soie grise chatoyante. Une coiffeuse professionnelle avait relevé ses cheveux blancs en un élégant chignon, et de gros diamants scintillaient à ses oreilles et à son cou. Elle portait aussi de longs gants noirs qui lui couvraient les coudes, ainsi qu'un petit sac de soirée Chanel.

— Trudy ! Mais vous êtes en uniforme de police ! J'avais entendu que vous aviez abandonné la compétition, mais je ne savais pas que vous étiez gardien – ou plutôt gardienne – de la paix !

Trudy avait du mal à la regarder en face. D'un côté, elle était presque sûre que Patricia se moquait d'elle, qu'elle avait deviné l'identité de Trudy depuis longtemps et jouait avec elle, la narguant avec sa surprise feinte.

Et pourtant, paradoxalement, elle trouvait toujours presque impossible de croire que cette vieille dame amicale, un brin malicieuse et excentrique, était capable de tuer quelqu'un de sang-froid.

Et s'ils s'étaient fourvoyés ?

— Bonsoir, madame Merriweather, se força-t-elle à répondre d'un ton poli. Pourrions-nous vous parler brièvement avant le début du spectacle ?

— Bien sûr.

La vieille dame les examina d'un air spéculatif avant de s'éloigner un peu de la porte.

— Que puis-je faire pour vous ?

Trudy jeta un regard éperdu à Clement. Elle ne savait pas ce qu'il comptait dire, ni comment il allait si prendre, et elle avait l'impression démoralisante qu'il n'en menait pas plus large qu'elle. En tout cas, elle ne s'attendait pas à une attaque directe.

— Avez-vous tué Abigail Trent et Victoria Munnings ? demanda le coroner. Honnêtement, madame Merriweather, nous pensons que oui.

La vieille dame cilla et son visage perdit toute expression. Pendant une seconde, Trudy eut le vertige tellement cet instant lui semblait surréaliste. Se tenaient-ils vraiment dans un couloir obscur des coulisses de l'Old Swan Theatre, où leur parvenait la rumeur du public qui patientait, en train de demander à une vieille dame respectable si elle avait commis un double meurtre ?

— Je vois, finit par répondre Patricia, d'une voix presque amusée – mais pas tout à fait. Et pourquoi vous imaginez-vous que je ferais une chose pareille ?

Elle ne regardait que le coroner et semblait si concentrée sur lui que Trudy eut l'impression que la vielle dame l'avait complètement oubliée.

— Parce qu'elles ont cruellement harcelé votre petite-fille Millie à l'école. Tragiquement, c'est arrivé à un moment où elle était déjà psychologiquement fragile et vulnérable, n'est-ce pas ? ajouta-t-il, une note de compassion dans sa voix. Et cela a provoqué chez elle un épisode psychiatrique aigu.

— La santé de ma petite-fille ne vous regarde pas, rétorqua Patricia.

Elle se tenait très droite, le dos raide, sans plus aucune trace d'amusement. Même Trudy, qui n'en était pas la destinataire, se sentit glacée par la force de sa désapprobation.

— Vous avez raison, acquiesça Clement. Mais cela vous regarde, n'est-ce pas, Patricia ? Je dirais même qu'elle est toute votre vie, puisque vous l'avez quasiment élevée toute seule après que sa mère l'a abandonnée. Vous n'avez jamais été très proche de votre fils, mais diverses sources ont confirmé que Millie a toujours été la prunelle de vos yeux.

— Vraiment ? répondit Patricia en affectant un ton

léger. J'ai l'impression que vous avez fourré votre nez aquilin dans les affaires des autres.

— Ça a dû vous briser le cœur de ne pas pouvoir la protéger des coups durs, poursuivit Clement en ignorant l'insulte. Vous-même avez toujours été particulièrement forte, n'est-ce pas ? Une enfant terrible, dans votre jeunesse, je parie. Une femme à l'esprit libre, indépendante, si différente de Millie – et tellement plus résistante qu'elle. Vous avez dû terriblement vous inquiéter de la voir prendre de plus en plus de distance avec la vie et la réalité. Et ces deux filles l'ont tourmentée au pire moment. L'adolescence n'est jamais une période facile, même quand on est en bonne santé, n'est-ce pas ? Mais que ces deux harpies la harcèlent et lui gâchent la vie, ça a dû vous rendre folle.

Patricia Merriweather releva le menton d'un air hautain.

— Je n'étais pas au courant à l'époque, docteur Ryder, répondit-elle d'une voix vibrant de colère. Sinon, je peux vous assurer que j'aurais agi. Mais Millie ne m'en a jamais parlé. Elle a tout gardé pour elle. Ce n'est qu'un an plus tard… après sa première tentative de suicide… qu'elle m'a dit ce qu'elles lui avaient fait. Les insultes, le harcèlement moral, les coups, les croche-pieds pour qu'elle atterrisse dans des orties…

Elle haletait presque, mais soudain, elle se raidit de nouveau et se maîtrisa.

— Comme je vous l'ai dit, ça ne vous regarde pas.

— Mais la mort – l'assassinat – de deux filles me regarde, madame Merriweather, rétorqua impitoyablement Clement. Je suis le coroner de la ville, vous vous souvenez ? J'ai présidé l'enquête sur la mort d'Abigail Trent.

Patricia esquissa un pâle sourire.

— Et alors ? C'est censé m'inquiéter ? M'effrayer ? Mais pourquoi donc ? Si je me souviens bien, tout le monde pense que cette petite oie s'est suicidée ou s'est empoisonnée par accident.

— Nous savons que vous avez emprunté des livres sur les poisons à la bibliothèque, avança-t-il.

Mais comme Trudy l'avait craint, la vieille dame se contenta d'éclater de rire.

— Et alors ? Ce n'est pas franchement une preuve accablante, si ?

— Non, acquiesça Clement, à sa grande surprise.

Trudy se tendit encore davantage en comprenant que son ami allait jouer leur seule carte – leur dernière tentative pour rendre justice aux deux mortes.

— Mais nous continuerons à creuser, Patricia, poursuivit-il.

Une fois de plus, ils se défièrent du regard, et une fois de plus, le vieil homme stoïque ne baissa pas les yeux.

— Nous avons déjà présenté nos découvertes au supérieur de Trudy. Et maintenant que nous savons où chercher, ce n'est qu'une question de temps avant que nous trouvions des preuves irréfutables, bluffa-t-il admirablement. Peut-être que quelqu'un vous a vue cette nuit-là, quand vous avez traversé le parc et le jardin des Munnings pour transformer la chaudière en arme mortelle. Pouvez-vous être certaine que personne ne vous a vue ? Et le jour où vous avez cueilli les baies d'if ? Si quelqu'un vous avait vue et avait remarqué vos activités ? Et vos domestiques – à quel point sont-ils loyaux ? Vous avez dû concocter le poison quelque part, probablement dans votre propre cuisine. Pouvez-vous être certaine qu'aucun d'eux n'a remarqué quoi que ce soit ?

Patricia eut un petit rire hautain.

— Vous perdez votre temps. Nous savons tous les deux que vous ne trouverez rien.

— Et les mauvais tours que vous avez joués ici ? poursuivit Clement en indiquant le théâtre d'un geste. Vous avez tenté de brouiller les pistes en nous faisant croire qu'un plaisantin rôdait dans les parages. Pouvez-vous affirmer que personne ne vous a surprise durant l'une de vos manœuvres ? Êtes-vous certaine que ces chocolats ne permettront pas de remonter jusqu'à vous ? Peut-être que quelqu'un vous a vue glisser ce papillon mort dans la poche d'une des jeunes filles. Il n'a sans doute pas prêté attention à cet incident sur le moment, mais avec un peu de recul, peut-être qu'il comprendra son importance. Au fait, vous vous êtes trahie, sur ce coup-là, vous ne croyez pas ? Il n'y a que les gens de notre génération qui se souviennent des contes de bonnes femmes sur cet insecte – les jeunes d'aujourd'hui n'en ont jamais entendu parler.

— Bon courage pour convaincre un tribunal avec des bricoles aussi insignifiantes ! le railla-t-elle, toujours aussi dédaigneuse. N'importe quel avocat ne ferait qu'une bouchée de vous. N'oubliez pas que je peux me payer les ténors du barreau les plus réputés, si vous êtes assez arrogant et obstiné pour essayer de m'inculper. Oh ! je sais tout de vous, docteur Ryder, commenta Patricia d'un ton presque cordial. Vous n'êtes pas le seul à vous être renseigné discrètement. Vous avez la réputation de ne pas supporter les imbéciles. En fait, aussi étrange que cela puisse vous paraître, par bien des côtés, je vous admire. Je vous prie donc de me montrer la même courtoisie et de commencer à me traiter comme quelqu'un qui a un minimum d'intelligence et de cran !

— Oh ! mais c'est ce que je fais, madame Merriweather, croyez-moi, répondit Clement d'un ton si aimable que Trudy et la vieille dame furent déconcertées. Tout ce que vous dites est vrai. Il est presque certain que nous ne pourrions pas vous faire condamner pour les meurtres d'Abigail Trent et de Victoria Munnings par un tribunal, avec les preuves dont nous disposons pour le moment. Mais vous et moi avons suffisamment de bouteille pour savoir que ça n'a pas tellement d'importance, n'est-ce pas ? poursuivit Clement de sa voix amicale qui, étrangement, produisait un effet bien plus menaçant que s'il avait haussé le ton.

La vieille dame cilla, le visage vidé de toute expression. Mais Trudy était certaine d'avoir surpris un éclair de frayeur dans son regard, et elle pouvait presque entendre son cerveau tourner à plein régime, cherchant une réponse appropriée et tentant d'anticiper ce qui allait suivre.

Trudy, qui de son côté savait exactement à quoi s'attendre, était si tendue qu'elle sentit une migraine poindre.

Patricia recula d'un pas, comme si elle encaissait littéralement le coup.

— Vraiment ? rétorqua-t-elle.

— Mais non. Pas pour quelqu'un comme vous, madame Merriweather, reprit Clement. À votre avis, combien de temps faudrait-il pour que les rumeurs commencent à courir ? La police parlerait à vos voisins, interrogerait vos employés et questionnerait vos amis. Combien de jours faudrait-il aux usagers des bibliothèques pour en avoir vent et faire le rapprochement si l'on envoyait des policiers poser quelques questions supplémentaires ? Ce serait ensuite au tour des journalistes, constamment à l'affût d'un scandale, de flairer le gros coup. Les Merriweather – les doyens de Parklands – soupçonnés de meurtre ! Comme ce serait merveilleux, excitant ! Peu importe que votre culpabilité soit prouvée ou non, combien de temps faudrait-il pour que toute la ville sache de quoi vous êtes soupçonnée ?

Mais la vieille dame, quoique ébranlée, était coriace.

— Pff ! Qu'est-ce que j'en ai à faire, de ce que les gens pensent ou chuchotent dans mon dos ? demanda-t-elle en se redressant d'un air plein de défi.

— Votre famille ne serait peut-être pas aussi désinvolte, la rabroua Clement. Après tout, la plupart sont terriblement coincés, n'est-ce pas ? Ils n'ont jamais eu votre *joie de vivre*[1], si ? Je serais prêt à parier qu'aucun d'eux n'a jamais dansé le charleston dans sa jeunesse.

Mme Merriweather se contenta de hausser les épaules avec un dédain royal.

— Peu importe. Ce n'est pas comme s'ils pouvaient me nuire – c'est moi qui tiens les cordons de la bourse, vous vous souvenez ? Suffisamment, en tout cas, pour ne pas avoir à m'inquiéter de ce qu'ils ont à dire.

Clement acquiesça avant d'assener le coup de grâce :

— Et Millie ? Pour l'instant, elle est hospitalisée. Mais s'il existe un espoir qu'elle guérisse, sorte de la clinique et revienne vivre chez vous, pourrait-elle supporter les rumeurs et les insinuations ? Alors que tous ses voisins et amis seraient convaincus que sa grand-mère est un assassin ? D'ailleurs, est-ce que votre fils Christopher la laisserait revenir chez vous ? Il partira dès qu'il y aura du grabuge, n'est-ce pas ? Peut-être qu'il s'exilera à l'étranger pour de bon. Il pourrait même prendre des mesures pour vous empêcher de la revoir. Les médecins le soutiendraient forcément. Vous seriez sûrement considérée comme une mauvaise influence pour une jeune fille vulnérable.

Même si elle ne voyait que son profil, Trudy constata que la vieille dame était devenue pâle comme la mort. Elle ouvrit la bouche, mais aucun mot n'en sortit.

Soudain, cet instant tragique fut brutalement interrompu par une scène grotesque. Trois filles un peu nerveuses, dont deux étaient vêtues de magnifiques robes de jour et la troisième d'un ensemble coloré composé d'une jupe, d'un chemisier et d'une veste, apparurent au coude du couloir, bavardant gaiement, et les dépassèrent.

Au même moment, un appel retentit dans le couloir :

— Les juges sont attendus sur scène. Les juges sont attendus sur scène.

1. En français dans le texte. (NdT.)

Trudy s'écarta précipitamment tandis que la porte du foyer des artistes s'ouvrait et que les juges commençaient à sortir, Rupert Cowper en tête.

Soudain, le couloir fut plein de jeunes filles angoissées et volubiles, qui parurent étonnées de voir Trudy en uniforme de police, ainsi que d'hommes d'un certain âge presque aussi surexcités. Après un dernier coup d'œil méprisant à Clement, Patricia Merriweather se laissa entraîner par la foule.

Forcée de rester debout au fond du théâtre à observer le déroulement du concours, Trudy ne put s'empêcher de fixer l'arrière de la tête des juges. Clement étant à une extrémité de la longue table et Patricia Merriweather à l'autre, ils ne pouvaient pas discuter.

La jeune policière fut distraite à une ou deux reprises pendant les heures qui suivirent – la première fois par le numéro comique de Candace, qui lui valut un torrent d'applaudissements. Sans surprise, elle gagna le premier prix de cette épreuve, un tourne-disque flambant neuf (offert, bien entendu, par un juge propriétaire d'un magasin d'électronique) et des bons d'achat qui lui permettraient d'acquérir dix 45-tours au cours de l'année suivante. Le prix sembla lui faire plaisir, mais de toute évidence, elle savoura bien davantage les applaudissements chaleureux et enthousiastes.

Un peu plus tard, Trudy se surprit à écouter Betty Darville qui parlait au présentateur et était, de loin, la fille la plus intéressante et la plus charmante de la soirée. Elle aussi remporta le premier prix, et Trudy l'applaudit vigoureusement avec le reste du public.

À mesure que le concours avançait, elle arrêta peu à peu de fixer les têtes blanches de Patricia et de Clement et se concentra davantage sur la scène. Quand les candidates s'alignèrent pour l'annonce de la gagnante, elle était presque aussi angoissée que ses nouvelles amies.

La dernière partie du spectacle avait été le défilé en maillot de bain, et les filles attendaient nerveusement en une-pièce ou bikini alors que l'animateur faisait durer le suspense en rassemblant avec des gestes théâtraux les bulletins de vote des juges.

Christine Dunbar monta sur scène, armée d'un diadème ostentatoire et étincelant, posé sur un coussin en velours pourpre, qui attirait tous les regards. Les filles fixèrent le bijou, pleines d'espoir, devant le public spéculatif.

Quand le nom de la deuxième dauphine fut annoncé – Veronica Palmer, une grande rousse –, Trudy joignit ses applaudissements à ceux de la salle tandis que la jeune femme acceptait l'énorme bouquet que lui tendait Robert Dunbar, ainsi qu'une enveloppe discrète contenant la petite somme d'argent liquide attribuée à la candidate remportant la troisième place.

La première dauphine était Sylvia Blane, qui sembla hésiter entre le ravissement d'être arrivée si loin dans la compétition et la déception de ne pas avoir gagné. Elle accepta les fleurs et le chèque avec grâce, bien sûr, et jeta à la table des juges – et à un certain veuf en particulier – un coup d'œil appuyé avant de s'éloigner.

L'heure était venue d'annoncer la gagnante, et Trudy, comme tout le monde, se surprit à retenir son souffle.

— Et la gagnante du premier concours Miss Miel – qui participera automatiquement au concours Miss Oxford, ouvrant sur le concours Miss Grande-Bretagne – est… le numéro 14, Mlle Caroline Tomworthy !

Le public poussa un rugissement d'approbation qui s'amplifia quand Caroline, vêtue d'un maillot au décolleté plongeant couleur rubis, s'avança d'une démarche élégante pour récupérer son prix. Un sourire éblouissant se dessina sur ses lèvres tandis qu'on posait le diadème étincelant sur ses boucles d'ébène, puis elle traversa la scène d'un pas distingué.

Mais Trudy fixait de nouveau la table des juges – et les deux individus aux cheveux blancs qui, en même temps que leurs collègues, s'étaient poliment levés pour applaudir avec le public.

Trudy ne put s'empêcher de se demander à quoi ils pouvaient bien penser.

29

Une fête dans les coulisses devait conclure la soirée, mais quand Trudy arriva sur place, elle découvrit que Patricia Merriweather brillait par son absence.

Tout en se dirigeant vers Clement, elle félicita chaleureusement toutes les participantes qui s'arrêtèrent pour lui parler. À présent, elles savaient toutes que Trudy était une policière « infiltrée » – un terme qui la faisait toujours frissonner d'excitation tout en l'embarrassant. Elles voulaient la remercier d'avoir veillé sur elles.

Le succès du spectacle – et les vins et spiritueux qui coulaient à flots – faisait rayonner tous les participants, comme si le mauvais plaisantin qui avait jeté une ombre sur leurs existences n'avait jamais existé.

Le cœur serré, Trudy réfléchissait ce que les deux mortes auraient pensé de cette gaieté et de cette célébration triomphale. Elle se promit que, quoi qu'il arrive, elle s'entretiendrait avec les familles des deux mortes pour leur faire part de ses soupçons. Même si on ne leur rendait jamais justice, elles sauraient ce qui était arrivé à leurs filles.

Et si ça lui valait une réprimande de ses supérieurs… eh bien, elle s'en fichait.

— Vous l'avez vue ? demanda Trudy à voix basse dès qu'elle eut réussi à se frayer un chemin jusqu'au coroner.

— Non, avoua-t-il d'un air sombre. Elle a dû partir

dès la fin du concours. Ça ne me plaît pas. Nous n'avons pas pu finir notre conversation.

Trudy haussa les épaules, se sentant impuissante.

— Je ne sais pas ce que nous aurions pu faire de plus. Elle doit se dire que nous bluffons.

Ce n'est qu'à cet instant qu'elle comprit à quel point elle avait été naïve. Sous prétexte qu'ils avaient résolu leurs deux premières enquêtes et fait condamner les assassins, elle s'était imaginé qu'ils feraient de même cette fois-ci.

Mais à présent, tout lui semblait… injuste. Inachevé. Décevant.

— Je n'arrive pas à croire qu'on est arrivés jusque-là, et tout ça pour rien. C'est terminé.

Clement secoua la tête.

— Oh ! quelque chose me dit que ce n'est pas encore fini, lâcha-t-il d'un ton étrange.

— Que voulez-vous dire ? Vous ne pensez pas qu'elle va tuer quelqu'un d'autre, si ? chuchota-t-elle, consternée. D'après ce qu'on a appris, Abby et Vicky ont été les seules à harceler Millie. Elle ne peut quand même pas avoir quelqu'un d'autre dans le collimateur, si ?

— Non, je ne pense pas. Et maintenant que le concours de beauté est fini, elle n'aura même plus besoin de faire semblant d'en vouloir aux reines de beauté. Les candidates peuvent respirer.

Trudy agréa, soulagée.

— Donc vous êtes sûr que tous ces mauvais tours n'étaient qu'un écran de fumée ?

— Certain, répondit Clement. Aucune de ces filles n'a vraiment été en danger. Un ou deux messages de menace, du laxatif dans des chocolats, un papillon mort ! Ce n'était que de la poudre aux yeux pour nous lancer sur une fausse piste et dissimuler le vrai mobile. Oh ! je suis sûr qu'elles l'exaspéraient toutes. Après tout, ce sont de jolies jeunes filles en pleine santé, tandis que sa petite-fille est une pauvre petite au physique ingrat. J'imagine que ça l'a rendue amère et qu'elle trouvait drôle de les effrayer. Mais elle n'a jamais eu l'intention de faire du mal à qui que ce soit d'autre qu'Abby et Vicky, à mon avis.

Trudy acquiesça, s'apercevant soudain qu'elle était épuisée. Elle n'avait qu'une envie, se glisser dans son lit et dormir pendant une semaine.

Clement s'en rendit compte et lui dit avec bienveillance :

— Vous devriez rentrer chez vous, mademoiselle Loveday. Je suis sûr que votre sergent et son sous-fifre aux yeux de merlan frit vont rester et veiller sur tout le monde jusqu'à la fermeture du théâtre.

Trudy esquissa un sourire. Pour être honnête, elle était ravie de ne pas être la seule à avoir remarqué l'enthousiasme excessif de Rodney pour sa mission actuelle.

— D'accord, capitula-t-elle en bâillant. Je crois que je vais faire ça. Je passe à votre bureau demain ?

Clement approuva d'un air absent et la regarda s'éloigner. Mais son cerveau tournait à plein régime. Contrairement à Trudy, il était loin d'être convaincu d'avoir dit tout ce qu'il avait à dire à Patricia Merriweather.

Bien au contraire.

Après avoir démontré à la vieille dame les risques d'une enquête de police et les conséquences pour sa famille, il aurait voulu lui expliquer qu'il vaudrait bien mieux qu'elle avoue sans fanfare. De cette façon, ils pourraient procéder le plus discrètement possible.

D'accord, cela donnerait tout de même lieu à un scandale retentissant – mais ce dernier serait plus facile à gérer en procédant ainsi. Pour commencer, l'enquête, avec toute la spéculation dans les médias qu'elle engendrerait, serait considérablement raccourcie. Cela éviterait également le tumulte d'un long procès public, qui marquait souvent les esprits pour un bon moment.

Il aurait même pu lui suggérer la possibilité d'un accord – un internement à vie dans un hôpital psychiatrique fermé, peut-être ? Étant donné la situation de la pauvre

Millie Merriweather, la vieille dame aurait peut-être apprécié l'ironie amère de sa proposition.

Il consulta sa montre, pensif. Devait-il lui rendre visite et en discuter ? Ou lui laisser le temps de réfléchir tranquillement – et peut-être d'arriver à la même conclusion ? Comme elle l'avait fait remarquer, elle était suffisamment intelligente pour comprendre tout cela sans son aide.

Il pesa le pour et le contre un long moment.

Finalement, il décida de la laisser tranquille.

Patricia Merriweather avait bien quitté le théâtre juste après la remise des prix. Elle avait facilement trouvé un taxi, et à présent, toujours en tenue de soirée, elle faisait les cent pas dans son manoir silencieux et presque désert, tout en vidant une carafe de bon cognac.

Sa gouvernante – qui dormait dans un appartement au-dessus de l'écurie – était allée se coucher depuis longtemps, et son fils, comme d'habitude, menait la grande vie quelque part dans l'Algarve. De toute façon, il ne lui aurait pas servi à grand-chose. Il avait toujours été une sorte de dilettante, prêt à laisser sa mère s'occuper de sa fille, des intérêts commerciaux de la famille, et des décisions difficiles. Clement Ryder s'était bien renseigné sur la dynamique de sa famille.

Elle monta fébrilement l'escalier, et une fois dans sa chambre, maudit tour à tour et avec la même intensité le coroner, son fils, ainsi qu'Abigail Trent et Victoria Munnings, avant de retourner sa colère contre le destin et, pour finir, contre elle-même.

Quand l'horloge comtoise dans l'entrée sonna gaiement les douze coups de minuit, elle était assise dans un fauteuil près d'une grande fenêtre à guillotine, contemplait le parc plongé dans l'obscurité et réfléchissait calmement.

Elle n'était ni tout à fait ivre, ni tout à fait sobre.

Mais elle se sentait fatiguée. Terriblement fatiguée.

Quand les médecins lui avaient annoncé trois mois plus tôt que Millie avait fait une nouvelle tentative de suicide et qu'à leur avis, elle avait très peu de chances de se rétablir suffisamment pour mener un jour une vie heureuse et normale, elle avait été envahie par une colère froide. Une rage incontrôlable qui avait tout balayé sur son passage, sauf le besoin de vengeance.

Depuis un bon moment, elle se sentait rongée par le remords quand elle pensait aux années durant lesquelles sa petite-fille avait quitté cette maison pour aller à l'école et pénétrer dans un univers cauchemardesque fait de terreur et de persécutions. Et elle, sa propre grand-mère, n'avait jamais su ce qu'il se passait. Que sa petite-fille, une Merriweather, était tourmentée par deux harpies insignifiantes, deux parvenues du quartier !

Au début, elle avait presque trouvé amusant de prévoir l'élimination des deux monstres sans cœur qui avaient gâché définitivement la vie de Millie et ses chances de bonheur. Parfois, elle s'était même demandé si elle n'était pas elle-même un peu folle, tant elle jubilait en cueillant les baies d'if et en faisant des recherches sur le sabotage de chaudières domestiques.

Mais à présent, elle se sentait simplement vieille, fatiguée et, honnêtement, un peu stupide.

Elle s'était crue très maligne, mais le Dr Clement Ryder et sa jolie comparse de la police avaient tout compris, apparemment sans difficulté. Et à présent… à présent, elle risquait l'humiliation ultime, un procès – soit devant un juge, soit, ce qui était pire par bien des façons, devant le tribunal de l'opinion publique.

Le vieux coroner rusé avait eu raison. Ses voisins seraient ravis de voir le nom des Merriweather traîné dans la boue.

Non, c'était intolérable.

Oh ! elle savait très bien ce que le coroner sans cœur avait suggéré tout du long, maudit soit-il. Qu'elle rendrait service à tout le monde si elle en finissait une fois pour toutes – sans faire d'histoires, proprement. Avec l'assurance tacite que dans ce cas, il n'y aurait aucune mise en accusation et que toute l'affaire serait enterrée sans entacher le nom de Merriweather.

Là, tout de suite, agréablement pompette et trop âgée et fatiguée pour en avoir quelque chose à faire, elle n'avait pas d'objection à remplir sa part du contrat en se suicidant. Après tout, elle était vieille et mourrait probablement bientôt, de toute façon. Millie ne reviendrait jamais vivre chez elle et illuminer ses journées. À quoi bon continuer ?

Mais elle avait toujours été une battante et l'idée d'être vaincue, même par un adversaire aussi redoutable que le Dr Clement Ryder, lui restait en travers de la gorge. En fait, ça lui donnait des envies de vengeance.

Dans sa jeunesse, quand elle était prête à défier l'univers entier, il ne lui serait jamais venu à l'idée de jeter l'éponge.

Mais il y avait peut-être un moyen de faire un dernier pied-de-nez. Clement Ryder n'aurait pas complètement gagné, et ce serait elle qui aurait le dernier mot !

Pourtant, en réfléchissant à la façon dont elle allait obtenir sa vengeance, elle se sentit presque honteuse. Après tout, ce n'était pas très *fair play*, comme l'aurait dit son pauvre mari, mort depuis bien longtemps. C'était un vrai *gentleman*. Et elle avait toujours été d'accord avec sa philosophie – jusqu'à un certain point. Certaines choses étaient impardonnables. Et trahir l'un de ses pairs figurait en bonne place sur cette liste.

Mais cette nuit-là, la cueilleuse de baies d'if n'était pas d'humeur généreuse.

Et donc, avant de rassembler une jolie petite collection de somnifères et toutes sortes de médicaments que son médecin lui avait prescrits (c'était si pratique d'être vieux

– on avait tant de cachets à portée de main !), Patricia Merriweather s'assit à son bureau et écrivit deux lettres.

L'une des deux était adressée – ironie suprême – au coroner. Elle ne savait pas si ce serait le Dr Ryder lui-même ou l'un de ses collègues qui la lirait, mais en tout cas, elle n'épilogua pas. Elle indiqua simplement qu'elle prenait un mélange de médicaments et d'alcool, dans le but de se suicider, de sa propre volonté et sans influence extérieure. Elle ne donna aucune explication à son geste – ça ne les regardait pas ! Elle s'excusa juste brièvement auprès de sa femme de chambre, qui trouverait probablement son corps le lendemain matin.

En la signant, elle eut un sourire féroce.

Elle adressa la seconde lettre à la police. Cette fois-ci, il lui fallut plus de temps pour choisir ses mots, mais finalement, elle fut satisfaite de ce qu'elle avait écrit :

À qui de droit,

Je, soussignée Mme Patricia Merriweather, considère qu'il est de mon devoir d'informer la police municipale d'Oxford que j'ai, à plusieurs reprises, observé chez le Dr Clement Ryder, coroner de la ville, des symptômes de ce qui, à mon avis, ne peut être qu'une maladie grave.

J'ai remarqué plusieurs fois qu'il souffrait de tremblements au niveau des mains et traînait les pieds, ce qui a failli occasionner une chute.

Étant donné qu'un coroner est un officier judiciaire chargé d'importantes responsabilités, je me sens contrainte de faire remarquer que malheureusement, il est possible que le Dr Ryder ne soit pas en état de continuer à occuper son poste actuel.

Il me semble indispensable qu'il soit examiné par un médecin dès que possible.

Je vous prie d'agréer, Monsieur, l'expression de mes salutations distinguées.

Mme Patricia Merriweather

Elle data soigneusement la lettre et la glissa dans une enveloppe qu'elle ne ferma pas. Puis elle plaça les deux plis à un endroit où on les trouverait facilement, contre le mur derrière son bureau, et finit son dernier verre de cognac.

Il était presque 1 heure du matin.

Elle resta un moment devant la fenêtre, un peu vacillante, à contempler une dernière fois Oxford au clair de lune. Que c'était beau ! Puis elle se glissa sous les couvertures et, d'une main sûre, elle se saisit des médicaments et les avala.

30

Trudy arriva au commissariat un peu avant 7 heures du matin. Après avoir reçu ses ordres pour la journée auprès du sergent de garde, elle sortit dans les rues fraîches et encore sombres et se dirigea vers Parklands.

Sa première tâche officielle attendrait. Elle savait que Clement n'approuverait probablement pas, mais elle voulait réessayer de piéger Mme Merriweather.

Elle prit le bus jusqu'à Summertown puis fit le reste du chemin à pied, en saluant les gens qui partaient travailler d'un signe de tête rassurant. Elle connaissait le policier chargé de faire les rondes dans le secteur et espérait qu'elle ne le croiserait pas (sinon, elle risquait de devoir s'expliquer !), mais elle eut de la chance et arriva chez les Merriweather sans être hélée.

Elle se rendit directement à l'arrière de la maison et frappa à une porte dérobée. Elle ne fut pas étonnée qu'une femme qui devait être la cuisinière lui ouvre, mais elle fut surprise qu'on la fasse entrer en la saluant chaleureusement. D'ordinaire, si elle en croyait son expérience, personne n'aimait voir un policier sonner à la porte.

— Oh ! vous êtes arrivée si vite ! Je suis tellement soulagée. Elle est à l'étage. Beatrice, la femme de chambre de Mme Merriweather, est restée avec elle en attendant que quelqu'un arrive.

La femme avait un certain âge et était plutôt replète,

mais son visage rond était pâle comme un linge, elle avait les yeux exorbités et l'air paniqué.

Trudy se laissa entraîner dans un long couloir menant à l'entrée. Elle réprima son envie de demander ce qu'il se passait, et quand elles arrivèrent au pied d'un escalier et que la cuisinière lui fit signe de monter, elle se contenta d'obtempérer. Les marches étaient couvertes d'une épaisse moquette bordeaux et marron, et les rampes en acajou étaient si bien cirées qu'elles brillaient.

— Deuxième porte à gauche, lui cria la femme restée en bas avant de battre en retraite.

Le cœur tambourinant, Trudy tourna à l'angle en haut de l'escalier et vit une jeune femme postée juste devant une porte. Elle était vêtue du traditionnel uniforme noir et blanc des femmes de chambre, et on voyait qu'elle venait de pleurer.

— Ça, c'est du rapide. Je viens de t… téléphoner à la police, dit-elle d'une voix rauque.

Elle déglutit. C'était une jeune fille mince, avec des cheveux et des yeux clairs, un teint pâle rougi par les larmes.

— M… Madame est à l'intérieur. Je n'ai r… rien touché.

— C'est bien, répondit Trudy en réfléchissant à toute vitesse.

De toute évidence, il était arrivé quelque chose à Patricia Merriweather et sa femme de chambre avait appelé les secours. Ce qui voulait dire que ses collègues allaient bientôt arriver et la renvoyer au commissariat.

Mais elle refusait d'être mise sur la touche pour l'instant. Cette affaire avait été si frustrante qu'elle avait besoin d'en voir le dénouement, au moins.

— Je vais entrer. Quand mes collègues arriveront, dites-leur de monter, ordonna-t-elle en s'étonnant d'avoir une voix aussi posée et maîtrisée.

La jeune fille acquiesça et détourna les yeux tandis que Trudy ouvrait la porte et se glissait à l'intérieur.

La chambre était toujours plongée dans l'obscurité, même si la femme de chambre avait tiré les rideaux. Elle était très spacieuse et contenait un énorme lit, un bureau devant la fenêtre, deux tables de nuit et une grande armoire.

Le lit était plus grand qu'un lit double normal, mais il n'avait pas de baldaquin. Trudy avait toujours imaginé rêveusement que les aristocrates en possédaient tous un.

Elle se dirigea lentement et avec précautions vers la bosse sous les couvertures. Sans savoir pourquoi, elle s'attendait à moitié à ce que l'occupante du lit se redresse soudain et lui rie au nez, en la faisant sursauter. Une dernière farce, qui lui serait tout spécialement dédiée.

Mais en s'approchant, elle comprit que la vieille dame n'était plus en état de jouer des tours. Elle avait une expression paisible, même si Trudy constata qu'elle avait vomi pendant la nuit, ce qui avait décoloré sous sa tête le joli oreiller bordé de dentelle.

Quand elle toucha la main de la vieille dame, elle sentit sa peau moite et froide.

Trudy la contempla en silence. Sur sa table de nuit étaient posés une carafe d'eau et plusieurs flacons de médicaments vides. Elle avait donc choisi la solution de facilité ; Trudy ne doutait pas qu'il s'agissait d'un suicide. À quoi avait-elle pensé ? Comme elle avait dû être désespérée ! Et soudain, brusquement, une terrible idée frappa Trudy avec la force d'un éclair.

Clement et elle l'avaient poussée au suicide !

La veille au soir, ils n'avaient fait que parler de la pourchasser, de traîner dans la boue son nom et la réputation de sa famille…

Trudy tituba en ravalant un cri. Qu'avaient-ils fait ?

Puis elle se souvint de l'expression troublée du coroner la veille, quand il lui avait dit qu'il craignait qu'ils n'aient pas eu le temps de finir leur conversation avec la dame. Amèrement, et se sentant particulièrement stupide, elle compris enfin. C'était ce que Clement avait redouté tout du long. Que la vieille dame pense qu'ils avaient suggéré qu'elle choisisse une voie de sortie soi-disant honorable.

Elle se couvrit la bouche, les larmes aux yeux, rongée par la culpabilité.

Ils avaient, quoique sans le vouloir, poussé une vieille dame au suicide.

D'accord, elle avait assassiné de sang-froid deux jeunes femmes.

Malgré tout…

Trudy continua à reculer jusqu'à ce qu'elle se cogne dans le bureau derrière elle. Ce ne fut qu'à cet instant, en se retournant, soulagée de se détourner du spectacle pitoyable sur le lit, qu'elle remarqua les deux carrés blancs qui tranchaient avec l'obscurité de la pièce, posés sur le bureau derrière elle.

Elle s'approcha et vit qu'il s'agissait de deux enveloppes. Elle en prit une, admirant son poids et sa qualité. Il y avait même un blason – sûrement les armes de la famille Merriweather, imprimées en relief avec une encre sombre dans le coin inférieur droit.

Elle était adressée, tout simplement, au « Coroner ».

Trudy la lâcha comme si elle s'était brûlée, prise d'un effroi superstitieux ancestral. Elle jeta un coup d'œil autour d'elle, comme si elle s'attendait à voir le fantôme de la vieille dame pointer sur elle un doigt accusateur. On aurait dit qu'avec ce dernier message, elle agissait depuis la tombe pour les dénoncer tous les deux.

Puis Trudy prit une grande inspiration, se morigéna pour sa réaction idiote et remit nerveusement l'enveloppe à sa place. De toute façon, Clement devait être le premier à la lire.

Elle remarqua alors la seconde enveloppe et supposa qu'il s'agissait d'une lettre à sa famille. Mais en l'examinant de plus près, elle vit qu'elle était adressée à la police.

Une fois de plus, son cœur s'emballa. Était-ce une

confession de ses crimes ? Elle jeta un coup d'œil anxieux à la fenêtre, partagée entre l'envie de faire son devoir, qui était de surveiller la scène – *sans toucher à rien* – jusqu'à l'arrivée de policiers plus chevronnés, et le désir d'ouvrir la lettre et d'en lire le contenu tant qu'elle le pouvait.

Après tout, c'était son enquête. Clement et elle avaient commencé à s'intéresser à cette affaire bien avant que le capitaine Jennings admette qu'il y avait lieu d'investiguer. Et d'une certaine façon, la lettre lui était en partie adressée, n'est-ce pas ? Après tout, Trudy était de la police, non ?

Sans perdre de temps et avant de changer d'avis, elle la ramassa et constata avec soulagement que l'enveloppe n'avait pas été fermée et que le rabat avait simplement été glissé à l'intérieur. Elle sortit la lettre, consciente que de toute façon elle devrait avouer avoir touché les deux enveloppes, puisqu'elles seraient couvertes de ses empreintes digitales. Elle déplia l'unique page qu'elle contenait et se mit à lire.

Mais en la tenant devant la fenêtre pour profiter de la lumière du jour qui se levait, elle comprit vite que ce n'était pas la confession qu'elle avait espérée.

C'était quelque chose de bien plus perturbant. Et vindicatif.

Au début, en lisant les mots malveillants, Trudy ne comprit pas vraiment. Puis peu à peu, toute sa culpabilité se dissipa.

Juste avant de mourir, Patricia Merriweather n'avait pas songé à se racheter, à mettre les choses en ordre, ni même à soulager sa conscience. Non. Elle avait juste voulu causer du tort à l'homme qui l'avait battue.

Trudy entendit un bruit de moteur, et un coup d'œil à l'extérieur lui apprit qu'il s'agissait d'une voiture de police, qui se garait devant la porte d'entrée. Soudain, elle commença à saisir l'importance des mots sur la page.

Elle-même avait vu la main du Dr Ryder trembler.

Elle avait aussi remarqué qu'il traînait parfois les pieds. Jusque-là, elle avait toujours soupçonné qu'il avait un problème d'alcoolisme. Et si son ami était vraiment atteint d'une maladie potentiellement invalidante ?

Elle secoua la tête en essayant de se concentrer. C'était sûrement juste le dernier coup bas d'une vieille dame amère, non ?

Malgré tout, elle voyait déjà le capitaine Jennings sauter sur ce prétexte avec une joie mauvaise. Il n'avait jamais aimé le Dr Ryder et jubilerait d'avoir l'occasion de se venger. Il en profiterait sûrement pour soutenir que ça ne coûtait rien au coroner de se soumette à un examen médical.

Et que se passerait-il si les accusations de Patricia Merriweather étaient fondées ? Clement serait peut-être forcé de prendre sa retraite plus tôt qu'il ne l'aurait voulu.

Elle entendait des hommes monter l'escalier et des bruits de voix. D'ici quelques secondes, la porte s'ouvrirait et elle devrait justifier sa présence.

Elle n'eut qu'un instant pour prendre une décision.

Une petite voix dans sa tête lui hurlait que dissimuler des preuves était inadmissible, alors même qu'elle fourrait la lettre et l'enveloppe dans sa sacoche, sous ses accessoires.

Soudain, un frisson lui parcourut l'échine. Et si la femme de chambre qui avait trouvé le cadavre de sa maîtresse avait remarqué qu'il y avait deux enveloppes sur le bureau ? Et qu'elle témoignait à ce sujet ?

Si Trudy était forcée de se soumettre à une fouille et que l'enveloppe et la lettre étaient trouvées en sa possession, elle serait immédiatement renvoyée. Elle risquait même un procès pour dissimulation de preuves et entrave à une enquête de police.

Ses parents seraient morts de honte ! Elle serait publiquement humiliée. Elle se sentit soudain terriblement nauséeuse. Une vague de panique la submergea.

Qu'allait-elle bien pouvoir faire ?

Quand la porte de la chambre s'ouvrit, la policière stagiaire Trudy Loveday se mit au garde-à-vous, raide, le visage inexpressif, et adressa un signe de tête tranquille au policier en civil qu'elle ne connaissait pas et qui venait d'entrer.

Remerciements

L'autrice voudrait remercier tous ceux qui ont eu la gentillesse de lui faire part de leurs souvenirs des années 1960 (et en particulier d'Oxford à cette époque).

Composé et édité par HarperCollins France.

Imprimé en septembre 2021
par CPI Black Print (Barcelone)
en utilisant 100% d'électricité renouvelable.
Dépôt légal : octobre 2021.

FSC
www.fsc.org
MIXTE
Papier issu de
sources responsables
FSC® C159065

Pour limiter l'empreinte environnementale de ses livres, HarperCollins France s'engage à n'utiliser que du papier fabriqué à partir de bois provenant de forêts gérées durablement et de manière responsable.

Imprimé en Espagne.